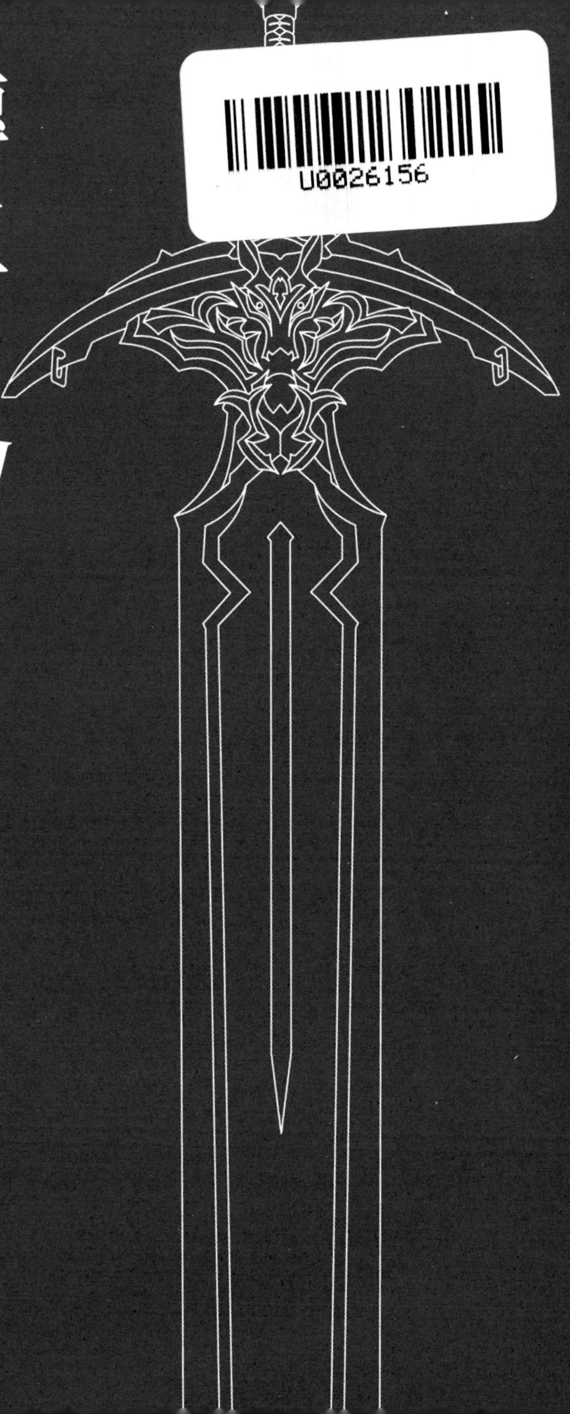

# 轉生就是劍 2

"I became the sword by transmigrating" Story by Yuu Tanaka, Illustration by Llo

棚架ユウ
插畫／るろお

Kadokawa Fantastic Novels

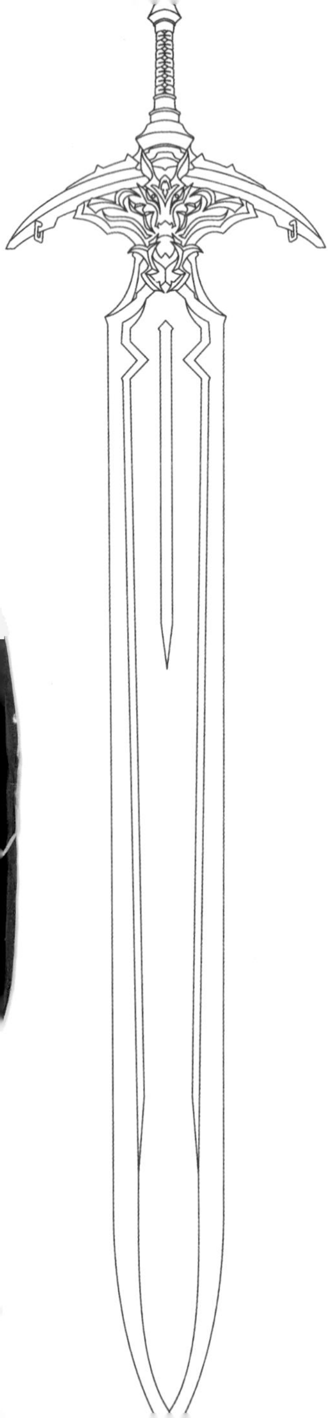

# CONTENTS



**"I became the sword by transmigrating"**
**Volume 2**
**Story by Yuu Tanaka, Illustration by Llo**

# 第一章　任何地方都會湧出笨蛋

這是什麼狀況……

總覺得頭腦與身體都輕飄飄的。

我似乎被放在某個地方躺著。

這是在——作夢嗎？

沒有聲音。

視界也是一片棕褐色，天空、大地，還有圍繞著我的人們都是。

不，這真的是天空、大地與人類嗎？沒有雲朵也沒有草木，只有某種平坦的物體上下鋪展開來。原本以為是人的那些東西，感覺也有點奇特。

不知道該怎麼說，但就是有種莊嚴神聖的感覺。由於一切都是棕褐色，我看不出眼前三名女性的髮色，但她們的容貌全都是美若天仙，而且身著奇裝異服。

她們身穿從脖子包到腳的長袍，點綴著大小各異的飾品及寶石，光是這樣就夠奇幻了。戴在頭上的王冠般物品也閃爍著光彩，有點像奇幻小說裡登場的神官或巫女。就是給人這種印象。

這些人圍著躺在某種東西上的我，正在說話。雖聽不見聲音，不過她們不時會做出指著我的動作，說不定是在講關於我的話題。

不過話說回來，這裡究竟是哪裡呢？

真要說起來，我應該沒見過這些人才對……

但以夢中人物來說，又莫名地真實。

是我的幻想嗎？可是以幻想來說，每個人的長相跟穿著又很鮮明。說不定我的妄想力比我自己認為的更加厲害。

我觀察這三個女性一會兒後，其中一人忽然湊過來看我的臉。

她在說著一些什麼，但我還是聽不見。

我這樣想，本來要搖頭，但完全動不了。豈止如此，我的身體還違背我的意志，擅自抬起了手臂，回握住女性伸過來的手。

我的身體被猛力拉起。看來這個夢境是在體驗別人過去發生過的事，我只能用看的。

我坐起來，一把劍就映入我的眼簾。

在鋪著天鵝絨般布料的平台上，橫放著一把劍。

好像在哪裡看過……？

由於顏色是棕褐色，看不太出來是什麼配色，但劍柄或刀身的形狀，讓我感覺似曾相識。

嗯——？喔，對了，這把劍就是我。大概啦。

劍柄飾帶的編結方式，或是刀身上的三道縱線等等，完全是我身為一把劍時的模樣。

只是，除了顏色之外還有其他原因，使我沒能立刻辨認出來。

那就是劍格設計的不同。我現在的劍格是英勇的野狼造形。

但這把劍的劍格，雕刻著四名闔眼女性的容顏，以及四片鳥類羽翼般的圖案。是天使或什麼嗎？是四張臉？還是四個人？嗯——不懂。

其中一位女性拉著我的手臂，讓我站起來。

然後她就這樣拉著我的手靠近平台，直接讓我觸碰那把劍。

結果——

『啊！』

發生什麼事了？咦？我真的作了夢嗎？我又不會睡覺？

呃——對了。今天也跟平常一樣，芙蘭在旅店睡覺，我在她旁邊休息。

然後呢，我無意間仰望月亮，接著就——接著就怎樣了？

想不太起來。不過話說回來，剛才那夢境般的光景到底怎麼回事啊？

轉生到這個世界以來，還是頭一次有這種經驗。真的只是我在幻想嗎？還是說——

『不行，完全想不透。』

「嗯……」

『哎呀，聲音太大會吵醒芙蘭呢。』

是因為在夢中變回人類的關係嗎？害我忍不住自言自語了一下。

竟然會作那種夢，該不會我其實很想變回人類吧？

嗯——但我自己完全沒感覺耶。

仔細想想，還真是不可思議。自從變成劍的身體，我從來不覺得想變回人類。在遇見芙蘭之後，我甚至還會慶幸自己是一把劍。

為什麼呢？一般來說如果轉生成人類以外的東西，不是都會希望設法變回人類嗎？會不會是我的環境適應能力，其實比我想像中還高啊？

『嗯——』

算了，管他的，總覺得不能深入思考這件事。要是這樣害得我開始想變回人類，老實說會很麻煩。

我有芙蘭在，讓芙蘭裝備著，為了芙蘭而戰。保持現況最好。

不，不對。我得變得更強，成為對芙蘭來說最棒的劍。才沒有那個閒工夫去變回人類。

『好！我莫名地幹勁都來啦！』

「嗯……」

哎呀——糟糕糟糕。芙蘭會被我吵醒的，我在幹嘛啊！

『芙蘭小姐？』

「……呼——呼——」

安全過關！呼～～看來通往最強寶劍之路仍然山高路陡呢。

自從討伐哥布林以來，已經過了一星期。

我們人在深夜旅店的廚房裡。

我們想用至今入手的材料，做一些料理囤積起來。

因為大量煮好收進次元收納空間就不會腐壞，可以隨時為芙蘭提供熱食。

為了今後露營時做準備，可以煮的時候我就想煮起來放著。

但要是被人看到一把劍輕飄飄地浮著下廚，那可不是引發一場騷動就能了事，所以芙蘭也跟我一起。作戰計畫是只要感覺到有人接近，我就馬上跳進芙蘭的手裡。

好吧，一個小女孩大半夜在廚房揮動沒裝劍鞘的劍，畫面看起來也挺怪的，但總比自己會動的劍好一點吧。

旅店主人說深夜時段餐廳休息，准我們借用。這樣就能大膽放心地做料理嘍。

除了魔獸肉以外，我們還在市場蒐購了其他材料及調味料，準備了豐富的種類。我還怕用不完呢。我承認有被市場的氣氛影響，讓我得意忘形，結果就順從本能買了一堆有的沒的。醬汁或醬油不但是買整甕的，還買了大袋子裝的香料，特大號鍋子也買了好幾個。

多虧於此，我整整花掉了十萬戈德。哈哈哈哈。呃不，我會把這些成本用來為芙蘭提供美味餐點喔。真的啦。何況我們現在手頭很充裕。

我們把在討伐戰得手的巨型哥布林犄角、武具還有軍團甲蟲的素材全部脫手，結果足足賺到了三萬戈德。以賣掉小怪的素材來說，算是賺了不少吧。其實巨型哥布林們的裝備中包含了較弱的魔法道具，好像還滿值錢的。

不只如此，討伐哥布林的委託費也多了不少獎金。參加者的基本酬勞是三萬戈德，加上獎金四萬戈德，芙蘭又追加獲得了三十萬戈德的特別獎金。

連同賣掉素材的錢加起來，總共是四十萬戈德的收入。雖然在酒館請客時減少了十萬大洋就是了！其他冒險者好像也領到不少獎金，隔天冒險者們從一大早就不斷跟我們道謝，那時候真是傷腦筋。

這一星期以來為了累積經驗，也為了提升冒險者階級，我們處理了各種委託。

像是撲滅住在毒沼的魚型魔獸，或是採集珍稀藥草等等。

為了打倒躲在毒沼裡的魔獸，我們採用了將毒沼水吸進次元收納空間的作戰，但即使如此，空間還是有剩。我們可是吸光了能供好幾隻大型鯊魚那麼大的魔獸潛藏，還算廣大的毒沼裡的水耶。哎呀～～次元收納真的是很方便。

那時解決的魚型魔獸味道似乎很棒，但魔石值不怎麼高。後來也沒碰到其他魔獸，這一星期只獲得了7點的魔石值。

大概哥布林亂竄事件算是特例吧。

「師父？怎麼了？」

『沒有，沒什麼。開始做料理吧。』

總之，現在得專心做料理才行。

『鏘鏘恰啦恰恰恰啦啦～～』

「鏘鏘？」

『鏘恰啦鏘鏘鏘～～』

「？」

『好的，又到了異世界料理的時間。』

「哦～～？」

芙蘭雖然不懂什麼意思，但似乎這樣的氣氛也能讓她明白，於是為我拍拍手。

『今天的第一道料理是這個！』

「肉？」

『是的，材料有巨石犎牛與破壞野豬的絞肉，各三十公斤。』

除此之外，還準備了很像洋蔥的根莖類蔬菜、黃金雞的蛋、麵包粉與各種香料。

『那麼，芙蘭妳幫我把那個揉一揉。』

「嗯。」

『既然要做，能做幾份就做幾份吧。』

「這下每天都能吃到師父的料理了。」

『芙蘭有料理王的稱號，所以廚藝應該比我好才對啊。』

「我不會做沒看過的料理。」

『也是啦。』

畢竟芙蘭想吃的是地球料理，只有我會做。即使有類似的料理，精緻度也不一樣。

接著，我把洋蔥替代品切碎。

我使用鬥氣劍來切碎蔬菜。以往我都是把自己煮沸消毒後，再用淨化魔術弄乾淨……不過畢竟我會使用魔毒牙等技能，也常常砍殺魔獸，有點不放心。至今芙蘭從沒說過有哪裡不舒服，但不能保證今後不會出事。

我用平底鍋把切碎的洋蔥替代品仔細炒過。

『將洋蔥替代品、增加黏性的材料與香料加進攪拌均勻的絞肉，再次拌勻。』

「交給我來。」

我也用念動技能拌勻了剩下的牛豬絞肉。這樣就完成了六十公斤的特製漢堡肉。老實說我覺得做太多了，不過反正放進次元收納空間裡不會壞。

『我們來把漢堡排一批批烤好。』

「嗯。」

即使用上巨大烤箱，也沒辦法一次烤好所有肉排。

看來得花上不少時間了。

『趁這段時間，來做下個步驟。把這些蔬菜全部切好，一一放進鍋子裡。』

「嗯。」

『鍋子裡裝水，倒入各種香料以及葡萄酒等等。』

然後一面用魔術加熱，一面用念動與魔術像果汁機一樣把蔬菜打碎。這樣特製多蜜醬就完成了。

聞起來一定很香，真可惜我聞不到。

接著我們又做了番茄醬汁、法式清湯以及清雞湯等等。這些是由我告訴芙蘭材料與做法，讓她來弄。

芙蘭開開心心地攪拌著醬汁。她並不喜歡做菜，但很愛幫忙做這些簡單的事。這樣的芙蘭就跟普通的小孩子沒兩樣，讓我心裡不禁暖洋洋的。

「攪攪攪。」

『對對，就是這樣一直攪拌。』

烤了三趟漢堡排後，所有醬汁與湯都完成了。

很好很好，只要拿這些高湯搭配從市場買來的調味料，要做任何料理都不是問題。

我把漢堡排泡進多蜜醬裡，一份份丟進次元收納空間。這樣一來只要倒在盤子上，隨時都可以吃到熱騰騰的多蜜醬漢堡排。

同樣地，我也做了幾份番茄醬汁口味以及和風橙醋口味。

之後我們又做了一堆不同料理，像是燉煮暴君劍齒虎、轟擊砲龜炸肉、蒲燒分身靈蛇，以及炸石蜘蛛。然後是巨石犎牛的燉牛舌與薑燒破壞野豬，還有香腸、培根、肉乾與味噌肉醬等等。

『好，肉類料理大致上都做完了。』

「嗯！」

不過，可不是這樣就結束了。

我們隔天仍然繼續做料理，嘗試把剛入手的魚型魔獸做成煮魚、鹽烤與天婦羅。

也有考慮過香煎之類的，但既然是日本人就該吃和風料理！雖然不是我要吃的。

順便一提，我們吸進次元收納空間的毒沼，聽說變成了鬼故事，叫作突如其來消失的毒沼。

妮爾小姐大概知道我們幹了什麼，不過反正她不是會把冒險者的情報洩漏出去的那種人。好吧，或許是做得有點過火了……

除了魚類料理以外，也沒忘記做些鮮魚高湯的中式湯品、炒青菜與沙拉。營養一定要均衡才行，畢竟芙蘭正值成長期。

呃，我其實還滿在意的。雖然她最近稍微長了點肉，但比起鎮上的其他小孩，線條還是很纖細。所以好好吃飯是很重要的。

當然，主食也準備了很多菜色。可別小看亞壘沙鎮的市場了，那裡連稻米都有賣。聽說這個地區是南北道路的交岔口，稻米小麥都有人吃。烏龍麵、麵包、印度烤餅、日本拉麵，這些主食我都一一做好了。

然後既然有稻米與烤餅，怎麼能不煮那個呢？

『那麼，接下來我想做個特別的料理。』

「特別？」

喂喂，別這樣兩眼發亮啊，會害我更起勁耶。

「是什麼？」

『既特別又高檔的超級料理！其名為——咖哩！』

「咖哩？沒聽過！」

『嘿嘿嘿嘿，別急，拭目以待吧。』

我以前最愛吃咖哩了。現在的我不能吃，也完全沒有食欲，但是很想讓芙蘭吃到好吃的東西。所以就是咖哩了！不做他想。

『像這樣，先把各種香料磨碎。』

「超豪華。」

即使沒有黃金那般昂貴，香料仍然價值不菲。大量使用這些香料做成的咖哩，光憑這點就稱得上高級料理了。

『這是為了煮出美味的咖哩。』

「要把這些炒過？」

『沒錯。像這樣一邊炒勻，一邊煮熟。』

「喔喔。」

一小時後，我們面前誕生了三大鍋業務用大鍋子的咖哩。

起初我們是用普通大小的鍋子做的，因為香料很貴。

然而芙蘭嚐過味道後為之瘋狂，轉眼間就把小鍋咖哩吃得見底。後來在芙蘭的催促下，我就投入所有香料煮出了大量咖哩。

三個鍋子分別是甜味、中辣與大辣，而且用的肉類或蔬菜也有變化。不是我自誇，真是人間美味。要是拿到日本去，我甚至有自信可以開店。

「我出生就為了遇見這種料理。」

『這麼誇張！』

「謝謝師父。」

『我覺得這是妳至今最真情流露的一刻耶。』

今後我得注意不讓芙蘭整天只吃咖哩。

耗時兩天製作的料理全部加起來，可能有兩千餐份。換句話說就是一年份以上的糧食。只不過芙蘭個子嬌小卻很能吃，極有可能更早吃光光。

好吧，這樣就暫時不用擔心三餐問題了。

「總之，再來一份咖哩。」

『剛才不是吃過了嗎？』

「拜託。」

『……好吧，只能再吃一份喔。』

「嗯！」

反正芙蘭有在好好運動，多吃一份應該不會怎樣吧？

趁著委託的空檔，我們也去格爾斯老先生的店裡看過。

還是老樣子，有商人眼露貪婪光芒，在店鋪周圍晃來晃去。

「午安。」

「哦哦，是小姑娘跟師父啊！好久不見！今天有什麼事？」

『防具最後工程的進度怎麼樣了？』

「哇哈哈，順利得很！看到保證嚇你們一跳！」
「好期待。」
「今天就是來問這個？」
『不是，有點事想找你商量——』
我向格爾斯老先生解釋，自己是能夠吸收魔石，藉此變強的魔劍。
格爾斯老先生知道我是智能武器也沒有到處張揚，是值得信賴的對象。
況且我們也沒其他人可以商量。
「原來如此，你老兄有這樣的能力啊……然後呢，你們不確定這件事方不方便讓外人知道就是了？」
『對啊，你覺得呢？』
「唔嗯……老子是覺得不要說出去比較好。」
「真的這麼稀奇？」
「很稀奇，至少老子從沒聽說過。」
本領高超的超有名鍛造師都沒聽說過？那豈不是達到傳說級的稀奇了？
「師父果然厲害。」
「有那麼點厲害過頭了。不只是身為智能武器，吸收魔石成長的能力，也很容易讓人聯想到神劍。」
神劍。雖為傳說中的存在，卻是真有其物的超級魔道具。

唉，反正就是我這種小角色根本不能比的超強武器大哥大姊們啦。

「神劍是單一個體就足以左右國家之間軍事平衡的存在。」

『到這種層次？』

「是啊，老子只知道其中五把，不過每一把都有令人不敢置信的奇聞軼事。像是成為神劍名稱由來的起始神劍阿爾法；以滅國軼事聞名的狂神劍巴薩克；單槍匹馬殺盡三萬大軍的戰騎劍查理奧特；據說封印了惡魔王的魔王劍迪亞伯洛斯；以及之前也談過的炎劍伊格尼斯。其他還有幾種一般認為使用了神劍的事跡。大抵來說都是大屠殺的事發現場，或是大破壞的遺址就是了。」

事情的規模大得離譜。與其說是武器，不如說根本就是在講軍火。

不過這樣一想，說會對國際軍事平衡造成影響，也就可以理解了。

就算是我，也沒自信能拿那種超級兵器跟自己比。

硬要舉出贏過它們的地方，可能就只有裝備者很可愛吧？

「好吧，雖說大概多少誇大其實，但肯定是強大到異乎尋常。當然，各國都在祕密尋找其蹤跡。不過，能打造出神劍的神級鍛造師目前下落不明。就連據傳過去曾經存在過的神級鍛造師們是否還活著，又或是有沒有新的神級鍛造師誕生，都無人知曉。」

「為什麼？」

「天曉得，可能是不願受到政治利用而潛身隱居，也可能是受到諸神保護，眾說紛紜，但沒人知道真相如何。」

『真的有那些人嗎？』

「他們有時會出現在歷史舞台上，留下驚人的事業成果後離開，所以肯定是真有其人。因為就算不是神劍，他們打造的魔道具仍然能發揮神器級的力量。只是即使如此，還是遠遠不及神劍就是了。所以目前確認到的神劍，都受到各國嚴密保管。」

『這麼鄭重其事啊。』

「是啊，就是這麼鄭重。假如你老兄身為神劍的情報流傳出去……必然會出現一些想硬搶的傢伙，而且不在少數。他們才不在乎是真是假，總之先搶來再確認就是了。」

想必不只是國家或個人，什麼樣的傢伙都可能找我們下手。

「就算認為對象是神劍持有者，人家還是可以用偷襲或下毒等手段，方法多的是。再說了，既然使用者是小姑娘，想必一定會有人認為多的是懷柔手段可以運用。」

『所以說，還是隱瞞著比較好，是吧？』

「老子認為應該這麼做。是很高興你們向老子開誠布公，不過今後可不能粗心大意隨便講出去了喔。」

看來公開能力的風險還是太大了，暫時保密吧。

後來我們每天繼續一帆風順地——這樣形容有點不太貼切，總之不斷達成了各項委託。好吧，反正沒其他事好做。但是也有一個問題。

「今天又落空了。」

『畢竟只有蟲子嘛。』

「沒挑戰性。」

『這十天來，魔石值只累積了7點耶。』

沒錯，採集或調查等委託處理得很順利，但我們最想要的經驗值與魔石值都完全沒弄到手。

『芙蘭的等級是25對吧？』

「嗯。」

『今後不能期待像之前那樣，那麼快就升等了。』

「嗯。」

『可是卻完全沒有獵物。明明為了提升等級，就需要比至今更多經驗值的說。』

「還是只能去地下城？」

『不然就是魔境了吧。』

聽人家說所謂的魔境，魔獸數量好像跟地下城一樣多。

不過也是因為如此，才會被稱為「魔境」。

我甦醒的魔狼平原也是那樣。回想起來，那裡棲息的生物應該有九成以上都是魔獸，遭遇頻率也很高。在魔境外面處理了這麼久的委託，我才頭一次明白平原的魔獸棲息密度並不正常。大概魔境就是那麼回事吧。

但我可不想再去那裡。我不想接近枯竭森林也是原因之一，但主要是因為平原的危險度好像上升了。

差不多就在我們抵達亞壘沙鎮時，冒險者們正好剛離開，前去調查了魔狼平原的樣子。

起因是大型魔獸的地盤之爭——其實是我與區域頭目之間的戰鬥。
而聽說調查的結果，發現了幾隻B級魔獸。
我待在那裡的時候，可是連半個影子都沒有。
據說所謂的魔獸除了繁殖之外，有時也會因為魔力凝聚成形，而以超自然的方式誕生。魔狼平原的魔獸大概就是以後者方式誕生的吧。
若是這樣的話，就表示B級魔獸是在我踏上旅程後才誕生。
『好險！』
要是更早以前誕生，我搞不好就不在這裡了。應該說肯定不會在這裡，因為我光是對付C級魔獸就已經驚險萬分了。
據說因為可能還有A級魔獸，所以調查隊的主力還在繼續調查。
又聽說踏入內部太危險了，所以調查隊是從枯竭森林裡觀察平原。竟然要在那種森林長期逗留，真是辛苦他們了。
不過說到A級魔獸，真想不到連那種東西都有可能出現……
之前說那片平原是A級魔境讓我有點難以理解，但這下我就能接受了。不如說我在那裡的時候，魔獸似乎都特別弱。真是太好運了。
「那麼，還是找個地下城探險好了。」
『好吧，恐怕是得納入考量。』
然而我們上次能獵殺惡魔，很大一部分是靠運氣。假如那隻惡魔個性冷靜沉著，屬於從遠距離腳踏實地解決敵人的類型，我們想必束手無策，只能用傳送之羽逃之夭夭。

『不過不挑戰惡魔之類的頭目級敵人，只攻略較淺樓層也是個辦法。』

收集一下地下城與魔境的情報好了。反正不管要挑戰哪邊，都得先跟格爾斯老先生拿了防具，才能離開這個鎮。

冒險者公會的二樓，有個叫作資料室的房間。

好像只要是冒險者而且徵求過許可，任誰都可以自由運用。

「哦，妳第一次來嗎？」

「嗯。」

「請出示冒險者證照。」

在資料室顧櫃檯的，是個矮個子的老人。頂上禿頭，白鬍子留到胸前，眉毛濃密到擋住眼睛。而且還穿著長袍，怎麼看都像個仙人。

『也太有模有樣了吧。』

「妳就是傳聞中的魔劍幼女啊。」

「傳聞？」

「唔嗯。最近大家常常聊到妳，老夫一看就認出來了。」

都變成傳聞了？好吧，這也沒辦法，誰教我們這麼顯眼。看老先生的反應似乎不是壞傳聞，或許算值得慶幸吧。

『嗯——好清閒啊。』

好吧，是難以想像一群冒險者在閱覽資料做預習的樣子。

即使如此，還是能看到小貓兩三隻。大家都是斥候系或魔術師系的冒險者。大概是代替腦袋裝肌肉系的前衛職業，事先來調查委託的相關情報吧。可一窺冒險者隊伍裡知識分子的悲哀。

資料查了一會兒後，收集到了幾項地下城的相關情報。

『離亞壘沙最近的地下城是烏魯木特啊。』

烏魯木特是位於亞壘沙遙遠南方的地下城都市。驚人的是，聽說那座都市是買賣從地下城獲得的素材及道具發展起來的。都市就在我們現在所處的克蘭澤爾王國國內，不用跨越國境，要去應該不難。

另一項情報，是關於據稱位於亞壘沙這裡的地下城。

向老先生詳細一問之下，他說那裡現在限制進入。

「為什麼？」

「那座地下城的城主被打倒了，現在只剩下魔核。只要魔核還在，就能對地下城進行某種程度的操作，這妳曉得嗎？」

「嗯，曉得。」

闖入哥布林地下城之前，多納多隆多跟我們講過了好幾遍。

據說打倒地下城主後只要操縱魔核，就能少量生產出該地下城至今生產過的道具或魔獸。

「亞壘沙的地下城正是只剩魔核的地下城，設定成能夠生產出各種珍貴的素材等等。換個說法，就跟礦山之類的處理方式沒兩樣。因此那裡受到冒險者公會的管理，不准外人擅自入侵。」

原來如此，也就是進行監視，以免遭到冒險者洗劫一空。

這樣的話，亞壘沙的地下城就得從候補中剔除了。

再來就剩下烏魯木特——

（烏魯木特好像很好玩，我想去看看。）

『我也是，那就先查一下烏魯木特的地下城情報吧。』

「嗯。」

『先從什麼查起？』

（嗯，烏魯木特的美食。）

『我是覺得有其他該查的東西吧。』

像是旅費，或是路線之類的。

（說得對。）

『很高興妳能明白。』

（途中城鎮的名產也得查一下。）

『是啊，沒錯。』

按照芙蘭的要求，查過烏魯木特的名產等等之後，我們也查了一下往烏魯木特怎麼走，以及中繼地點的情報。

資料上說有陸路與海路，不知道哪種比較好？

陸路的話說不定可以在各地城鎮邊吃邊逛，欣賞漂亮的景色。一定會有我從未見識過的奇幻絕景。

如果走海路，就是優雅的海上之旅了。燦爛的陽光，以及怡人的海風。一群海豚在船尾浪中戲水。好吧，這裡是異世界，所以或許沒有海豚，但至少能體驗到乘船旅行的箇中樂趣吧。

『芙蘭想走海路還是陸路？』

（陸路比較便宜。）

『哎，是沒錯啦。話說芙蘭有搭過船嗎？』

（當奴隸時搭過一次，不過是被塞在船底。）

呃，真抱歉。是說妳就只有這點關於海上之旅的記憶嗎！不行！這樣不行啊！

『這、這樣啊。那這次就享受一下海路也不會怎樣吧？』

（好玩嗎？）

『好玩啊，搭船渡海很舒服，而且應該可以吃到美味的海產。』

（……魚？）

『還有蝦子啊螃蟹啊貝類什麼的，很多啦。』

（嗯，我早就覺得海路是唯一選擇了。）

芙蘭一面用力擦擦嘴角流下的一道口水，一面兩眼閃閃發亮地不住點頭。總是只想到吃。

事情就是這樣，目的地是烏魯木特，決定走海路。

兩小時後。

我們往亞壘沙的鎮外走去。

查完了地下城與魔術等等的相關情報之後，我們接了採藥的委託。順便還打算找找看魔獸。

「嗨，又是委託嗎？」

「嗯。」

一名門衛——德爾托來找芙蘭講話。就是我們剛來鎮上的那天，幫忙洽辦事宜的人。仔細想想，我們跟這大叔還真是成了朋友。好吧，畢竟我們天天報到，而且芙蘭很顯眼。他每次都會面帶笑容跟不愛理人的芙蘭搭話，真是個好人。

我看得出來。芙蘭乍看之下不愛理人，其實在面對德爾托時，態度比面對其他門衛的時候柔和。這就表示她稍微向對方敞開了心扉。

德爾托或許也明白這點，所以也就更疼芙蘭了。

「今天也好可愛喔～～」

……他該不會是蘿莉愛好者吧？

如果是這樣，我得考慮一下跟這傢伙來往的方式了。

「對了，妳知道安薩多子爵嗎？」

「？」

聽德爾托這麼說，芙蘭偏偏頭。妳已經忘啦？好吧，她大概對那人沒興趣，也許怪不得她。

『就是那個啦，突然闖進公會會長的房間，來找碴的貴族。』

「喔，小咖副長？」

芙蘭的講話方式讓德爾托先是睜圓了眼，隨即笑了起來。

「哈哈哈哈，對對對，就是那個小咖副長。」

「他怎麼了？」

「喔，他好像在找芙蘭妹妹，妳還是小心點比較好。昨天也是，有個人自稱是那傢伙的部下，跑來確認妳有沒有經過這裡。」

哦哦，似乎有點蹊蹺喔。

「那傢伙是貴族，在鎮上是呼風喚雨，而且據說他還擁有能看穿謊言的技能。」

「我知道。」

不過正確來說，是曾經擁有才對，現在由我接收了。

「聽說那項技能在貴族社會非常受用，可以掌握對手的弱點，或是把政敵逼得垮台。因為那些傢伙撒起謊來，就跟呼吸一樣簡單。」

德爾托老兄真敢講，完全跟我是同一掛的，就是對貴族有偏見的類型。

因為我光是聽到貴族，就會自動認為是除了家世之外無可自豪的臭傢伙。

「結果導致那個子爵就算引起問題，老家也會幫他掩蓋事實。只是他又因為這樣而更得意忘形，幹出更蠢的事情來。也不知道他會對芙蘭妹妹妳做出什麼好事。」

嗯——是在公會碰面時被盯上了嗎？

雖然是克林姆講贏他，把他趕走，但畢竟芙蘭也在現場。

「知道了，我會小心。」

「這樣比較好，我聽到了有點不妙的傳聞。」

「傳聞？」

「是啊，聽說從幾天前開始，安薩多子爵的樣子就不太對勁。」

「怎麼不對勁？」

「忽然變得鬼鬼祟祟，先是開始流傳他精神出問題的消息，然後又聽說他在王族面前嚴重失態。詳細情形我不清楚，但甚至聽說老家也氣得要死，這次可能不會再罩他了。後來他好像變得更判若兩人，有人說他被詛咒了，又有人說是邪神附身，各種傳聞不絕於耳。」

哇啊——也就是說我們可能正在被這種人跟蹤？那真可怕。

說不定還會看心情襲擊我們，得提高警戒才行了。

「那麼，妳慢走。」

「嗯。」

我們一邊找藥草，一邊走在郊外路上。

其間，我確認了我們的能力值。

『芙蘭還是一樣，維持結契狀態耶。』

「嗯。」

從地下城返回後，我重新看過芙蘭的能力值，才發現這件事。
一開始我以為是奴隸契約以某種方式恢復了，還焦急了一下，但看樣子似乎不是。因為她被迫為奴時，狀態是「奴隸」。
現在則改成了「結契」。
對象是我。
不知為何，她變成了跟我結契的狀態。呃，我並不記得有跟她締結契約啊。似乎是出於某種不可思議的力量，在不知不覺間締結了契約。
雖說是我自己的身體，但這把劍果然還藏了一些謎團。
我試著與芙蘭實際上拉開距離，或是卸除裝備，做了各種驗證，但沒得到什麼特別的收穫。頂多只知道不管怎麼做，結契狀態都不會受到解除。
由於目前似乎沒有壞處也沒有好處，所以也只能放著不管了。
反正芙蘭也不怎麼排斥。
一邊找藥草沿路前進，不久後我們同時感覺到一陣氣息。
（師父。）
『嗯，有人在跟蹤我們。』
跟蹤者有兩個人。其中一個像是外行，什麼隱蔽措施都沒做，一整個無所遁形。
我們故意試著偏離道路。
結果那陣氣息也跟著我們偏離道路，果然一路追著我們過來。

我們打算將對方引誘出來，在森林裡走了一段路後，氣息開始拉近了距離。

「喂，喂！給我站住！」

後方傳來一聲彷彿在哪裡聽過的怒吼。

連自己上鉤了都不知道，真是辛苦他們了。

「那是……小咖副長？」

『應該是……奧古斯特子爵……沒錯吧？』

我們回頭一看，一瞬間困惑了。一個是貌似戰士的男子，大概是冒險者或傭兵。我不記得有見過這人，總之就是一般戰士會有的行頭。

只是，另一個人就大有問題了。我們一看到的瞬間，沒能認出那是奧古斯特子爵。

才不過一個星期左右，他已經面目全非到讓人吃驚的地步。根本可以說雖然留有奧古斯特的昔日風貌，乍看之下卻無法判斷是否為他本人。

臉頰驟然消瘦，眼睛充血通紅，滿頭亂髮有幾處脫落，形成了一塊塊的禿髮。那副模樣簡直就像恐怖片裡出現的幽魂。咦？應該沒變成不死者吧？

發生了什麼事？雖然他是個討厭的傢伙，但看到這副鬼樣子，害我有點同情起他來了。

「妳……妳、妳……妳！」

哇啊——他靠過來了。

「我、我要妳補償在公會，對、對本人做出的無禮行為！」

太唐突了吧，前面一點說明都沒有，就忽然鬼叫起來了。

好吧，其實看到他變得這麼多，我就有不祥的預感了。
「請問你哪位？」
「什、什麼？妳難道忘了我是誰嗎！」
「初次見面。」
「是、是真的嗎？不、不對，不准說謊！哪有可能啊！」
「真的真的，你認錯人了。」
芙蘭大概也不想跟這種人扯上關係吧，似乎打算隨便搪塞過去？
呃不，這樣不可能騙得過吧。
我本來是這麼以為——
「咦？真的是我認錯人嗎？不，妳說謊！妳在騙我吧？」
「我沒騙你。那就這樣了。」
「咦？咦？不是在騙我嗎？不是在說謊？」
是因為精神出問題嗎？他竟然快要相信了。
看這樣搞不好真的騙得過喔。
「啊！那把劍！我、我就說妳是公會那個獸人吧！」
抱歉，芙蘭，我害妳被看穿了。
「妳、妳果然在騙我！該死！每個傢伙都滿口謊言！」
你還有臉說！上次明明就想用最惡劣的謊話陷害我們！

「妳、妳……妳把那把劍，拿、拿來給我！」

「我不要。」

「少、少囉嗦！一個骯髒的冒險者，不、不准反抗貴族大爺！還、還不快拿來給我！」

「不要。」

「妳妳……妳以為本人是誰！我、我可是奧古斯特・安薩多大爺啊！」

奧古斯特尖聲怪叫地這樣說，用右手指甲刺在頭上用力猛抓一通。頭髮掉了幾根，細細的一道鮮血流到了額頭上。這、這景象也太驚悚了，怎麼看都像是心理學恐怖片的登場人物。

男人的怪異行徑還沒停止，接著開始兩隻手一起用力抓頭。

「嗯？發瘋了？」

老實說，繼續跟這傢伙扯上關係太麻煩了。

要逃走，還是砍死他？我與芙蘭正在討論時，奧古斯特旁邊那個男的走上前來了。

「好了好了，奧古斯特大人。這裡就交給我吧。」

「咕、咕唔唔……」

「我幫您給那小妞一點顏色瞧瞧。」

「這、這樣啊。那就交給你了，嘻嘻嘻。」

笑臉超惹人厭的。

也就是說即使精神異常，爛到骨子裡的本性還是不會改嗎？

「就是這樣啦，把那把魔劍交出來吧，這是子爵大人的命令。」

「不要。」
「呵呵呵，趁著還沒吃到苦頭前，為了妳自己好，我勸妳還是早早交出來吧。」
「沒、沒錯！古蘭可是本、本領高強的傭兵喔！」
「知道沒？好啦，把劍交給我。」
「我、不、要。」
「啐！臭小鬼少在那自以為了不起，妳連雙方的實力差距都不會看嗎？」
古蘭這樣說，那他的實力呢？
嗯——我試著鑑定了一下，沒什麼了不起的耶。雖然不算小角色，但沒有多厲害，至少比芙蘭弱。要自稱為本領高強的傭兵，實力不會有點不足嗎？
「嗯？妳是黑貓嗎？」
「……」
「我是藍貓族，妳恨我嗎？嗯嗯？」
「藍貓族是……敵人！」
芙蘭身上發出了強烈敵意。
自從與我相遇以來，她可能還是頭一次對他人露出這麼強的敵意。
『芙蘭？怎麼了？』
（藍貓族有很多奴隸商人，其中也包括地下商人。）
『就像抓住芙蘭的那種人？』

（對。）

這個男的搞不好也是同一種貨色，因為擁有的技能包括了買賣、恫嚇與捕獲。

（大約五百年前，藍貓族欺騙了黑貓族，拿我們充當奴隸賣了。從那時候以來，藍貓族就成了黑貓族的敵人。）

『藍貓族騙了黑貓族嗎？』

（藍貓族假裝親近黑貓族，卻暗算我們。很多黑貓族被抓去賣掉。祖先向獸人王告過狀，但黑貓族地位卑微，沒人要聽黑貓族的說法。）

聽了真讓人不愉快，我會記住的。藍貓族是奴隸商人就對了。

芙蘭的敵人就是我的敵人，換句話說這傢伙就是敵人。

「怎麼忽然不講話了？現在才開始害怕了嗎？不過，已經來不及啦。妳得吃點苦頭，對自己的有勇無謀後悔莫及！不過嘛，我不會讓妳留下太大傷痕的，否則就不能當成商品啦！」

『罪證確鑿了，這傢伙跟地下奴隸商人脫不了關係。』

（嗯。）

「儘管大聲哭叫吧！」

男子拔出了腰間的劍，劍身帶有強大的魔力，能力挺強的喔。

名稱：幻輝石魔劍
攻擊力：650　保有魔力：200　耐久值：600

魔力傳導率：B
技能：幻影擊

不只武器，從古蘭全身上下也能感覺出強悍力量。

（那傢伙全身都是魔道具？）

『是啊，我看是喔。』

（那麼，要搶過來嗎？）

『試試看次元收納好了。』

我最近才想到，如果能在戰鬥中收納對手的裝備，豈不是超強一把？

哎呀——以前都完全沒想到呢。

我本來就在對次元收納的效果做各種測試，例如時間是否真的不會流逝，或是溫度是否完全不會變化等等。

由於素材不會腐壞，料理也一直保持溫熱，所以我早就知道內部時間是停止流逝的。針對這點，我做過正式的測量，結果時間的確不會流逝，次元收納空間內的時光完全是靜止狀態。

就在進行這些實驗時，我無意間產生了一種靈感。但戰鬥對手淨是魔獸，一直以來都沒機會嘗試……現在來了個正適合的對手。

「哦？妳想打嗎，小妞？」

芙蘭伸手握住我的劍柄。

古蘭一副瞧不起人的嘴臉看著芙蘭，大概以為是小孩子想做無謂的抵抗吧。他連劍都沒舉起來，不懷好意地笑著。

「嗯。」

芙蘭拔出了我。

然後，古蘭當場橫著倒下。

「啊——啊啊啊啊啊啊啊！」

芙蘭一瞬間就移動到古蘭的身側，古蘭的兩條腿已經掉在她的腳邊。大概是不想讓對手逃走，所以奪走了雙腳吧。

「那我試試看次元收納。首先是鎧甲。」

「噫咿！」

古蘭想用爬的逃走，唰的一聲，芙蘭拿我插進他的肩頭。

「痛啊啊啊！」

看來即使有痛覺鈍化技能，也不能完全消除疼痛。我一面這樣想就發動次元收納，然而……

『不能收納耶，看來對手正在裝備的道具好像不能收納。』

真可惜，要是收得起來，在戰鬥中會更有用的說。

（那如果從身上分離呢？）

「噫啊啊啊！」

芙蘭把我一揮，砍飛了古蘭手肘以下的兩條手臂。

手臂上戴著手環型的魔道具。
（師父，你收納看看？）
『好、好的。』
對敵人真是出手不留情。不，她這次應該是不動聲色地在發怒，下手比平常更狠。
芙蘭看都不看叫苦連天的古蘭，把我按在手環上。我發動次元收納。
『收起來了。』
看來從本體分離的部位裝備的物品可以收納。
「劍也要。」
『好。』
我收下掉在地上的劍，這個也可以收納。
「為什麼……會變成這樣……！啊啊啊！混帳東西！」
不過話說回來，真虧他在這狀態下還能講話，是拜痛覺鈍化技能所賜嗎？
「為什麼啊！用我的技能來看，妳不可能有這麼強……！饒饒饒、饒命啊啊啊！」
技能又怎麼了？——喔，原來如此，他有一種叫強者察覺的技能，似乎是能夠感覺出他人與自己等級差距的技能。所以他就是藉由這項技能，知道芙蘭的等級比自己低。不但是黑貓族，等級又比自己低，而且是個小女生，足夠讓他狗眼看人低了。
（鎧甲以外全都收下了。）
『哎，反正要脫鎧甲也很麻煩。』

（那就……讓他不再是裝備者就行了。）

『哎，是沒錯啦……我來吧。』

古蘭跟哥布林或其他魔獸不一樣，再怎麼可惡也是人類。

我以為就算是芙蘭，也不免會有所猶豫……

（不用，沒關係，我來。）

說完，芙蘭毫不遲疑地把我一揮到底。

「啊——咯咻——……」

男子被割斷咽喉，留下空氣洩漏的聲音，不停掙扎。

我感覺隨著古蘭的脖子流出鮮紅血液，他的生命力也一起逐漸流逝。

臉上漸漸失去血色，睜大的雙眼怨恨地注視著芙蘭。不是瞪著，只是用空虛的目光看著她。

嘴唇在顫抖，並緩緩傳播到全身上下。

然後，古蘭動了動手臂，好像在亂抓空無一物的空間——就斷氣了。

死得真乾脆。

『芙蘭，妳還好嗎？』

（遲早要經驗到的，幸好對象是這傢伙。）

以第一次親手殺人來說，還真鎮定。

可能因為這傢伙似乎是芙蘭整個種族的仇敵，而且是個壞人吧。

芙蘭看起來不像在逞強，好像真的沒感覺到良心苛責。

大概精神安定技能也發揮了效果吧，這種技能可以降低對殺戮的心理障礙……幸好有取得。

雖然牽扯到良知等諸多問題，但現在就別管了。

只要芙蘭不會自尋煩惱就好。

真要說的話，我本來就不喜歡優柔寡斷型的主角。每殺一個敵人就要進入憂鬱模式，只會把人煩死。

還有什麼不能讓小孩子殺人，這種沒認清現實的天真意見我也不接受。

在這種世界要是猶豫著不敢殺死敵人，有幾條命都不夠。教芙蘭當自以為是的濫好人反而才會害到她。

『那就馬上來試試看收納吧。』

「嗯。」

『好，那麼首先是鎧甲。』

我把鎧甲、長靴、短劍、盾牌、護手、首飾一件件收納起來。

果然只要是屍體就沒有問題。

「嘻嘻嘻噫！」

在那裡發出不知道是笑聲還是慘叫的聲音，嚇得直不起腰的，正是小咖副長奧古斯特。

「這這、這怎麼可能！他可是羅斯戰爭的英雄耶！千、千人斬的超人，哪可能這麼簡單就被……！」

奧古斯特老兄，你完全被騙了喔。千人斬？灌水灌太多了吧。

再說了，古蘭會是英雄？不可能。只要稍微了解一下為人，這點小事總該看得出來才對，想被騙還比較難。

（他被騙了？）

『八成是吧，不過他好歹是個貴族耶，會被這麼明顯的謊話騙倒嗎？』

呃，該不會是我害的吧？

會不會是我搶走了謊言真理，害得他無法正常判斷虛實？

假如他從小就有這項技能的話，在跟人交談時，很可能每次都用上謊言真理。如果有一天這項技能突然沒了呢？可能會導致他失去精神平衡，或是變得完全無法看穿他人的謊言。

（師父害的。）

『咦，果然是這樣？』

（嗯，做得好。）

『啊，妳是在稱讚我啊。』

還是老樣子，對敵人特別嚴苛。好、好吧，這次就當作是對方自作自受，是這傢伙運氣不好，才會纏上我們。對，不是我的錯。

「再、再說，妳把古蘭的裝備弄到哪去了！那、那些是我買給他的，是最高級的武具耶！」

原來是被古蘭當成凱子啦。古蘭一定是跟他灌輸了一些有的沒的，把他當錢包。真是可悲。

『吶，這傢伙怎麼處理？』

（……不理他。）

『嗯——這樣好嗎？』

總之我先把古蘭的屍體收納起來了，因為聽說放著不管會變成不死者。雖然得找地方處理掉很麻煩，但沒辦法。

這傢伙身上的差不多兩萬戈德也不小心順便收納起來了。

好吧，這些錢也收下好了，就當作是賠償費。

反正拿著也不吃虧。

再來是奧古斯特的處理方式……要怎麼辦？

抓起來？殺掉？忽視？洗腦？畢竟這傢伙是貴族嘛～

就在我左思右想時，有個新的氣息出現，往我們這邊接近。

（師父……！）

『嗯，魔力很強大，小心！』

「嗯！」

芙蘭無視於奧古斯特這種小角色，提高戒心不敢大意。

其間，謎樣氣息仍然以驚人速度靠近過來。

不過，我沒感覺過這種魔力。跟魔獸或人類都有所不同，是一種不可思議的魔力。

難道是想找芙蘭下手？

不，白痴子爵好歹算是個貴族，也可能是他被盯上了？

總而言之，不可以鬆懈。

「幹、幹嘛又拔出劍來！想、想打嗎！」

奧古斯特不知道在吵什麼。我想了一下，他如果在戰鬥中妨礙我們就麻煩了，現在就讓他閉嘴一下吧。

『芙蘭。』

「嗯，知道了。」

「妳、妳妳、妳要幹什麼……——」

咚。

「啊……？」

子爵挨了芙蘭的手刀失去意識，我們放著他不管，等了十幾秒。

出現了一個半透明的怪傢伙。

該怎麼說，看起來就像一顆表面持續起伏變形的水球飄在空中。

雖然感覺不到敵意，但這究竟是什麼來頭？

「芙蘭小姐，妳沒殺他吧？」

正在煩惱時，忽然響起了一個聲音。

「？」

難道是眼前這傢伙發出來的？呃，因為它沒有嘴巴也沒有臉，我不能確定就是了。

但我想應該是這個不定形玩意兒發出的聲音。

再說，我對這個聲音有印象。

「公會會長？」

「是的。噢，妳是第一次看到這個吧？這是我役使的一種元素精靈，請放心。」

「元素精靈……第一次看到。」

我也是第一次看到，但跟想像中好像不太一樣。

我以為會更像人的外形，例如西爾芙或溫蒂妮什麼的。

芙蘭好像也跟我一樣，偏頭困惑地注視著元素精靈。

「有點怪怪的。」

「竟然說這孩子怪！哪裡怪了！沒錯，這孩子是中級元素精靈，所以不是人型，但這孩子也很可愛啊！」

「可是，我喜歡更帥氣一點的。」

「人型元素精靈可是高等元素，現在又不是戰時，怎麼可能召喚那樣高等的元素嘛。」

原來人型元素精靈是高等元素啊，而且公會長可以召喚那種元素。

中級就有這麼大的魔力了，上級不知道有多強。

假如能同時召喚複數元素精靈，一定會形成相當大的戰力。

公會長本人就已經超強了，如果再加上元素精靈，豈不是沒人動得了他？或許該說能當上公會會長，實力還真不是蓋的。

「什麼事？」

「喔，差點忘了。是這樣的，我得到消息說安薩多子爵離開城鎮。」

明明是剛剛才發生的事，這人消息真靈通。

「是城門守衛德爾托先生通知我的，說安薩多子爵追在妳後面出城了，不知道有沒有問題。」

德爾托大哥對不起，我不該懷疑你是蘿莉愛好者。原來就只是個好人。

「他來了。」

「果然！有人向公會提出要求，請我們祕密拘捕安薩多子爵。妳沒有殺他吧？沒有吧？咦，該不會已經殺掉了吧？那樣我會很困擾喔！」

「我沒殺他。」

「真、真的嗎？太好了！我想請妳把他交給我。當然，我不會讓妳吃虧的。」

「好。」

老實說，我們正苦惱如何處理。他願意接回去，我們反而還很感激呢。

「真的嗎？太感謝了！那麼，我立刻前往現場，可以請妳把他扣留下來嗎？」

「嗯。」

「那麼，告辭！」

公會長一說完，元素精靈的身影就消失了，看來是用來當成信使。

十分鐘後，公會長本人氣喘吁吁地現身了。

好快啊，看樣子是真的急著趕來。

「芙蘭小姐，讓妳久等了。」

「嗯。」

「安薩多子爵在……噢，在那裡呢。喂。」

公會長帶來的冒險者，把失去意識昏倒的奧古斯特子爵扛起來搬走。

「你要帶他去哪裡？」

「噢，帶去給歐梅斯伯爵的使者。」

沒聽過的人名耶，哪位啊？

「歐梅斯伯爵是安薩多子爵的父親。」

「父親找人逮捕兒子？」

「是的，這件事希望妳在這裡聽聽就算了。安薩多子爵原本就是個問題人物，但因為擁有看穿謊言的技能，所以歐梅斯伯爵不曾加以處罰，而是一直利用他到現在。」

大概是把謊言真理帶來的好處，跟言行舉止惡劣帶來的壞處放在天秤上衡量，判斷好處比較大吧。

「然而幾天前，這項技能似乎突然消失了。理由不明，畢竟這是非常少見的現象。好吧，也許是他把技能用在無聊的用途上，遭到天譴了吧。」

對對對，是遭天譴了，拜託就當成是這樣吧。

「他完全變了一個人，連我都嚇了一跳。大概是以前無論跟誰接觸，都用上了測謊技能吧。如今他沒了這項技能，似乎變得任何人都信不過。」

哎，其實病情沒這麼輕微就是了。完全一腳踏進瘋人院了。

本來還想說「好耶～～拿到好用的技能了」，看來還是少用為妙。我可不想變得跟白痴子爵一樣。

我不是什麼特別的存在，有自信覺得只有自己不會出問題。

「幾天前他在面對來訪視察的王族時，也捅出了漏子。他忽視一切禮節，在謁見廳忽然揪住對方，嚷著叫對方不准說謊。」

哇啊——那真是太誇張了。就連不熟悉禮儀規範的我跟芙蘭都不會那麼離譜。

不，等等喔。記得我把宮廷禮儀的技能也搶過來了，會不會是這個也產生了影響……？

「然後他溜出了軟禁房，就這麼下落不明。當時他似乎帶走了不小的一筆錢，伯爵只掌握到他花掉了大半金銀，買了昂貴的武具。」

八成是古蘭給他引路的，然後大概是打算抓到芙蘭後就不回亞壘沙，直接遠走高飛吧。

反正白痴子爵多的是辦法解決。

「以歐梅斯伯爵的立場來說，必定不想把事情鬧大。所以才會趁著安薩多子爵還沒引發更多問題，祕密委託我們拘捕他。」

「祕密？」

「是的，這是我的個人猜測，我認為伯爵想隱瞞他失去技能的事實，繼續設法利用下去。不知道是會找替身，還是找人治好他就是了。總之為了這個目的，才會想抓住子爵本人。而為了防止事跡敗露，才希望能盡量祕密行事。大概就是這麼一回事吧。」

「已經不可能了。」

「我也這麼認為就是了。好吧，無論是失敗或成功，反正都與我無關。況且能向權貴賣個恩情也不吃虧，委託費加上封口費又是筆大數字。」

哦哦，委託費很豐厚是吧？

「盯——」

「……不用這樣瞪著我看，我會當作是妳完成委託，也會給妳獎金喔。」

「嗯，當然。」

「相對地，妳明白吧？」

「我口風很緊。」

見芙蘭很有自信地點個頭，公會長用莫名不安的視線看著她。

「唉，真的要拜託妳嘍。對方可是大貴族，要是觸怒人家，會惹來很多麻煩。」

我們也是，麻煩別把我們扯進貴族的家族內爭。無論是誰來拜託，我們都不會說出去。

「對了，關於子爵身上的物品，伯爵說沒辦法回收也沒關係，所以不用擔心。」

他認定我們偷藏了武具或錢耶。好吧，是差不多啦。總覺得好像又欠了公會長一個人情。

我們請公會長不要把芙蘭的名字告訴伯爵那邊的人。雖然大貴族老爺想必沒興趣知道小老百姓的名字，但總是小心為上。

順便一提，委託費加上獎金與封口費，總共二十萬戈德。手頭金額一下子翻倍耶。

不愧是貴族的委託，我的金錢觀都快麻痺了。

## 第二章　階級A的實力

跟奧古斯特·安薩多子爵起了那場糾紛後，過了幾天。

今天還是一樣，我們來到冒險者公會找委託。

因為要再等一個星期，才能跟格爾斯老先生領取防具。這段期間我們得待在亞壘沙才行。

（又是採藥？）

『也採膩了呢～～』

（嗯？好像有點吵。）

『人好像也很多？』

芙蘭打開公會的門，只見公會裡面莫名吵鬧。

冒險者的人數好像也比平常多。

「妮爾，發生什麼事了？」

「芙蘭妹妹，午安。是這樣的，前去調查魔狼平原的高階級冒險者回來了。」

原來如此，所以才會多了幾個看起來莫名強悍的傢伙啊。

「對了，妳好像還沒見過吧？」

「嗯。」

『既然說是高階級，是不是也有A級或S級的冒險者？』

「有S級嗎？」

「S級的沒有，不過有一位A級，還有B級的。」

所謂的A級，就是實力能夠單獨打倒B級魔獸。換句話說，我們上次好運打倒的那隻惡魔，階級A的高手用不著拿出真本事就能打倒。

「從大約一個月前起，她就前去調查魔狼平原了。而且還讓眾多C～F級的冒險者同行，好讓他們累積經驗。只是也因此導致討伐哥布林演變成重大事件就是了。」

原來如此，如果有A或B級的冒險者在，想必能夠更輕鬆搞定。甚至很可能只靠少數精銳，三兩下就攻略完畢了。

只是如果那樣，我們可能就沒辦法打倒惡魔了。

以我們來說時機剛好。

『我還以為這裡多納多隆多最強耶。』

「嗯。」

「怎麼了？」

「原來多納多隆多不是最強的。」

「多納多隆多先生是因為很會教人，所以才能擔任教官。況且他如果繼續當冒險者，遲早能升上B級。但聽說他表示想致力於指導後進，所以選擇成為教官。多納多隆多先生當教官差不多有十五年了，所以亞壘沙的B、C級有一半以上都是他教出來的喔。因此大多數冒險者都會聽多納多隆多先生說的話。」

原來是這樣啊，碰上初出茅廬時受過照顧的教官，就算是一些略嫌粗暴的傢伙，或許也會意外聽話。正因為如此，多納多隆多在哥布林討伐戰當中才會站上前線吧。

「那個A級的人也是？」

「噢，那個人不是，應該說她誰的話都不聽。坦白講，她個性太強烈了，很不容易應付。」

「哎呀呀，妮爾，妳在說我壞話嗎？」

嗚喔！有個女人從背後跟我們說話，但我完全沒感覺到氣息！

「呀！阿曼達！不要消除氣息偷偷靠近啦，就是因為妳都這樣，人家才會說妳難應付！」

看來這位女性就是A級冒險者。真是的，她突然冒出來，嚇了我一大跳。

「呵呵呵，難應付就難應付嘛，反正我又不是負責跑腿的狗。」

對話雖然針鋒相對，但兩人臉上都浮現著笑意，大概是感情好到能互開玩笑吧。

「我來介紹，芙蘭妹妹。這位是A級冒險者阿曼達，別看她這樣，可是我們家的王牌喲。」

「什麼叫別看我這樣啦～～」

她長得挺漂亮的，黑髮在背後剪得平整，甚至有點和風氣質，是位穩重大方的溫柔美女。聲音也給人柔和的感覺，聽起來很悅耳。

只是就對話內容聽起來，個性似乎滿不好惹。

「哎，總之不是個壞人啦。而且她很喜歡小孩，畢竟她有個稱號叫～～……」

「啊，不要說出來啦，妮爾！很害羞耶！」

「幹嘛害羞啊，那個稱號很適合妳啊。」
「沒關係啦！呵呵呵，抱歉讓妳見笑了。請多指教喔，小妹妹。我叫阿曼達。」
「嗯。我叫芙蘭。」
「好厲害喔，這麼小的年紀，就有這種實力……將來很有前途喲～～」
「妳看得出來嗎？阿曼達？」
「那是當然嘍。」
不愧是A級冒險者，才一下就看穿了芙蘭的實力。她沒有鑑定類的技能耶，就只是憑經驗造就的技術嗎？

名稱：阿曼達　年齡：58歲
種族：半精靈
職業：狂風鬥士
Lv：70
生命：646　魔力：825　臂力：327　敏捷：451
技能：威懾7、詠唱縮短6、隱密8、解體8、風魔術10、剛力5、瞬步7、異常狀態抗性7、全方位察知6、屬性劍7、投擲8、鞭技10、鞭聖技5、鞭術10、鞭聖術6、暴風魔術4、魔術抗性6、魔力感知6、氣力操作、龍族殺手、暴風強化、魔力操作
獨有技能：元素寵愛

稱號：孩童守護者、地下城攻略者、龍族殺手、風術師、魔獸殲滅者、Ａ級冒險者
裝備：天龍鬚魔鞭、老多頭蛇全身皮甲、魔毒蜥蜴外套、魔眼王牛之鞋、替身天環、雷霆鳥羽飾、防壁指環、魔痺梟羽毛手裡劍×２４

稱號之一叫孩童守護者，妮爾小姐想說的大概就是這個吧。是喜歡小孩子的人會得到的稱號嗎？

不過還真強耶。看到公會長跟多納多的能力值時就已經夠震驚了，但阿曼達比他們更厲害。老實說，我甚至覺得有點可怕。憑這個人的實力，當然就連惡魔也能獵殺了。我一點反抗的意願都沒有，不管發動什麼樣的奇襲，我都無法想像贏過她的畫面。

『太可怕了，千萬不要跟她唱反調。』

（嗯，我不會。）

芙蘭似乎也感覺出了阿曼達的強大實力，神情嚴肅地點頭答應我。

「我聽其他冒險者講過好多次，說妳是公會創立以來最快升級的人。大家說妳嬌小又可愛得不得了，是佩帶魔劍的獸人美少女！」

什麼？我是很高興芙蘭受到稱讚，但會不會太強調外貌了？是哪裡來的傢伙！竟敢用想入非非的目光看芙蘭！

「不過，公會長叫我不要大意。說是如果被妳的外貌騙了，會嘗到苦頭。」

公會長這傢伙！給我跟Ａ級冒險者亂嚼什麼耳根子。好吧，如果公會長說：「芙蘭妹妹很可

愛喔～～」那也很噁心就是了。

「啊，對了，公會長交代過我，說芙蘭妹妹妳來了的話，要請妳去他的辦公室。」

「去辦公室就對了？」

「可以麻煩妳跑一趟嗎？」

「嗯。」

「哎呀，好可惜喔。本來想找妳吃頓飯的，既然是公會長要找妳，只好作罷了。」

「掰掰。」

「呀——！好可愛喔，好想要這種妹妹！」

「阿曼達，妳以為妳幾歲了啊？是女兒才對吧。」

「妮～～爾～～？別因為妳自己還算年輕就亂講話喔。而且半精靈老得比較慢啦！」

「是是是，沒錯，阿曼達還年輕。」

看來她們感情是真的很好。

轉身背對妮爾小姐與阿曼達的嬉戲笑鬧，芙蘭走向公會長的辦公室。

芙蘭走上樓梯，敲敲辦公室的門。

砰砰砰。

「喂！誰啊！敲門敲得這麼粗魯！」

喀嚓。

「我來了。」

「噢，是芙蘭啊。是說房間裡的人還沒應門妳就進來，這樣敲門還有什麼意義？」

「盲點。」

「唉，下次請妳注意一下。」

抱歉了，公會長，我會好好教她的。

不過，這次是因為我想看看公會長會有什麼反應，所以故意沒阻止芙蘭就是了。

「什麼事？」

「其實，我這邊有件委託特別想請妳接下。」

不知怎地，公會長一提出請求，就讓我覺得絕對沒好事。

「事情是這樣的，公會內外都開始有人對妳的實力表示疑問。當然，我知道妳的實力不容懷疑，但對於不認識妳的人來說，他們似乎就是無法完全信任。為了去除這類聲音，能否請妳接下一項委託？」

不不不，是你們那邊擅自幫我們升級的耶，怎麼現在才在挑毛病？

「是公會擅自幫我升級的。」

「唉，這真是說中我的痛處了……但我也沒想到會有這麼多人嫉妒妳。而且又有另一派的人在擁護妳，所以把事情弄得越來越複雜。很多D跟C級的冒險者對妳表示敬意，因為他們有很多人實際體會過妳的實力，而且大家開始將妳當成吉祥物，人氣持續攀升。」

中級以上的冒險者果然有看人的眼光。

不過，吉祥物啊……也不錯啊，因為芙蘭很可愛嘛！

「可是下級冒險者當中，似乎很多人不願意認同。由於有些人長年都停留在E級升不上去，而妳看起來就像是輕易升上D級，或許更引起了他們的嫉妒。」

「就讓他們去說沒關係。」

就是啊就是啊！這關我們什麼事！要怪就該怪你們那邊把我們升上D級！

「如果可以，我也很想這麼做，但也不能放著不管。反對聲浪中有一些無憑無據的謠言，說妳是花錢買階級，又說其實我有戀童癖，是被妳的美色迷惑了。」

公會長嘟嘟噥噥的不知道在抱怨什麼。

「我哪有可能有戀童癖啊！饒了我好不好？真要說起來，我喜歡的是比較——」

這傢伙該不會是不想讓人誤會他是蘿莉控，才會找我們談這件事吧？

「不會強迫我接吧？」

「好嘛好嘛，別這麼說，我會給一些獎金，好嗎？好歹先聽我說嘛。」

真是豁出去了。我開始覺得他真的只是想否定蘿莉控的嫌疑了。

「追加一筆委託費不用說，我還會為妳辦理烏魯木特鎮地下城的入城許可。」

「……你怎麼會知道？」

「這個嘛，只要有人在資料室調閱這類資料，我自動就會知道。」

我們的確在資料室請老先生找了各種資料，但公會長消息也太靈通了。

不過話說回來，進地下城還需要許可啊？

「不是誰都能進入地下城嗎？」

「當然了，要通過幾項審查，其中一個是冒險者階級。」

「烏魯木特寫說是D級。」

「的確，妳的冒險者階級有達標準，但光是這樣還不能得到許可。只要公會判斷這個人沒有生還的希望，審查可能就不會通過。」

「我沒有生還的希望？」

「我的意思是光看外貌，別人有可能這麼認為。」

好吧，說一個可愛獸人少女要獨自進地下城，審查或許可能無法通過。就算能得到許可，恐怕也要等很久。

「只要有我的許可證，就不須經過審查，立刻就能進入地下城。」

這個奸詐精靈，擺出一副耀武揚威的嘴臉看人！

可是，我們的確想拿到許可。

「……總之先聽委託內容。」

「謝謝。那麼，委託內容在此。」

公會長取出一張委託書。

內容是調查亞壘沙附近的地下城，以及回收素材。

「可以進入亞壘沙的地下城？」

「原來妳已經聽說了啊，那就好談了。這座地下城平常是禁止閒雜人等入內，但我們每隔幾個月，會以調查的名義派遣冒險者進入。主要目的為回收地下城內生產的資源，以及減少魔獸的數量。」

「減少魔獸？不是殲滅？」

「這方面問題比較複雜，歸根結柢，雖說只要留下地下城魔核就能做少許操作，但也不是無所不能。至多只能設定魔獸再次出現，或是稍稍調整道具的生產而已，而且還受限於魔核累積的魔力量。亞壘沙的地下城也只能生產出幾種F級以下的魔獸，以及少許道具罷了。」

那就沒賺頭了。要是能輕鬆生產出高等級藥水，或是能剝取珍稀素材的魔獸，利潤一定很豐厚的說。

「如果讓魔核儲存更多的魔力呢？」

「要是辦得到的話就不用這麼辛苦了。即使讓幾十名人類魔術師一同灌注魔力，也累積不了多少量。」

「那麼，怎麼樣才能儲存魔力？」

「魔核似乎會從地脈或大氣、地下城內的魔獸或冒險者身上吸收魔力。不過量不多就是了。地下城主大概還有其他充填魔力的方法吧，不然不可能維持迷宮所需。」

也是啦，召喚惡魔什麼的想必需要龐大的魔力。我不認為只是從大氣中一點一滴匯聚魔力，就能叫出那麼厲害的怪物。

「因此，為了讓魔核吸取魔力，讓魔獸住在地下城裡是很重要的。因為不讓魔核累積一定程度魔力的話，它會不肯做事。」

那這樣反過來說，減少魔獸沒關係嗎？不是應該越多越好？

但事情好像沒這麼簡單。

「地下城的確需要魔獸，但數量增加太多，要回收生產的素材就難了。長期放著魔獸不管有可能發生進化，視情況而定還有可能引發亂竄現象，必須適度減少一點才行。」

嗯，委託費還滿高的。只是有一個問題。

內容欄位寫著「以複數隊伍進行」。

我可不要跟來到亞壘沙時，跑來找我們麻煩的那種白痴組隊。

「噢，關於其他的隊伍，我已經準備好了。」

「是什麼樣的一些人？」

「這項委託其實是兼作D級的升級考試，因此目前有兩支E級冒險者隊伍，加起來九個人。此外還有一支兼任考官的三人組C級隊伍。我保證他們都是出身可靠的人，至於人格方面……請妳自己確認。」

竟然給我擺爛。怎麼辦？雖然不是非接不可的委託。

『芙蘭，妳覺得呢？』

「嗯——？」

看芙蘭似乎在猶豫，公會長顯得有點慌張，把一只小道具袋放到了桌上。

「好嘛好嘛，我個人也會提供獎金。」

哦，公會長個人提供獎金？好像值得期待喔。

「請看這個。」

公會長把道具袋倒過來，大約二十顆魔石就掉了出來。

還滿大的耶，雖然不是大就一定是優質魔石，但至少我沒看過哥布林之類的生出過多大的魔石。

「這是？」

「算是我的私房錢吧，是我還在當冒險者時攢來的魔石，每顆都是威脅度D以上的魔獸魔石喔。」

原來如此。魔石可以變賣，製作防具時也用得上，比現金更令人高興。

只是，公會長的眼神像在刺探什麼……他是不是發現我們很想要魔石了？不，也許是芙蘭從沒把魔石賣掉，讓他發覺到了一點端倪？

「為什麼是魔石？」

「不為什麼，妳不滿意嗎？」

我覺得不管隨便講什麼，好像都只會對我們不利。反正就算被他發現我們想要魔石，也不至於知道目的是什麼。現在就先簡單帶過吧。

「還不錯。」

「是吧？」

（師父，怎麼樣？）

『很遺憾，我看不出技能。頂多只能勉強知道是哪種魔獸的魔石，魔力量也看不太出來。』

即使如此，畢竟是公會長拿出來的貨色，想必是優質魔石。況且威脅度D的話，就是與分身靈蛇或轟擊砲龜同個水準。

可是，考慮到委託的可疑性……

「我願意從中獻上兩顆魔石，由妳任選，如何？」

「嗯——……十顆我就接受。」

「什……這要求未免太高了！三顆吧！」

「九顆。」

「嗚……我明白了！我就出四顆吧！」

「八顆還可以喔。」

「等一下，這樣就是我喊五，妳喊七，結果還是得給到六顆不是嗎！不可以，四顆，再多我就收手了。」

「那就算了。」

「唔……」

「五顆，事先付款。」

「唔唔……」

「再見。」

「我、我明白了……！五顆事前付給妳！」

哦哦，芙蘭真有一手！講價講贏那個公會長了！

不過，公會長就這麼想讓我們接委託嗎？大概是真的很不想被當成蘿莉控吧。

「相對的，委託的事就再麻煩妳了。」

「嗯。」

芙蘭一點頭的瞬間……

「事情我都聽說了！」

房門忽然打開，阿曼達衝進了房間裡來。

跟奧古斯特是同一套登場模式。這個房間有沒有做好保全啊？好歹也是公會會長的房間耶。不過不愧是A級冒險者，完全沒感覺到氣息。

「借我一下！」

阿曼達唰的一下，把放在公會長面前的文件攤開，開始過目。好個旁若無人！但公會長似乎也不敢斥責她。

「果然！一同參加這件委託的冒險者，全都是男人！」

那也是無可奈何，雖說不是沒有女的，但的確比較少看到女性冒險者，差不多二十比一吧。以這個比例計算的話，十二名參加者當中沒有女性，也沒什麼奇怪的。

「把柔弱的芙蘭妹妹一個人放在一群滿身臭汗的男人堆裡，這種事我可不准。我也要參加這次委託。」

「呃不，可是啊，委託有所謂的標準階級……」

「我要參加！」

「……我明白了。」

阿曼達用氣魄講贏了公會長。

不，或許是公會長領悟到說什麼也沒用吧。

「芙蘭小姐也沒意見吧？」

「嗯，沒問題。」

好吧，反正她應該不是壞人。

決定接下公會長的委託後，過了一小時。

我們回到了旅店來。

『那麼，來吸收魔石吧。』

「嗯。」

我們把從公會長那邊搶劫來的魔石放在桌上，重新端詳一番。

『就是看不出來裡面有什麼技能……』

用鑑定只能看出魔石的名稱。由於我有魔獸知識，只要知道名稱就會自然得知威脅度等項目，但該種魔獸擁有什麼樣的技能就看不出來了。

「不知道會得到什麼樣的技能，好期待。」

芙蘭興奮雀躍地拿起魔石透過光線觀察。

『好吧，的確是不知道裡面有什麼，很像福袋就是了。』

「福袋？」

『喔，該怎麼說，就是裝滿了夢想、希望與少許絕望的袋子。』

「好像很厲害。」

『為了獲得福袋，無數戰士進行過挑戰，然後壯烈犧牲了。』

「師父看過裡面的東西嗎？」

『算是看過吧。』

「好厲害！」

好的，不要再耍笨了，把魔石吸收掉吧。

入手的五顆魔石當中，三顆是威脅度D，兩顆來自C級魔獸。

威脅度D的魔物稱為要塞寄居蟹、海獅怪與三叉鯊。雖然還有其他滿有意思的魔石，不過我決定選選看至今沒去過的海域棲息的魔物。

威脅度C的魔石，來自名為紅魔巨像與壯年雪人怪的魔獸。在公會長拿給我們看的魔石當中，很遺憾地，威脅度C以上的魔石只有這兩顆。

『先從威脅度D開始吧。』

「嗯。」

芙蘭把我「沙」一聲刺進放在桌上的一顆魔石。

其他魔石我也一口氣吸收完，結果得到了游泳跟水流操作等，許多似乎能在水中發揮效用的技能。

目的達成了，水系技能變得充實許多。

『接著是期待已久的威脅度C魔石！』

「嗯！」

芙蘭的情緒好像也興奮起來了，她特地把魔石拋上半空，用拔刀一砍的技巧把魔石砍成兩半。

「喝！」

唔喔——來啦來啦，好久沒有這種吃到強者魔石的感覺了！情緒超亢奮～～！

紅魔巨像：魔石值196、狂化1、耐熱1、重量增加、臂力中幅上升
壯年雪人怪：魔石值127、耐寒1、毒物知識1、冰雪抗性1、魔力小幅上升

期盼已久的升級！吸收五顆魔石之前，我的狀態是這樣：

攻擊力：434　保有魔力：2050／2050　耐久值：1850／1850
魔力傳導率：A
自我進化〈階級8・魔石值3146／3600・記憶體70・點數2〉

而現在是這樣：

名稱：師父
裝備登錄者：芙蘭
種族：智能武器
攻擊力：478　保有魔力：2500／2500　耐久值：2300／2300
魔力傳導率：A
自我進化〈階級9．魔石值3630／4500．記憶體79．點數47〉

很好很好，又得到強化了。

畢竟接下了前往地下城的委託，得盡量變強一點才行。

接下地下城調查委託後過了兩天。

我們在藍德爾的店裡湊齊了日用品與糧食等等，然後來到冒險者公會。

店裡東西明明擺得那麼亂，卻連高級藥水之類的都有賣，挺有趣的。還有一些搞不清楚誰會買來用的商品，例如強化死靈魔術的招魂藥水，而且一瓶要價十萬戈德，說是作為原料的死靈草非常珍貴。其他還有提高樹木魔術效果的綠化藥水等等，會用的人也太有限了吧。

不過一般藥水之類的也有賣，所以不成問題。

在冒險者公會準備的會議室裡，我們與其他成員見了面。

「那麼，容我重新自我介紹。我是克魯斯，C級冒險者隊伍『蔚藍守衛者』的隊長。這兩人是利格與埃賽爾，是我們隊上成員。我們擔任這次任務的整體統籌人員兼考官。」

名稱：克魯斯．呂澤爾　年齡：28歲
種族：人類
職業：瞬劍士
Lv：33
生命：206　魔力：175　臂力：113　敏捷：178
技能：惡意感知3、隱密2、閃避5、宮廷禮儀2、氣息察覺4、劍技5、劍術6、護身術4、指揮2、瞬發7、耐寒4、毒素抗性5、陷阱感知2、氣力操作
稱號：正義之士
裝備：火焰祕銀長劍、輕銀鋼全身鎧、百腳蜘蛛外套、耐毒手環

帥哥耶，任誰來看都是個金髮帥哥。而且年紀輕輕就已經C級了，一身白晃晃的裝備，看起來又好像很有錢。況且他還有家族名稱，想必是貴族出身。再看看他的五官，也隱約感覺得到氣質不凡。

一定迷死很多女生吧！嘖！給我去爆炸啦！

但他擁有正義之士這個稱號，看起來不像是壞人，總之先詛咒一下就算了吧。

不過他如果敢勾搭芙蘭，我馬上宰了他！讓你後悔不該生為一個帥哥。

「我的武器是劍，請多指教。」

我想他應該具有C級應有的實力，只是還比不上多納多。

不如說多納多恐怕屬於C級中的最高層級。

兩名同伴的能力值也是類似水準。利格是水魔術師，埃賽爾是探索系的盜賊。兩人感覺完全就是克魯斯的綠葉，不過之間關係似乎不錯。大概是大家認同克魯斯當隊長，提升了隊伍的向心力吧。

「我們是E級隊伍『龍之咆哮』。我是隊長克拉多，用的武器是矛。總之呢，地下城探索什麼的交給我們來，三兩下就搞定啦！」

克拉多有著一頭灰色刺蝟頭加上小麥色肌膚，是個衝勁十足的小太保型青年，個頭大概有一百八十公分以上。

他擺出一副架子瞪著周圍大家，完全是在用眼神嚇唬人。

名稱：克拉多　年齡：23歲
種族：人類
職業：戰士
Lv：20
生命：127　魔力：68　臂力：67　敏捷：49
技能：搬運2、雜技4、危機察知3、空腹抗性3、矛技1、矛術4、恫嚇3、攀登3、氣力操作

裝備：上等鋼鐵矛、岩石牛甲鎧、岩石牛腕甲、大蜘蛛之靴、石蜘蛛外套

不怎麼強呢，E級大概就這樣吧。

其他四名隊員也都是矛手，所有人都是差不多的技能搭配。不過，只有克拉多擁有矛技。給我的印象就是不太具有臨機應變能力，但正好符合對手的弱點就會很強。

目前看起來，C級差不多在等級35上下，D級在等級25上下，E級在等級15上下，F級在等級10上下，G級更低；看來等級分布大概是這樣。

好吧，其實也有例外。例如我們初次來到公會時來找麻煩，結果被芙蘭打得落花流水的那些前傭兵。等級大約在15左右，但實力不如等級。再加上技能等級也很低，很明顯能夠看出是讓人帶練，而獲得了虛有其表的力量。

再來就是奧古斯特．安薩多子爵也是。等級是相當於C級的30，但是一旦開打，恐怕連E級都打不過。

就這點而論，克拉多算是不錯了。憑這種能力值，就算一腳踏上D級也不奇怪。

不過個性似乎不是很好相處，而且不知怎地一直瞪著芙蘭。

竟然瞪像芙蘭這麼可愛的女生，怎麼想腦子都有問題。應該要百般疼愛才對吧！不過如果他敢跟芙蘭搭訕，我會讓他後悔到死就是了。等他有過走夜路被一把劍追著跑的恐怖體驗，看他還敢不敢繼續幹冒險者，呵呵呵。

「我叫弗利昂，是E級隊伍『樹海之眼』的隊長。我不擅長使用武器，但能夠使用元素魔術

等法術。」

就是個金髮瞇瞇眼精靈，沒其他形容方式了。雖然看起來比公會長年輕有朝氣，不過明明是精靈卻可以這麼土氣，反而該說他厲害！

名稱：弗利昂　年齡：49歲
種族：木精靈
職業：元素使
Lv：27
生命：71　魔力：233　臂力：36　敏捷：66
技能：弓術1、採集2、栽培4、邪惡感知3、樹木魔術3、植物知識7、睡意抗性3、元素魔術5、土魔術3、水魔術3、藥草知識4、元素加護、魔力操作、森林之子
裝備：黑斑榆之杖、赤猿護胸、森林蜘蛛絲衣服、森林蜘蛛絲外套、產水指環

跟公會長同樣是木精靈啊，技能搭配也很類似。只是，這傢伙會不會有點太強了？至少我認為整體力量壓倒性高過克拉多小弟等人，特別是精靈特有的魔術系能力高到讓人瞠目結舌。

他的同伴是兩名戰士以及一名弓手，隊友組合也很均衡。

「那麼，再來換我嘍？我是阿曼達，多多指教。」

階級什麼的都不用報，就是簡單打個招呼，但我看這樣就夠了。

反正問遍全亞壘沙的冒險者，大概也只有三天前的芙蘭不認識她。

E級冒險者們驚訝得說不出話來，畢竟只不過是D級的委託，竟然會跑來一個A級的，這種事恐怕是前所未聞。

不過，只有克拉多小弟勉強擠出了一句話：

「什、什麼意思啊！」

「這話是什麼意思？」

「我是說這算什麼啊，A級大咖竟然跑來接低階級委託！這對妳來說八成隨手做做就解決了，我們卻得靠這個來升級！少用玩票心態來妨礙我們！」

哇啊——竟然敢對阿曼達講這種話。雖然看他那張肌肉緊繃的臉，就知道他只是在逞強。是不是正值想反抗強者的年紀啊？難怪一副小太保的樣子。

不過，他太不會挑對象了。

「嘎啊！」

阿曼達一瞬間就移動到克拉多面前，一把抓住他的頭蓋骨。她繼續施展鐵爪功，把苦不堪言地發出哀嚎的克拉多舉了起來。

然後，她把臉湊近因為疼痛與恐懼而亂打亂踢的克拉多，用低沉的威脅語氣悄聲說：

「我並沒有抱著玩票心態，而且也得到了公會會長的許可，你有意見嗎？」

「沒有！小的不敢！所以請饒了我吧！」

克拉多快要哭出來了，苦苦求饒後，阿曼達使勁箍住他腦袋的手指才終於鬆開。克拉多一屁股跌坐在地，用夾雜畏怯的表情抬頭看著阿曼達。

「好、好啦好啦。那麼，下個換小妹妹了，來。」

為了改變糟到不行的氣氛，克魯斯岔了進來。我是覺得現在要開始導正氣氛已經是不可能的事了，但他身為本次的考官，也許覺得不能不做點什麼吧。

不只是本身好像就很任性的阿曼達，還有自我主張強烈的克拉多在，他那種立場恐怕會有擔不完的心。很明顯不是考官該負責的事，只能說節哀了。

「我叫芙蘭。」

「……就這樣嗎？應該有其他可以介紹的部分吧？」

「階級D，獸人。喜歡吃咖哩，沒有特別討厭吃的東西。」

「嘖！」

克拉多小弟的視線好可怕喔，明明剛才還淚眼汪汪地跟阿曼達賠不是！看來他真的看芙蘭很不爽，連自己剛剛快要哭出來的事都忘了。

畢竟芙蘭是初來乍到的D級，他一定無法容忍這樣一個小妞，階級竟比自己的隊伍還要高。

「不，我不是這個意思，例如武器之類的……」

「喂，臭小鬼，剛才我已經說過了，我們是很認真的。妳如果當這是郊遊，就快給我滾回去吸媽媽的奶吧！」

哇──克拉多小弟好愛找碴喔。明明是個人類，卻像頭瘋狗似的。而且我看他有用恫嚇技能喔，存心就是想嚇哭芙蘭，只是對芙蘭完全沒效。

「我媽媽死了。」

「哎呀……」

「……啐！」

嗯，這句話堪稱無敵。這下對方如果還敢回嘴，大家可能會認真開始懷疑他的人格。克拉多小弟什麼話都不能說，只能就此罷手。

然後就是阿曼達先是同情地注視著芙蘭，然後瞪著克拉多發出了殺氣。真可憐，他都鐵青著臉往後退了。

「一把年紀的大人了，竟然對小孩子鬼吼鬼叫！真是的。妳還好嗎？芙蘭妹妹？」

「嗯，完全沒事。」

那點恫嚇比起惡魔給人的壓迫感，就跟小狗汪汪亂叫嚇唬人沒兩樣。大概是察覺到芙蘭的這種言外之意了，克拉多不甘示弱地回嘴。其實芙蘭根本沒有挑釁的意思。

「妳這傢伙！這話什麼意思？啊？」

「呃——那麼自我介紹都做過了，容我進入說明吧。」

可能是不想讓他們繼續鬧下去，克魯斯小弟強行結束了這個話題。加油，克魯斯小弟。雖然我幫不上任何忙，而且幾乎已經可以確定今後一定會發生更大的爭執，但還是請你加油。好心應該會有好報啦！

「千萬拜託各位一定要好好相處。」

「哼。」

「呸！」

「沒問題，大家感情很好。」

「希望如此！」

聽見芙蘭完全不帶感情的低喃，克魯斯自暴自棄地叫了起來。他繼續用自暴自棄的語氣，拉大嗓門進入說明：

「委託內容是調查由亞壘沙冒險者公會進行管理，且已攻略完成的地下城『蜘蛛之巢』。同時回收地下城生產的魔礦石，以及削減魔獸的數量。」

據說地下城深達六層，內部棲息著許多昆蟲系魔獸。特別是盤據第五、第六層的蜘蛛系魔獸，聽說數量很多，難以對付。

「魔礦石生產地點為地下城魔核室，因此必須抵達該處。」

「要回收的道具，原來是魔礦石啊。」

那似乎是頗為珍貴的礦石，弗利昂顯得很驚訝。

「我問一下，裡面的魔獸宰掉沒關係嗎？記得是故意讓牠們住在裡面的吧？」

「嗯，沒關係。因為減少一點魔獸數量，也在委託的內容之內。」

「嘿嘿嘿，那可真讓人躍躍欲試。」

地下城裡有種名為陷阱蜘蛛的蜘蛛型魔獸，威脅度為F。讓下級冒險者賺經驗值來說，算是不錯的對手。克拉多也完全沒把蜘蛛放在眼裡。

「忠告你一聲，那些蜘蛛雖然個體很弱，但擁有運用陷阱的智慧，而且集體聯手行動也足以構成威脅，千萬不要大意。」

「呸！我怎麼可能輸給F級程度的魔獸啊，看我殺了牠們賺經驗值。」

「……再說，在地下城裡必須提防的不只是魔獸。這座地下城裡的陷阱幾乎都不太可怕，但只有傳送陷阱必須多加注意。」

所謂的傳送陷阱，會將中了陷阱的人傳送到地下城內任一位置。這種陷阱很難預防，即使是老手有時也會陷入危機。

據說設置於蜘蛛之巢的傳送陷阱視情況而定，有些會把冒險者傳送到怪物房，得多加注意。

「傳送陷阱有時還會波及隊友，是很可怕的陷阱，請大家千萬慎重行事。」

「是是是，知道了知道了。」

這傢伙絕對沒搞懂，真令我不安。無能又魯莽的隊友很有可能扯人後腿，我得保護好芙蘭才行。

「那就出發吧！」

吵了一陣子之後，一行人從公會出發，花上半天時間到達了地下城。

一路上真的是很不輕鬆，主要是起因自克拉多。

大概天生就是個山大王吧，他好像就是看自己以外的隊長不順眼，動不動就愛跟其他人槓上。但令我驚訝的是，他連對考官克魯斯都敢頂嘴。

之前一直強調想升上D級，卻把考官對自己的印象搞壞是怎樣？還是說他是想表現出「看看我，自我主張這麼強烈，我這個人就是積極進取！而且膽識過人，身分地位比我高的人也沒在怕的啦！」這樣嗎？

好吧，我賭他其實沒想到這麼多。

阿曼達個性也挺強勢的，所以兩人已經開始大眼瞪小眼。

反正最後注定是克拉多不敵阿曼達的鐵爪功然後認輸，何必一定要跟她唱反調呢？

弗利昂從沒加入爭吵，但完全採取旁觀態度，也不勸架。

因此目前的狀況就是，所有爭吵都只能讓克魯斯來當和事佬。

才不過半天就看他莫名地憔悴，不知道是不是我的心理作用。我是覺得大家也可以幫忙講兩句好話啊。

芙蘭？哎，人總有擅長不擅長的事情嘛。

我則是一路上觀摩阿曼達的戰鬥方式，看得津津有味。

芙蘭也是，頭一次看到鞭子這種武器讓她兩眼發亮。而且阿曼達很會用風魔術，讓我們學到很多。敵人都是小怪魔獸，照理來說她應該完全沒拿出真本事才對。

本來應該在傍晚抵達地下城，但我們到達那裡時已經入夜了。

因為一路上爭執不斷，從而嚴重拖慢了腳程。

「呃——本來預定趁今天內走完第一、第二層，明天再攻略剩下進度，但進度有點慢了。因此我打算今天在這裡露營，明天提早進地下城。大家都同意吧？」

「別露什麼營，趕快進地下城就好了啊，然後輕輕鬆鬆攻略結束。反正裡面都是小怪吧？」

你以為是誰害的啊！克魯斯也一邊臉孔抽搐，一邊規勸克拉多：

「魔獸的階級很低沒錯，但是拖著疲憊的身體鑽進地下城會有危險，今天就在這裡露營。」

「我贊成。」

「我也是。」

「我覺得可以。」

「啐！一群孬種！」

嘴上這樣說，但他似乎也無意只跟自己的隊友闖進去。

克拉多應該也明白，在經過半天行軍的疲勞狀態下進入地下城很危險。但我想即使如此，他大概不跟克魯斯回嘴就是不痛快。

老實講，我很討厭這一型的人。例如在開班會時，一個無關緊要的小議題都已經快有結論了，這一型的人不知為何，就是喜歡講歪理鬧場好引人注目。其他人都在想：「怎樣都好啦，趕快決定一下回家好不好，閉嘴啦。」當事人卻因為想對抗受歡迎的同學，而一直反駁個沒完。

再加上克拉多周圍的同伴又把他捧上天，所以就更難搞了。

「芙蘭妹妹！要不要睡我的帳篷？看守工作讓那些男的去做就好。」

「不用了。」

「啊——妳好冷淡喔。」

「看守輪班的順序是芙蘭小姐、我們、克拉多的隊伍，然後是弗利昂的隊伍。」

哦，把最麻煩的深夜班塞給克拉多他們了。有一套喔，克魯斯小弟，稍微還以顏色了呢。

「A級大咖不用看守喔？」

「阿曼達大人是觀察員，況且如果請她幫忙，就不能考驗你們的能力了。讓她出馬，恐怕一小時都不用就能闖完地下城，今天就能踏上歸途。不過這樣一來，就要算你們沒通過測驗。」

要是讓A級這種超乎規格的冒險者出手，什麼難關大概都能簡單解決，反而礙事。好吧，還是把阿曼達當成意外發生時的保險就好。

「哼！最好是。」

最後大家按照克魯斯決定的順序輪班看守。雖然克拉多直到最後都在抱怨，不過阿曼達讓他閉嘴了。

「如同事前告知，各個隊伍都有自己準備餐點與寢具吧？」

當然有了，我們還拜託藍德爾弄來了高級寢具呢。這套寢具奢侈用了稀有鳥型魔獸的羽毛，具有高度隔熱與保溫效果。睡袋、毛毯跟枕頭加起來，足足花了我們七千戈德喔！

餐點就不用說了，有我們煮好的大量魔獸料理。

不過我們第一個輪班看守，所以暫時沒得吃就是了。

「喂喂喂，那個小鬼一個人能當看守嗎？」

「沒問題。」

「啊啊？小鬼說自己可以，妳以為我就會信啊？」

雖然非常令人火大，但我懂他的意思。像芙蘭這樣年幼可愛的少女一個人守夜，總是比較難讓人放心。

「她是D級冒險者，地位比你們高喔。她本人都說沒問題了，那就是沒問題。」

「什麼D級，我看也很可疑！誰知道我們進行遠征時，她搞了什麼花樣！嘿，妳是不是用身體討好了那個蘿莉控公會長啊？講來聽聽啊！」

啊——原來這傢伙是調查回來的那批人啊。這就表示克拉多沒有機會目睹芙蘭戰鬥，而且他那點階級，想必也沒那個能耐觀察對方的實力。克拉多應該是懷疑芙蘭用了某些不正當的手段，弄到了比自己更高的階級吧。

實際上芙蘭的確是特例升級，不是沒有啟人疑竇的餘地。

但就算是這樣，無法忍受的事就是無法忍受。

『芙蘭，怎麼辦？』

（？不用管他，只是有點吵而已。）

克拉多還是一樣發動了恫嚇技能，但對芙蘭而言好像只是有點吵而已。

她面色不改，淡定地回嘴：

「靠實力。」

「哈！實力～～？像妳這種小鬼，怎麼可能靠實力達到D級啊！」

「靠（我跟師父的）實力。」

「哇哈哈哈，好啊，那就讓我看看妳有多大實力啊，我來磨練妳兩下。」

克拉多這樣說，拿起槍矛秀給我們看，想必是想打模擬戰了。

芙蘭慢慢站起來。啊——啊——已經完全進入臨戰態勢了。大概只有我看得出來，她整張臉鬥志高昂。

好吧，這樣也乾脆點。遇到這種白痴，就該早點讓他認清高低。

『芙蘭，要打沒關係，但不要太過火喔。』

（我知道，稍微磨練他兩下。）

其他傢伙都沒有任何表示。弗利昂他們本來就不是那種類型，所以我能理解，不過……

我還以為阿曼達會第一個過來阻止，但她興味盎然地笑著。好吧，大概是覺得以芙蘭與克拉多的實力差距來說，不會有任何問題吧。

克魯斯他們也不勸架，是不是已經煩透了，連阻止的氣力都沒了？

「嗯，就來看看他們的本領吧。」

不對，不是那種態度。他們也一臉嚴肅的表情注視著兩人。

這讓我想起來，在哥布林討伐戰當中，也沒看到克魯斯等人的身影，大概是去調查回來的那批人吧。他們似乎也想估算一下芙蘭的實力。

我感覺得出來克魯斯的兩名同伴在不動聲色地注意周圍狀況，有意代替芙蘭看守營地。

『芙蘭，在開打之前，最好先設下結界。』

如果就這樣開始進行模擬戰，克拉多他們搞不好又要挑毛病，說芙蘭偷懶沒做看守。能先做的事就先做吧。

（嗯，知道了。）

「——風域術。」

「——地域術。」

芙蘭開始詠唱，發動魔術。

風域術是從原點到任意範圍，覆蓋半球形空間的風魔術結界。結界能夠以風的流動方式感知到侵入範圍內的物體，讓術者知道。

地域術是從原點到任意範圍，圍出半球形空間的土魔術結界。與風域術的不同之處是能夠涵蓋下方範圍，也就是地面底下。相對地，對空中就沒有效果了。

也就是說只要使用風與土兩種結界，就能涵蓋全方位空間。

「……啊？她、她用了魔術？」

「而且是兩種屬性耶。」

「真的假的。」

克拉多的同伴們開始議論紛紛。剛才還不懷好意地笑著看好戲，一下子臉色都發青了，用畏懼的表情望著芙蘭。呃，她只是用了初級的結界魔術耶。

「妳、妳原來是魔術師嗎！」

「？我不是魔術師。」

「呃不，可是妳不是用了魔術嗎！」

「不是魔術師也會用。」

「是、是沒錯……」

只不過是用了結界魔術，似乎就成功嚇住了克拉多。

仔細想想，好歹也是等級4的魔術嘛。芙蘭用得輕鬆自在，看在E級冒險者的眼裡或許讓他們備受威脅。

「那就來打吧。」

「好、好啊。可以啊，我就跟妳打！」

雖然我不會用魔術，但論矛法不會輸給妳。克拉多的臉上可清楚看出這種決心。

再說矛對劍的時候是矛壓倒性有利，畢竟就連地球上都有種說法叫劍道三倍段了。只不過在這個魔術或武技大行其道的世界，能通用到什麼地步就不清楚了。總不至於在一對一的對戰中輸掉吧。

「……你想何時出手都行。」

「啐啊！」

不用觀察形勢的啊？也好，想必是稍微感覺到了芙蘭的力量，而進行的全力攻擊吧。看起來完全沒想到要點到為止，對準了臉孔全力刺來。

就連原本悠哉地邊吃飯邊觀戰的弗利昂他們，似乎也被克拉多這舉動嚇了一跳。克拉多的同伴們跟他們同時失聲慘叫。看到芙蘭動也不動，似乎是以為克拉多的矛直接命中了。

然而他們完全猜錯了。

「這樣不行。」

芙蘭稍稍揮動了我一下，彈開槍矛錯開矛尖。克拉多用力過猛，身體浮空，完全成了不戰自倒的狀態。芙蘭趁著這機會一腳狠狠踢去。

「呃啊！」

克拉多胸膛挨了一記前踢，就像被一把往後推，失去平衡倒在地面上。

「可惡！」

「還要打嗎？」

「當、當然啊！我剛才是太大意了，同一招不會再有用了！」

哦哦！這麼老套的死不認輸台詞，我可能還是頭一次聽到呢。

雖然是個氣人的傢伙，但光是讓我聽到這種台詞就有點想原諒他了。真的只有一點點啦。

「喔，那就我先出招。」

「啊——呃啊！」

由克拉多來看，應該會覺得芙蘭憑空消失，然後忽然有人從側面狠揍了自己。其實只是芙蘭動作快，用劍脊使勁拍打了他而已。

「還沒完呢……！」

我以為這一發就夠讓克拉多認清實力差距了，但他搖搖晃晃地一邊站起來，一邊重新舉起了矛。只有這種不服輸的個性還真讓我佩服。

「嗯。」

「喝啊喝啊喝啊！」

可能是自暴自棄了，克拉多粗魯地舞動槍矛連續刺來，但打不中芙蘭。克拉多連續刺個不停，芙蘭也連續躲個不停。

這種動作不知道重複了多久。

「為什麼啊！怎麼搞的啊！」

「這樣打不中。」

「鬼才會相信這種事啦！」

大概以時間來算，差不多過了三分鐘吧。一直全力揮動槍矛的克拉多已經站都站不穩了。可能是自己使出渾身解數施展的攻擊全部落空打擊太大，他以槍矛代替拐杖支撐虛脫的身體，同時一臉可憐相氣喘如牛。

「可惡，可惡啊！」

「那麼，是時候結束了。」

「可——咳哈！」

芙蘭再次用我拍打對手的臉，克拉多就此失去意識，倒臥在地了。

「隊長！」

克拉多的同伴們跑了過來。

『好吧，都打得這麼慘了，應該不會再找妳碴了吧。』

「嗯，可惜。」

『喔，妳覺得可惜啊。』

的確，因為平常沒人陪她鍛鍊嘛。就算對手個性有缺陷，大概還是很好玩吧。

「芙蘭妹妹實力好強喔！」

「嗯。」
阿曼達緊緊抱住了芙蘭，還是老樣子，我沒發現她靠近我們。可惡，有點不甘心耶。
不過，阿曼達的神情有點怪怪的。
雖然就跟平常一樣帶著柔和笑容，但是——眼神沒有笑意。真要說的話，看起來很像發現獵物的猛禽類。
「吶，要不要也跟我打場模擬戰？」
「跟阿曼達？」
「是呀，我不但是A級，而且又是單獨行動嘛。正愁沒人陪練呢。不過，如果是芙蘭妹妹的話，鍛鍊起來好像會很有成效！」
喔，原來她也沒有人陪練嗎？跟A級冒險者做訓練啊，想必是很寶貴的經驗。
可是，讓她們打沒關係嗎？我是覺得應該不會出狀況，不過……
『我說啊，芙蘭——』
我正想問芙蘭有何打算，但她神情已經充滿了幹勁。
（正好用來熟悉劍聖術。）
『……也是。』
「嗯！」
啊啊，不行了。芙蘭完全進入了戰鬥模式，這下已經不可能阻止她了。
芙蘭對阿曼達露出好戰的笑容。

阿曼達見狀，臉上也浮現凶猛的笑意。

「呵呵。」

「嗯。」

她們並沒有說要不要打，不過好戰人士之間大概有心靈相通之處吧。

兩人各自拔出武器後，靜靜地兩相對峙。

互相注視的兩人之間，鬥志高漲澎湃——

「我要上嘍？」

阿曼達先有了動靜。

她的右手水平一揮，鞭子襲向芙蘭。

「唔！」

好險！這記攻擊看起來只像小試身手，芙蘭卻勉強才能躲開！一回神就發現鞭子前端已經在芙蘭眼前了。

「哎呀，好身手。那麼，這招怎麼樣？」

「呼！」

由於鞭子的動作沒有規則性，因此無法用劍彈開承受。芙蘭持續閃躲阿曼達揮來的鞭子，場面驚險萬分。

每當芙蘭躲掉攻擊，阿曼達的鞭子就變得更快速。芙蘭繼續左閃右躲，使得阿曼達似乎也越來越起勁。

攻擊越見激烈，逐漸達到了不能當好玩的水準。

「喝啊啊！」

咚轟！

『好危險！剛才那招真的很不妙耶！』

阿曼達的鞭子，橫掃過芙蘭前一刻還待著的位置。

那是鞭子該有的威力嗎！簡直像被巨大戰槌砸到似的，地面都凹陷了。

阿曼達應該有控制力道不至於出人命，但看到那種攻擊力，我沒有背脊都覺得背脊發寒了。

「啊哈哈哈！打得好喔，芙蘭妹妹！」

「……！」

完全是照著阿曼達的步調走，真要說的話，芙蘭被她那超凡入聖的鞭法擋住，連靠近她都沒辦法。即使乍看之下像是施展了大招，但當芙蘭想踏向對手時，鞭子已經回到了阿曼達手邊，施展出下一招了。

真不愧是A級冒險者，我竟然還以為兩人說不定會打得不相上下，真是有眼不識泰山。

『想不到鞭子會這麼難纏。』

不但威力大到一中招模擬戰就會宣告結束，而且從任何角度都能來襲。變幻自如，千變萬化。有時激烈抽擊，有時連岩石都能劈開，有時無聲無息地悄悄逼近。我就明說了，芙蘭到現在還沒被打敗，都讓我覺得不可思議了。

不，這是因為阿曼達說是模擬戰，有手下留情，所以芙蘭才沒被打敗。阿曼達的攻擊雖然激烈，但也讓我隱約感覺到，她是在試著激發芙蘭的極限。

『妳還好嗎？』

（師父，請你別插手。）

『我知道啦。』

（嗯！我一定會扳回一城。）

『好，加油。』

其實就連這都算過高的目標了，畢竟阿曼達到現在還沒離開起始位置。

光用鞭子就已經是無雙狀態，阿曼達的職業又是狂風鬥士，能靈活運用稱為暴風魔術的高等風魔術。但她到目前為止完全沒用上魔術，或許是覺得沒必要用。

況且我用魔法師技能觀察了一下魔力，也完全沒反應。

豈止魔術，阿曼達連鞭技都沒用，實在教人害怕。也就是說她那鞭法，全靠純粹的技術與體能。

只不過芙蘭也不簡單。

大概是漸漸習慣鞭子的動作了，她與阿曼達的距離明顯地越來越近。然後，終於靠近到了劍的攻擊範圍。

「趁現在！」

「太天真了！」

「早料到了。」

「唔！有一套。」

剛才那下應該算雖敗猶榮吧？劍只差一點就能打中了。

然後經過數次攻防，終於成功讓阿曼達用上了雙腳。

芙蘭配合她拉回鞭子的動作衝刺揮劍一砍，逼得她往後跳開躲避了。

「對不起，天真的是我才對。」

「嗯。」

「我要稍微拿出真本事嘍……咻！」

「好險。」

「哎呀，好久沒遇到對手是第一次看到就能躲開呢。」

阿曼達的手腕等部位明明完全沒動，鞭子看起來卻像蛇一般蜿蜒，對準了芙蘭飛撲過來，真的就是像蛇一樣的動作。我從這招感覺到了魔力流動，應該是鞭技吧。

接下來，攻防的狀況越增激烈了，芙蘭全身上下滿是大小傷口。帶有魔力的鞭技威力令人驚駭，光只是以毫釐之差躲開，還是會因為魔力或風壓而受到傷害。

芙蘭漸漸變得傷痕累累，血也流了不少。繼續遭受攻擊下去，說不定會有危險。

即使如此，我並不怎麼擔心。

其實從第一天見面之後，我們就針對阿曼達做了些許調查，得知阿曼達是個超好說話的善心人士。

首先，阿曼達經營孤兒院已經三十年以上了。令人驚訝的是，現在亞壘沙有將近五百人都是那座孤兒院出身，使她受到許多人的仰慕。
聽說以前的亞壘沙，有著比現在更多的冒險者試圖攻略我們現在所在的地下城，讓城鎮得以繁榮發展。但也因為如此，很多孩子因為身為冒險者的雙親過世得早而成孤兒，造成治安敗壞。而聽說改善這種狀況，向兒童伸出援手的，就是當時年方二十歲的D級冒險者阿曼達。
據說她傾盡私囊建造孤兒院，收養孤兒讓他們接受教育，將他們撫養長大。還有很多孤兒院出身的人面帶笑容描述，雖然如今有了鎮上居民的幫助，孤兒院的經營狀況一帆風順，但當時日子很苦。
不只如此，阿曼達擁有一種稱號叫孩童守護者，據說這種稱號必須拯救眾多年幼兒童，受到他們的仰慕才能獲得，而且只要做出不符合稱號的行動就會喪失資格。
擁有這種稱號的阿曼達無庸置疑是個好人，而且是站在年紀尚小的芙蘭這一邊。
至於說到在模擬戰讓小孩受傷的對錯問題，只要雙方有共識應該就可以吧，或者也可能關係到有無惡意。
「喝！」
「唔嗚……」
話雖如此，打到這麼激烈，讓我開始有點擔心了。
芙蘭漸漸變得只能一味防禦。咦？再這樣下去，搞不好真的很不妙？要是血流得太多，就算治好傷口，也可能影響到從明天開始的探索活動。
該阻止芙蘭嗎？

不，再觀察一下情況好了。況且芙蘭看起來好像有計畫。

「趁現在！」

我旁觀了一會兒，只見芙蘭展開行動了。她配合阿曼達施展的鞭技，非但不躲，反而是故意中招後硬是往前跑。乍看之下像是自暴自棄，但我知道並非如此。

「唔！」

鞭子經由鞭技硬化成槍矛般刺來，挖掉了芙蘭側腹部的一塊肉，血花四濺。

然而芙蘭用風魔術硬是推著自己的背往前衝，即使眉頭緊皺，但從未停下腳步。

「的確有兩下子！」

「喝……！」

芙蘭維持衝刺的力道，使盡渾身解數挺劍一刺，其銳氣或可與劍技比擬。

由於幾乎是在回擊的時機使出的一招，阿曼達沒時間拉回鞭子。

然而，對手是A級冒險者，可沒這麼容易對付。

「風盾術！」

鏗鏘！伴隨著一陣高亢聲響，芙蘭灌注渾身力量的一擊被擋掉了。阿曼達用上了至今沒用過的風魔術。

光是能讓她用上魔術，就已經證明芙蘭確實將她逼入了困境。然而芙蘭的目的是報一箭之仇，這樣還不能滿足她。

接著，芙蘭施展了蓄力至今的閃焰轟擊。

「閃焰轟擊！」

我知道她一邊戰鬥還一邊用分割思考進行詠唱，一直在伺機準備施放魔術。就我來看，也覺得此刻是最佳時機。

阿曼達才剛用魔術進行了防禦，諒她再怎麼厲害，也不可能即時再次發動風魔術。

『漂亮！』

磅轟！

閃焰轟擊直接命中阿曼達，引發了大爆炸。沙塵隨著爆炸熱風吹起，遮掩了附近一帶。地面有一部分融化，變得有如岩漿。溫度未免也太高了吧。

應該沒死吧？就算Ａ級再厲害，碰上這場爆炸，恐怕也很難全身而退……

……我也曾經有過這樣的誤解。

是要多強才能毫髮無傷地擋下剛才那招魔術？應該說毫髮無傷是什麼意思啊！再怎麼說也太超乎常理了吧！我知道阿曼達有魔術抗性，但也不至於毫髮無傷吧？

「真是好險呢。」

「嗯……遺憾。」

咚沙。

芙蘭一臉不甘心地倒下去了，大概是出血過多，意識不清了吧。

芙蘭體力到達極限，當場昏了過去。

『真可惜……好吧，辛苦妳了。』

對付那個怪物，能打到這種程度已經夠厲害了。

而且不用我幫忙。

「芙蘭妹妹！對不起喔。」

阿曼達急忙趕到倒地的芙蘭身邊，拿出藥水灑在芙蘭身上。錯不了，那是第一等級的治療藥水，因為芙蘭側腹部挖開的一個洞轉眼間就癒合了。正因為有帶這瓶藥水，阿曼達才會那樣激烈地攻擊過來吧。

「為了讚美妳的努力，我原本想挨一記攻擊的，可是元素寵愛是自動發動技能。」

原來如此，元素寵愛啊。經過鑑定，看樣子是自動讓威力到某種程度的攻擊失效的技能。雖然是極其強力的技能，但必須等二十四個小時才能再次使用。

芙蘭也許無法接受，不過我覺得已經算是報了一箭之仇，畢竟讓對手發動了絕對防禦技能。

好吧，妳就先好好休息。看守的工作……其他傢伙會幫妳做啦，大概。

在模擬戰敗給阿曼達後，過了一小時。

芙蘭醒過來之後，跟阿曼達面對面坐著。

阿曼達道歉說自己做得太過火了，表示想做點補償，於是芙蘭請阿曼達教她一些想要知道的情報。

芙蘭在那場訓練中也獲益良多，而且睡覺時有阿曼達代替她當看守，我是覺得阿曼達不用這樣賠不是。何況還讓她用掉了昂貴的藥水，現在又請她教芙蘭一些需要的情報，好像變成我們比較占便宜了耶？

「那麼，首先我就針對戰技做說明。」

「麻煩妳。」

我們請阿曼達解說的，是技能與魔術的相關知識。

無論是自己跟同伴使用，還是遭到敵人使用，我們對詳細知識了解得都太少了。能直接求教靈活運用多種技能的A級冒險者，堪稱最棒的學習環境。

「話是這樣說，但我不是理論派，沒辦法全部解說一遍喲。」

「這樣就夠了。」

對於懵懂無知的我們來說，這樣就已經是寶貴的情報了。

「戰鬥術就像是劍術或鞭術等等，是以巧妙運用武器的技能，就像是身體學得的技術吧。」

所以就只是單純的技術了？大概是把鍛鍊習得的武術，用技能的形式換算為數值吧。

「戰技就像芙蘭妹妹的劍技或我的鞭技，是消耗魔力發動的必殺技。這妳知道嗎？」

「嗯，知道。」

阿曼達又跟我們說了幾項情報。

首先據她所說，想學習劍技需要有劍術，學習弓技需要有弓術，而且不能學會比相對應的戰鬥術等級更高的戰技。換句話說，假如劍術是等級5，最高就只能學到劍技5。

「那麼，說到怎樣才能學會戰技……」

「嗯。」

「詳細原理還不確定。」

「咦？」

「呃不，修行方式是知道啦。可是，詳細理論等等就完全不確定了。研究這方面學問的人也許知道，但我不敢保證。」

「修行方式就夠了。」

「身為冒險者，會想知道是應該的。不過我接下來告訴妳的，前提是要會氣力操作跟魔力操作喲。這方面的修行……老實說我不知道怎麼做。我好歹也是個半精靈，對吧？從我懂事以來，就已經兩邊都會了。不過芙蘭妹妹在這方面應該沒問題，我就跳過嘍？」

「嗯，沒關係。」

因為芙蘭魔力操作跟氣力操作都會了。

據說魔力操作是將魔力發散出體外的技術，氣力操作則是讓魔力在體內循環的技術。我到現在才知道，其實只要會其中一項，魔術與戰技就都可以使用了。因為說穿了，兩者都是操作魔力的技能。據說慢慢習慣後，不管是發散還是循環，都可以用其中一種技能搞定，只是威力多少會降低一點。

「戰技的修行方式，就是一邊想像把魔力流入武器或全身，一邊不斷揮動武器。這麼一來，就會在某個瞬間靈光一閃，悟出某種戰技。不要抵抗，委身於這種靈感，就會發動戰技了。發動過一次後，就會以技能的形式學起來，之後都可以自在施展。既然芙蘭妹妹也會用戰技，這方面有沒有印象？」

「？」

「好吧，芙蘭妹妹還這麼小，學會戰技時年紀一定更小吧？也許是忘記了。不過妳這個年紀就能使用戰技，真的很有天賦呢。」

好險，幸好芙蘭是小孩子。不過關於戰技的修行方式，我心裡有底了。這下不只是劍術，或許也能讓芙蘭進行劍技方面的修行。

芙蘭已經會使用戰技，但單純會用跟能夠靈活運用完全是兩碼子事。現在的我們還只是會用戰技而已，今後除了劍術，也同時進行劍技的修行好了。

「學會戰技後，只要持續使用提升技能等級，每次升等時都能學會新的戰技。」

感覺習得等級１的戰技，似乎是最難的部分。

「那麼，接著解說魔術的部分喲。」

「嗯。」

「魔術有土水火風這些基本屬性，而它們還有高等屬性，稱為大地、大海、火焰與暴風。」

基本四屬性我們已經會用了，火的高等屬性火焰也已經習得。

「再來還有稱作複合屬性的魔術，有雷鳴、冰雪、樹木、熔鐵、砂塵、生命這六種。」

「複合？」

哦哦，這倒是初次耳聞。

「是呀，讓兩種基本屬性逐步升等，有時候就可以取得。樹木的話就是水與土。」

「有時候可以習得？也有可能學不會？」

「那就從這點開始說明吧。」

阿曼達說魔術有各種習得的方法，例如拜師學藝進行修行，或是使用道具學會。道具先不論，阿曼達告訴我們如何以修行的方式習得魔術。

只是修行方式相當驚人。

哪裡驚人？聽到內容都會嚇到，一整個走火入魔。

她說水魔術的話就是天天碰水、喝水、泡水，將水的形象灌輸到身心之內。然後等到作夢都會夢到水的時候，就能習得水魔術了。

風魔術的話就是去吹風，或是在強風中裸奔。

土魔術的話就是把自己埋在土裡，或是試著咬石頭。聽說到了更厲害的修行，還會吃全套泥土大餐什麼的。

不過阿曼達說，只有部分魔術師會進行那種偏激過頭的修行，但阿曼達的眼睛游移了一下，我可是看在眼裡的喔。風魔術的修行是吧……

只是不同於劍術，她說不能保證一定學得會，因為受限於名為才能的高牆。

劍術只是有個人差距，但越是努力就會越有進步。

然而一旦換成魔術，沒有才能的話就連學都學不會。

「才能？」

「是呀，或許也可以說成對於各種屬性的適性吧。沒有火屬性才能的人，再怎麼努力也學不會火魔術。」

這也就是說如果沒有才能，修行就變白費了？碰火碰到燒傷還得不到半點成果，未免太悲慘了吧。

「目前沒有辦法可以驗證有沒有才能，但我想沒有一個人是毫無才能的，只要努力，總會習得其中一種吧。」

「全看努力。」

「就是這個意思。順便一提，我也做過火魔術的修行，但沒能有所領會。不過好像有風魔術方面的才能，差不多一星期就會了。」

「原來如此。」

「聽說其中還有一些天才，剛出生沒多久就會使用魔術了喲。話說回來，芙蘭妹妹可能也是這一型呢。」

「嗯？」

「這妳也不記得了呀，好吧沒關係。那麼回到複合屬性的話題，要習得這種魔術，有兩個問題。」

「首先是能不能習得兩種屬性。」

歸根結柢，前提是要能使用兩種屬性，這個門檻還滿高的。

「對，然後還要看有沒有複合屬性的才能。」

難怪複合屬性這麼稀奇了，像我們到目前為止除了樹木魔術，也沒看過其他複合屬性。而且擁有樹木屬性的是公會長與弗利昂，兩人都是精靈，種族上應該具有樹木魔術的才能。

芙蘭不動聲色地問了一下，果然有些種族天生就會使用魔術。像是會用樹木魔術的木精靈，或是會用熔鐵魔術的沙羅曼達等等。

這樣的話，複合屬性就是平常無緣一見的魔術了。

「所以複合屬性才會這麼稀奇呀。」

以芙蘭來說，不知道她有什麼樣的才能。我給她的魔術她都能用，沒出問題。除了基本四屬性，闇屬性與回復屬性也是。說不定技能共享賦予的魔術技能不受才能影響，我覺得芙蘭不至於奇葩到基本四屬性的才能一應俱全。

「接下來，我解釋一下其他屬性的部分。」

「闇屬性或是回復屬性等等。」

「沒錯，首先是光與闇。」

光與闇是不包含在基本四屬性內的屬性，修行方式與四屬性無異，但她說具有這種才能的人壓倒性稀少。

稀少順序為基本四屬性↓複合屬性↓光闇屬性。竟然比複合屬性更稀奇，到底是有多罕見啊？能從惡魔身上取得，運氣真的太好了。

「還有，光與闇有所謂的衍生屬性，光屬性有淨化與幻影，闇屬性有毒素與死靈。」

由於身懷光屬性才能的人全都具有淨化與幻影屬性，而擁有闇屬性才能的人，也都幾乎保證帶有毒素與死靈屬性的才能，因此研究者們認為這些有可能分別為光與闇的衍生屬性，或是低等屬性。此外，也有人會個別擁有衍生屬性的才能，因此即使有毒素魔術的才能，據說也不見得就有關魔術的才能。

而且聽說毒素或淨化還有屍毒或聖淨等高等屬性。魔術的屬性也太多了吧。

「其他還有稱為特殊屬性的屬性喔。」

特殊屬性有回復、補助、召喚、契約、時空、月光、元素、鍛造等等。據說補助或回復的使用者還算不少，但時空或月光就比光闇還要稀有。

「我所知道的就這些，不過如果放眼全世界，我想還有其他更多的特殊屬性。而且聽說魔獸還有固有屬性。」

「例如？」

「傳聞說有龍族專屬的魔法，或是邪人專屬的魔法喔。況且拿人類與魔獸相比的話，魔獸能使用魔術的個體數量更多。」

「為什麼？」

「魔獸這種生物，日常生活中用到魔力的機會本來就比人類多。像是比城堡還大的魔獸，如果不用魔力強化肉體的話，轉眼間就會被體重壓死喔。大概就像人類會呼吸，魔獸也是順理成章地就會運用魔力吧。所以魔獸不像人類，就算不會魔力操作也能使用魔術，有些人說可能跟魔石有關。當然如果會用魔力操作，效率應該會更好。」

「原來如此。」

「戰技也是，氣力操作與魔力操作只是肉體內外之差，其實都是操縱魔力的技能，對吧？所以擁有魔石的魔獸即使不會氣力操作，還是能輕易引發類似戰技的現象。」

像振動牙那種的大概就是這類吧。

「就是因為這樣，所以魔獸當中也有滿多個體能使用複合屬性或光闇屬性。大概牠們比人類更有才能吧。」

魔獸擁有強大力量雖然是個壞消息，不過牠們很可能身懷稀有屬性，對我們來說倒是個好消息。因為這就表示獲得魔石的可能性很高。

說到這個，有件事我很在意。

「闇魔術是壞人用的魔術嗎？」

像惡魔就在使用，而且毒素或死靈怎麼聽都像壞蛋。

假如我跟一個死靈魔術師初次碰面，我絕對不會信任那個人，百分之百是惡徒。沒辦法，給人的印象就是這樣。

「不會啊。雖說魔獸有時也會使用，一般人當中或許有人會這麼認為，但冒險者都只將它視為一種有用的魔術。如果會用死靈魔術，在探索地下城時可是非常有用喔。」

太好了，看來使用暗黑魔術不會出問題。都特地取得暗黑強化了，如果搞半天竟然是廢物技能，那可是慘不忍睹。

最後我們向阿曼達請教了一下複合屬性的組合方式：

水＋土＝樹木。水＋風＝冰雪。水＋火＝生命。

風＋火＝雷鳴。風＋土＝砂塵。土＋火＝熔鐵。

似乎就是這些組合。

阿曼達順便又教了我們一些詳細內容：

樹木：水＋土。正如其名，是操縱草木的魔術系統。不只能促進草木生長，也能使其枯萎。除此之外，似乎還有能在樹海中不致迷路的法術等等。

冰雪：水＋風。可操縱寒氣，以冰塊或大雪進行攻擊，也可以奪走熱度使對象結凍，還能獲得在寒冷地帶的抗性。

生命：水＋火。司掌生命。雖然也能進行回復等等，但有更深一層的真正價值。也可藉此孕育或是玩弄生命。還有人結合鍊金術，運用在人造人研究等方面。

雷鳴：風＋火。能夠操縱電擊或磁力等等的魔術，不只攻擊，還有一些法術能使雷鳴之力纏繞己身，藉此提升反應速度。

砂塵：風＋土。不只能操縱砂子，還能進行乾燥、脫水與風化等操作，並運用在食品加工等方面。

熔鐵：土＋火。司掌金屬、礦石或熔岩等等。就是所謂從地面底下想像到的屬性，很多鍛造師會運用這種法術。

特殊屬性就像這樣：

時空：操縱時間與空間，據說目前確認到的有傳送或時間操作等等。
月光：反射、精神操作、肉體操作。讓人聯想到吸血鬼或狼人。
補助：特別著重提升能力值或防護罩等補助魔術的屬性。其他屬性也有類似的法術，但得不到補助屬性程度的高度效果。

光闇或特殊屬性的複合屬性，似乎還未經證實。

「哎，也有可能只是我不知道啦。」

「好想要複合屬性。」

「芙蘭妹妹剛才用過土與風魔術，也擅長火魔術對吧？這樣的話，雷鳴、砂塵與熔鐵也許有希望喔。」

「嗯，我會加油。」

想獲得複合屬性，要麼就是吸收魔石，要麼就是自己學了。以前讓火魔術升到10之後習得了火焰魔術，那麼只要提升魔術等級，也很有可能學得到複合屬性。

『目前來看……火以外最高的是風吧。』

因為在哥布林的巢穴，從軍團甲蟲身上吸收了一大堆風魔術3嘛。看來果不其然，吸收的技能等級越高，效率也就越好。

比起從哥布林們身上不斷奪取劍術1那時候，從那些蟲子身上收下風魔術3技能的時候，技能升等的速度快得多了。

『怎麼做好呢……就提升一下等級好了？』

自我進化點數還剩47。

『妳覺得呢？』

（我想要複合屬性。）

既然芙蘭想要，我也沒有異議。

於是我們就消耗了6點，提升了等級。反正順利得到了雷鳴屬性，所以不會後悔。再說，還拿到了暴風屬性與風術師的稱號。

（好想趕快用用看。）

『不能在這裡試用，我們是在沒有複合屬性的狀態下向阿曼達學習的，昨天才剛聽說，今天忽然就會用，可是會引人懷疑。』

（我知道了……）

『等回亞壘沙再做實驗，好嗎？』

「嗯。」

在地下城門口過了一晚，到了第二天。

調查隊一行人早上就踏進了地下城，已經一路探索到第四層的終點了。

「好，衝進第五層吧。」

到目前為止，問題嘛——好吧，幾乎沒有。克拉多可能也在昨天那場敗北受到了教訓，乖得很。不過，其實是當他昏倒醒來後，親眼目睹芙蘭與阿曼達的模擬戰，讓他受到的打擊似乎更大就是了。活該。

昨晚的模擬戰真是驚天動地，芙蘭側腹部被挖掉一塊肉時，我真是嚇破膽了。雖然我沒有膽囊啦！

譬喻講法常常會用到身體部位，害我這個非生物講什麼都不對。雖然其實沒差，但我就是會有點在意。

不過能在模擬戰當中體驗到A級冒險者的力量，反倒是件好事。

芙蘭也是，雖然很不甘心，但並沒有討厭阿曼達。大概在芙蘭眼中，她不是把自己打個半死的敵人，而是比較像總有一天必須跨越的高牆吧。我甚至能感覺到她對阿曼達很有好感。

對阿曼達來說，昨晚的模擬戰似乎也很令她滿意。她抱怨過跟一般冒險者對打，都只是鞭子揮兩下就把對手打得一敗塗地了。就這點而論，芙蘭很會閃躲，攻擊力也高，就算是阿曼達，一個大意也會被她傷到。

阿曼達似乎很喜歡可愛又有實力的芙蘭，從早上開始就一直噓寒問暖。不，其實從見面到現在，她一直都很親切。溫柔到就算她說「其實我認識妳的爸爸媽媽」我都不會覺得奇怪。好吧，大概她真的很喜歡小孩子吧。

而即使從克魯斯或弗利昂的眼光來看，阿曼達與芙蘭的模擬戰似乎仍然可說超乎一般水準。他們雖然沒有露骨地改變態度，但行動或遣詞用句當中，處處可以感覺到對芙蘭的畏懼。後來克魯斯也跟阿曼達進行了模擬戰，但沒有芙蘭撐得久，這點應該也有很大影響。他們好像完全承認芙蘭強過自己了。

意外的是，我可以感覺到克魯斯對芙蘭抱持著類似好感或敬意的感情。他難道不會懊惱自己竟然輸給區區D級冒險者嗎？大概他肚量比較大，能接受實力差距並欣賞對手的能耐吧。克魯斯小弟真是個好漢子，不過我不會讓芙蘭跟你走的！

第一層到第四層不但沒什麼強敵，陷阱也少，一路前進幾乎都不用停步。魔獸以蟲類居多，很可惜沒能獲得新技能，但這強求不得。就當作累積了團體戰的好經驗吧。

「那麼，我重新叮嚀一遍。首先，前面有成群的蜘蛛系魔獸『陷阱蜘蛛』。」

「嗯。」

「一旦遭到包圍會很難應付，這點必須注意。」

據說這種魔獸會吐出韌性極強的蛛絲，一旦被這種蛛絲緊緊綁住，即使敵人實力不及自己，仍然很有可能遭遇不測。

「還有，陷阱數量也會變多。尤其是傳送陷阱相當危險，務必留意。各位盜賊請將重點從索敵轉移到陷阱感知。」

他說從這層樓開始，陷阱的危險度會大幅暴增。

除了傳送陷阱，據說還有猛毒瓦斯或陷坑等致死性極高的各種陷阱，或是強制解除裝備、改變前進方向等多種不合常規的陷阱。

我們由能夠探測陷阱的盜賊們帶頭，闖入第五層。

一進入戰鬥就聯手出擊，由戰士們上前，魔術師進行掩護。

據說蜘蛛素材能賣到不錯的價錢，考官要我們盡量別用火焰系魔術。陷阱蜘蛛的蛛絲以魔獸階級來說好像韌性很強，用途很多。只是未經加工時怕火，稍微被火燒到一下都會有損品質。因此芙蘭一直都只是揮劍殺敵。

戰鬥或陷阱都不成什麼問題，維持這個步調下去，應該可以平安走完第五層。

畢竟湊足了這麼強大的戰力，順利過關是應該的。

只是一進入第六層，就馬上出了狀況。

「可惡！小怪蜘蛛怎麼這麼難打！」

「用元素魔術殺不死？怎麼可能！」

陷阱蜘蛛忽然變強了。生命力顯而易見地更高，體型好像也大了一圈。是不是越下面的樓層，個體的等級就會越高啊？

我試著使用了鑑定技能，然後看到名稱與解說，得知了令人驚愕的事實。

『芙蘭，這些傢伙不是陷阱蜘蛛，是詭計蜘蛛！竟然進化了！』

詭計蜘蛛乍看之下就像體型較大的陷阱蜘蛛，但實際力量全然不同。畢竟牠可是進化過的高等種，威脅度也高一級，屬於E級。

能力值高出一倍以上，攻擊手段也多。

最可怕的是具有混亂毒素與猛毒牙。

據說有很多冒險者錯將牠當成陷阱蜘蛛進行攻擊，卻因此喪命。

本來應該只會出現陷阱蜘蛛的樓層，卻有詭計蜘蛛這種魔獸成群出現，這下豈不是嚴重了？

「根納！怎麼了！」

「不知……道……解毒藥……沒有用……」

似乎有人中招了。

陷阱蜘蛛的毒性非常弱，只要立刻喝下第五等級的解毒藥就完全不會有事。然而詭計蜘蛛的猛毒必須喝第三等級以上的解毒藥，否則完全不會見效。

因此，如果錯把詭計蜘蛛當成陷阱蜘蛛，只喝下低等級解毒藥就繼續戰鬥，毒素將不會得到中和，而使得當事人就此身中劇毒。

『芙蘭，那傢伙狀況好像很不妙。』

「嗯。」

芙蘭略為後退，幫男子施加了具解毒效果的回復魔術「解毒術」。

「得、得救了！」

「謝謝。可是，解毒藥為什麼沒用？」

「嗯。因為那是詭計蜘蛛，具有猛毒。」

「什麼！妳說詭計蜘蛛？豈有此理！竟然進化了嗎！」

這個洞窟並未設定讓詭計蜘蛛出現，最強的魔獸就是陷阱蜘蛛。

然而幾種主要原因加在一起，有時似乎會超出我們冒險者的預測，發生魔獸的進化現象。

這種情況可能發生在過度強大的個體誕生之時。地下城生產的魔獸雖是藉由地下城的力量，運用魔力無中生有的產物，但也有個體差距。有時也會出現力量超過其他個體，稱為特殊個體或稀有個體的魔獸。

詳細原因不明，不過人們似乎認為這是混沌神賜予的考驗。

當強力個體誕生時，會發生什麼事呢？

該個體會獨占食物，進而導致低等個體之間發生同類相食現象。首先，食物充足的強力個體有可能發生進化。接著在同類相食中取得勝利的低等個體，想必也有進化的機會。

兩者在大多數的情況下會自相殘殺，但最糟的情況是進化個體之間和平共存，甚至可能造成地下城的生態系產生變化。

除此之外，也可能因為偶然攝取到高經驗值的獵物而進化，或因為某些外在因素導致進化。

不過，攻略完成的地下城幾乎都有公會或國家進行管理，所以聽說後者兩種因素幾乎不可能發生。

克魯斯應該也理解到現在不是考試的時候，他向阿曼達請求救援。

「可惡，我太大意了！阿曼達大人！」

「我明白。芙蘭妹妹，我們一起上吧？」

「嗯。」

於是兩人開始蹂躪敵人。

阿曼達的鞭子一擊打穿蜘蛛的要害，芙蘭一邊閃躲蛛絲，一邊劈開每隻蜘蛛的腦袋。

令E級冒險者束手無策的成群詭計蜘蛛，眨眼間數量越來越少。僅僅幾分鐘後，她們就把大約二十隻的成群蜘蛛變成了沉默的蟲屍。

「跟小怪打一點意思都沒有，對不對，芙蘭妹妹？」

「不會，很好玩。」

「哎呀，這樣啊？只要芙蘭妹妹覺得好玩就好。」

芙蘭她們看起來很開心，其他冒險者卻一臉倦容。

克拉多他們好像已經快累垮了。

「暫時撤退吧，回到第五層！蜘蛛們不會追到那麼遠！」

地下城的魔獸除非有地下城主的命令，或是超出各樓層設定的個體數量上限，否則不會擅自移動到其他樓層。因此只要逃到第五層，詭計蜘蛛應該就不會追來了。

「假如牠們已經開始繁殖後代，情況會非常危險。」

「知道了！」

「我們跟芙蘭小姐負責殿後。」

「嗯。」

「E級隊伍先後退！」

克魯斯一聲令下，克拉多等人乖乖聽話。看來他們還不至於連這種時候都要頂嘴。不過我想他們只是沒有多餘力氣了。

「知、知道——嘎啊！」

「鎮、鎮定點！只是擦傷！」

「後面也有！」

「只有一隻！不要驚慌！」

「前、前面又來了！」

遇到這個場面，跟克拉多一夥的龍之咆哮隊員陷入了恐慌狀態。看來他們並不習慣碰到被魔獸包圍的狀況，而且好像還中了混亂的異常狀態。

「不要亂跑。」

「少、少囉嗦！」

克拉多還勉強保有戰意，但兩個部下背後遭到奇襲，竟然胡亂跑向了前方那群蜘蛛。

「啊，等一下！那裡還有陷阱！」

然後，兩人踏入了盜賊還沒做過探知的區域，果不其然，讓陷阱啟動了。

嘰咿咿咿咿——

「好死不死偏偏是傳送陷阱！」

「慘了──」

「快逃──」

然後，芙蘭的身影消失了。

把原本握在手上的我留在原地。

『咦？芙蘭？』

「芙蘭妹妹！」

芙蘭消失了。

她被克拉多的同伴啟動的傳送陷阱波及了！

波及芙蘭傳送到別處的兩人，武器也跟我一樣留在原地。不只是原本手持的槍矛，連短劍或飛刀之類也無一例外。芙蘭裝備用來投擲的王蛇蠍短劍也掉在我旁邊。

「武器竟然受到強制解除？」

「還真是無所疏漏，連預備武器都留下了！」

雖然我事前就聽說有範圍系傳送陷阱，會把踩到陷阱以外的人也捲進去，但竟然還強制解除裝備武器？行前說明可沒提到傳送與武裝解除效果能同時發動！該死，裝備登錄都解除了！

她、她還活著嗎……不，沒事，應該沒事，我得冷靜！

要找出芙蘭的下落……早知如此，就該多鍛鍊一下探知系的技能了！

「豈有此理，我從沒聽說這座地下城裡，有這麼惡毒的複合陷阱！」

「根本是跟高階級地下城同等的陷阱！」

克魯斯他們也大為驚愕，這種陷阱對他們而言似乎也有如晴天霹靂。

「……我有點頭緒。」

「您知道些什麼嗎？」

「詭計蜘蛛是陷阱蜘蛛的高等種，而比詭計蜘蛛更高等的搗蛋鬼蜘蛛，應該具有陷阱改造的技能。」

陷阱改造技能？意思是說能改造地下城裡的陷阱嗎？這魔獸會不會太棘手了！是說竟然比詭計蜘蛛更高等？那豈不是很不妙嗎？

「可、可是這座地下城不可能有那麼高級的魔獸！」

「進化成詭計蜘蛛已經是異常狀況了喔。就算出現搗蛋鬼蜘蛛，也沒什麼好奇怪的。」

「咕！埃賽爾，拿出地圖！」

克魯斯請盜賊同伴調查傳送陷阱的突現地點。

「已經確認好了。按照正常狀況的話，應該只會傳送到這前面的小房間。」

「我們走吧！」

阿曼達撿起我跟王蛇蠍短劍飛奔而出，比我用念動移動快太多了。麻煩妳就這樣繼續趕路！

周圍的蜘蛛一齊撲向趕路的阿曼達。喂喂，還沒經過二十四小時耶，阿曼達的元素寵愛沒復活！就算是阿曼達，碰上這麼大的數量——！

「礙事。」

颯！

阿曼達的右手一個晃動，飛撲過來的蜘蛛與四周的蜘蛛們旋即瞬間爆開。僅僅一擊，蜘蛛們就這樣全滅了。我又小看阿曼達了，我完全看不見剛才的攻擊。原來她跟芙蘭的那場對戰根本沒有拿出半點真本事，假如在模擬戰中阿曼達認真起來，芙蘭在最開始的那一擊就會陷入瀕死狀態了。

理所當然地，我們沒有踩到陷阱，抵達了問題所在的小房間。

「芙蘭妹妹！」

克拉多似乎也拚命追在後面，比阿曼達晚了些跑進房間裡。

「維克托！巴爾茲！」

然而，這個房間裡沒有人影。

「果然連傳送地點也被更改了……！」

「該死！這下該怎麼辦！」

克魯斯追上來後即刻理解了狀況，發出指示：

「我們分頭尋人吧。只是現況來說，分太多組無異於自殺行為。我、埃賽爾與克拉多等龍之咆哮一組，利格與樹海之眼一組，阿曼達大人自己一組；就分成這三組吧。」

「知、知道了。」

「大家走吧！」

冒險者們一一衝了出去。

但阿曼達留在現場沒動，她將我立著靠在牆邊，閉起眼睛集中精神做某件事，看來是在使用風魔術。

啊啊，這不重要，我得想想怎麼找到芙蘭！

心靈感應——不行，距離太遠不能用！

要是有傳送法術就好了！只要能飛去芙蘭的所在位置，什麼法術都行。或者是能把芙蘭拉回來的方法……不，等等喔。把芙蘭拉回這邊？說不定辦得到！用從屬召喚就對了。芙蘭跟我不知為何處於結契狀態，雖說裝備者登錄解除了，但並不代表契約消失了！芙蘭應該可以說是我的從屬吧……

我抱著一線希望，確認從屬召喚的清單。有芙蘭的名字嗎——？

嗯？沒有芙蘭的名字，但是可召喚對象的一覽表當中，追加了些莫名其妙的項目：

可召喚從屬：野狼、灰野狼、棕野狼、紅野狼、藍野狼、綠野狼、黃野狼、黑野狼、紅寶石野狼、綠寶石野狼、閃電野狼、縞瑪瑙野狼

這是怎樣？野狼祭典？搞不懂耶，我完全不記得有跟這些傢伙締結契約啊。

不，先別管這個，不知道野狼能不能循著味道找到芙蘭？

反正能多一種方法找芙蘭就是好事。

我看看各個項目，目光停留在縞瑪瑙野狼的能力上。這傢伙具有生命感知技能耶！而且紅野

狼以上的野狼全都具備回聲定位與敏銳嗅覺。兩者都有的縞瑪瑙野狼，是不是能夠找得到芙蘭？反正也想不到其他好辦法，我決定試著召喚縞瑪瑙野狼。

『——召喚．縞瑪瑙野狼！』

既然要召喚，我想盡量召喚出較強的個體，所以灌注了最大限度的魔力進去。不知道有多少效果就是了。

半空中描繪出巨大的魔法陣，強大魔力從中洩出。

「咕嗚咕嚕嚕嚕！」

然後魔力從魔法陣當中裊裊升起，凝聚成形般漸次變成一團物體。

下一刻，一身漆黑毛皮的狼憑空出現了。

哦，比我想像中還大隻耶，而且是超大隻。

我還以為頂多就大型犬那麼大……但這傢伙少說有乳牛大小吧。

「什麼，縞瑪瑙野狼？怎麼會出現在這種地方？」

糟糕，我完全把阿曼達給忘了！她嚇了好大一跳。

嗯？這樣下去豈不是會直接被殺掉……？

這傢伙全身不斷散發出驚人魔力，而且不知怎地，一直在威嚇人似地低吼，怎麼看都是隻敵性魔獸！

「咕嚕嚕嚕嚕……」

就叫你不要再吼了，幹嘛這樣低吼個沒完沒了？也不要再發出魔力了啦！

『喂，不要吼了！拜託你乖一點！』

「咕嚕嚕！」

不行，感覺完全沒在聽。我是不是得再凶一點？是說牠看起來好像很難受，究竟出了什麼狀況啊？

名稱：縞瑪瑙野狼

種族：魔狼．魔獸

狀態：魔力失控

Lv：1

生命：319　魔力：213　臂力：126　敏捷：221

魔力失控狀態？是這個啊！是這個害得牠四處散布魔力，還這麼痛苦嗎！我該怎麼做！

〈是否要為縞瑪瑙野狼『命名』？〉

煩耶，挑在這種時候！取名字就是了嗎？我想想——名字、名字——

『你就叫小漆吧！』

反正漆黑這個詞裡有漆這個字，而且牠的鬃毛參雜了一些紅毛，顏色會讓人聯想到生漆。還有毒素屬性，也有點像摸到了會皮膚過敏的生漆。以臨時想到的名字來說，還挺不錯的。

〈縞瑪瑙野狼已『命名』完成。〉

〈縞瑪瑙野狼將發生進化。〉

咦？進化？命名？怎麼回事？魔力失控呢？誰來跟我解釋一下！

然而，眼前的縞瑪瑙野狼就如同播報員說的那樣，逐漸改變其外形。

〈小漆已進化為黑暗野狼。〉

「啊嗷嗷嗷喔喔喔喔喔——！」

突、突然變得好有精神啊，魔力失控沒事了嗎？

名稱：小漆（黑暗野狼）

種族：魔狼・魔獸

Lv：1

生命：451　魔力：670　臂力：216　敏捷：310

技能：暗黑抗性8、暗黑魔術1、敏銳嗅覺10、隱密7、牙鬥技5、牙鬥術5、潛影10、影渡5、空中跳躍8、恐懼4、警戒6、氣息遮蔽6、再生5、屍毒魔術1、瞬發5、消音行動6、死靈魔術5、生命感知7、精神抗性6、毒素魔術10、回聲定位7、咆哮8、趁夜潛行10、闇魔術10、夜視、王毒牙、自動生命回復、自動魔力回復、毒素無效、身體變化、魔力操作

獨有技能：捕食吸收

稱號：劍之從屬、神狼從屬

解說：操縱暗黑屬性的野狼系魔獸高等種。能力值在同階級魔獸當中偏低，但多彩技能與魔力量為最高水準。由於擁有多種隱密系技能，並且具有可潛入黑影的影渡技能，因此極難發現。即使存在已受到證實，但實際發現的個體很少。威脅度C。

魔石位置：心臟部位。

縞瑪瑙野狼的時候就覺得很大了，但這傢伙比剛才還大上兩圈。縞瑪瑙野狼大概跟牛一樣大，黑暗野狼從腳尖到肩膀卻超過了三公尺。

深邃的金瞳宛如睥睨四下般威嚴十足，獠牙跟短刀一樣尖銳，四肢遠比熊還要壯碩。黑色體毛不愧是縞瑪瑙的進化種，有著不可思議的光彩，從不同角度觀看就像星光閃爍的夜空，具有神祕的美感。參雜於鬃毛中的紅毛，也為牠帶來了奧妙的高貴氣質。然而覆蓋臉孔部分範圍的白毛就像歌舞伎臉譜，對於我這個愛狗人士而言，看起來就像哈士奇一樣容易親近。

威脅度C啊。如同解說所述，牠有著豐富的隱密系技能，技能搭配有點類似暗殺者。魔術方面也相當可觀，比起同威脅度的暴君劍齒虎，體能雖然大大遜色，但魔力系能力大獲全勝，大致就是這種感覺。

「忽然就進化了？難道是黑暗野狼？我、我是第一次看到……還有，這股魔力的流動，跟芙蘭妹妹的劍是相連的？」

一下子就被看穿了！好吧，這樣小漆被殺掉的危險性就降低了，沒什麼不好。

先別管這些了，現在得趕快找到芙蘭！

『小漆，你聽得懂我說的話嗎？聽得懂就抬起右前腳。』
「嗷。」
唰！
小漆抬起了右前腳。
『接著換左後腳。』
「嗷。」
很好，牠能聽懂我說的話。而且我好像模糊感受得到小漆的心情，感覺就像小漆的幹勁傳達給我了。是心靈感應的效果嗎？
『你知道芙蘭在哪裡嗎？她是我的裝備者。』
「嗷。」
小漆抽動鼻子聞我的味道，然後闔眼幾秒後，嗚嗚低吼起來，看樣子是在使用技能。
『怎麼樣？』
「啊嗚——！」
小漆大聲吠叫後，咬住我的劍柄，把我拿起來。
已經找到了嗎？好快啊！
『會不會很重？』
「呼喔！」
因為銜著我，所以嘴巴漏氣，叫聲聽起來很呆。不過，沒枉費這麼大的體型，用嘴巴把我拿起來似乎也完全不成問題。

小漆就這樣以驚人速度衝出洞窟。

『好——小漆快跑！』

「呼喔呼喔！」

銜著我的小漆猛地飛奔出去，這樣就能前往芙蘭的所在位置嗎？不對喔，等等，這樣好像不太妙耶？

「等一下，有陷阱！」

阿曼達從後面喊著，她說得對。要是又發動什麼傳送陷阱的，那可就糟透了。

『小漆！路上有陷阱，當心！』

「嗷嗚？」

『你不怕陷阱嗎？』

小漆把我的焦慮當耳邊風，無視於陷阱不停奔跑。

對耶，牠有空中跳躍嘛。也就是說只要不去踩到，陷阱根本就不會啟動。不只如此，小漆的眼中含藏著魔力，似乎使用了闇魔術。牠在做什麼？

不，好像是使牠能看穿陷阱的魔術。牠有時會做出不自然的動作，像在避開什麼，似乎是看穿了感應器系的陷阱。

不過，就在跑了約莫三百公尺的時候，小漆突然停住了腳步。

『小漆？』

「呼喔？」

『不是，芙蘭人呢？』

小漆把我放在地上，就這麼當場坐下了。

「呼、呼、呼、呼！」

『跟我呼什麼勁啊？』

「嗷嗷！」

小漆突然用力抓了抓牆壁，然後猛烈地開始挖洞。

『咦？難道說她在這後面？』

「嗷。」

「難道芙蘭妹妹在這裡面？」

阿曼達也一臉驚訝，靠近過來了。是說她一路跟著小漆的腳程跑來，都沒落後嗎！呃不，畢竟敏捷值是阿曼達比較高，所以是理所當然嗎？

「我來──龍捲騎槍！」

阿曼達用暴風魔術打碎牆壁。

『是密道啊！』

「這座地下城一堆這種地方，所以才讓人討厭，難怪風魔術的探知無效。」

也許是用來關中了傳送陷阱的傢伙吧。

我搜尋一下氣息，但裡面只感覺得到蜘蛛的氣息。真的在這裡嗎？難以言喻的不安感受襲向了我。

『小漆，去吧！』

「嗷！」

小漆運用空中跳躍輕快地奔跑。

『找到了！』

真的在這裡！看得到芙蘭的身影！芙蘭就在通道的遙遠前方。太好了，她還能動。

然而——

『有一群蜘蛛！』

芙蘭被小型蜘蛛包圍了，是蜘蛛的幼蟲。一堆小蜘蛛亂糟糟地簇擁在芙蘭周圍，雖然每一隻都很弱，但數量那麼多仍然很危險！

『小漆，快去！』

「呼喔！」

『我在這裡，芙蘭！』

不行，還不到能心靈感應的距離。

可是，她為什麼不逃走！靠芙蘭的腳力，應該能躲開小蜘蛛逃走才對啊！

仔細一瞧，我知道芙蘭為什麼沒逃走，選擇跟蜘蛛們交戰了。

在芙蘭的背後倒著兩個人，是克拉多那些一起被傳送過來的同伴。看樣子芙蘭是在試著保護他們。

『火焰標槍！』

「咻嘎啊！」

可惡，這些小怪蜘蛛真煩人！施放魔術都被這些傢伙結的網擋住，打不到芙蘭身邊的蜘蛛！

『芙蘭可是失去技能了耶！』

我的裝備遭到卸除，就表示與我的技能共享也一併遭到解除。在這種狀態下戰鬥，無異於自殺行為。

我看到蜘蛛們撲向芙蘭了。不行啊！現在的芙蘭躲不掉那麼多的蜘蛛——不對，打得還不賴？雖然動作的確遲鈍了些，但芙蘭揮拳捶爛蜘蛛的身手還不算差。

然而小蜘蛛一擁而上，攻勢如排山倒海。這次牠們改為沿著牆壁移動，企圖襲擊昏死過去的兩名冒險者。芙蘭情急之下揮拳打去，但光靠這樣沒能阻擋小蜘蛛，蜘蛛一齊撲向兩名冒險者。

『芙蘭！不要亂來！』

我忍不住放聲大叫出來。

意外的是，芙蘭竟然挺身當兩名冒險者的肉盾！簇擁著芙蘭身體的無數小蜘蛛露出獠牙，咬在芙蘭身上。

她流了好多血！

一看到那幕光景的瞬間，我不顧一切地飛了出去。

『唔喔喔喔噢噢噢噢噢！』

「吼喔喔喔！」

思緒達到了沸點。

怕被阿曼達發現？我在小家子氣什麼啊，白痴嗎！好好想想什麼才是最重要的！

從發現芙蘭以來的十幾秒之間，我一直在累積念動力。這幾乎是下意識的舉動，已經可說是一種習慣。如同感覺出戰鬥氣息的劍士會將手放在劍柄上，我也變得會在無意識間累積念動力。多虧於此，累積的念動力已經足夠施展念動彈射攻擊。

但是，這樣打得到那麼遠嗎？那些蜘蛛吐的絲相當強韌，就算是念動彈射攻擊，或許也不一定能打穿這麼多的蜘蛛與所有蛛網，抵達芙蘭跟前？

恐怕是到不了。

我在這座地下城長時間對付過蜘蛛們，從經驗得知牠們的硬度與蛛網的韌性。因此我憑感覺理解到，光只用念動彈射攻擊到不了芙蘭身邊。

那該怎麼做？

『超越極限就行了啊！』

老實講，平常施展念動彈射攻擊時，我都盡量灌注力量到極限，是貨真價實的全副力量。

但那真的是我的極限嗎？不，那不是極限。

我自己以為是極限，其實是無意識中確保了安全差額的極限。是自己不會受到反作用力所傷，施加了限制的極限。

既然這樣，把那種限制拿掉就行了。

『超越極限吧！』

魔力在刀身內狂暴竄動，就連我也已經無法判斷灌注了多少魔力。

還不夠，我需要提升更大威力！還有什麼其他辦法——？

有了！以前有學到一種技能叫屬性劍！就是能讓刀身纏繞屬性的技能。

我發動屬性劍。

『喔喔喔喔喔！』

這邊也要灌注魔力到極限！

烈焰纏繞刀身，將它燒得赤熱耀眼。溫度高到刀身都開始略為熔化了。

通道上的蜘蛛們感覺到異狀，開始往我吐出蛛絲。但是沒用的，光是靠近已然化為灼熱之劍的我，蛛絲就會起火燃燒個精光。

『你們這些蜘蛛，別擋我的路——！』

咻咚——嗡嗡！

我讓累積至今的念動力爆發了。

快到前所未有的加速一路貫穿蜘蛛擋牆。網羅密布的堅韌蛛網，簡直像是用紙做的一樣。就連擁有堅硬外殼的蜘蛛，都在撞上劍身的瞬間起火燃燒，化作焦炭。

換成平常的念動彈射攻擊，想必只飛到一半距離就被蛛絲纏住了。然而，現在的我可不一樣。我一邊用高溫與衝擊波粉碎蜘蛛們，一邊飛速突進。現在的我恰似一枚砲彈，不用直接轟炸，光靠衝擊波就能四處造成驚人的破壞。

『唔喔喔喔噢噢噢噢！』

然而由於貫穿了大量蜘蛛，我的速度很快就開始變慢。

這樣都還不夠嗎？

我太小看蜘蛛網了嗎？

『唔喔喔喔喔！飛過去啊啊！』

不過，也許是我的心願傳達到了，我勉強穿越通道中堆起的蜘蛛擋牆，到達了芙蘭待著的小房間。

不同於剛才用念動彈射攻擊飛出來的速度，現在的我慢得像頭牛，但眼前已經沒有擋路的蛛網了。

『給我從芙蘭身邊滾開！你們這些臭蜘蛛！——火箭術！』

我就這樣火速衝向蜘蛛們，同時使用魔術驅散牠們。

然後，我馬上對芙蘭使用回復魔術。

『——恢復術！』

我以速度為優先，用的是初級魔術。

『芙蘭！』

「……」

可惡，她沒回應我！不知道她狀況怎麼樣？

不但中了猛毒跟恍惚，生命力也所剩不多。都已經用了一次恢復術，竟然還只有這點生命力！我連忙使用解毒術與大恢復術，讓芙蘭完全痊癒。

好人做到底，我也幫克拉多昏倒的兩個同伴施加了恢復術與解毒術。雖然這兩個白痴牽連了芙蘭，但看在芙蘭挺身保護了他們的份上，就大人有大量吧。現在就先讓他們躺著休息好了。

其他蜘蛛怎麼樣了？

「呼唔嗯？」

『小漆你什麼時候跑來的！我懂了，是影渡吧！』

就是惡魔也用過的影子傳送術。

糟糕，我到底是有多驚慌啊，完全把牠忘了！只要使用小漆擁有的影渡技能，不是能更輕鬆抵達芙蘭跟前嗎……

小漆在死光了的蜘蛛殘骸堆正中央，不知道在大嚼什麼。喂，腳都從嘴巴露出來啦！唉，想到這傢伙的餐費就讓我開始頭痛。是說牠把打倒的魔獸都吃掉了，我該怎麼拿素材？

算了，這個之後再想吧。

『芙蘭，芙蘭。』

我用念動技能輕輕搖了搖芙蘭。

「……嗯？」

『妳醒了啊？』

「師父？」

『是我，已經沒事了。』

「蜘蛛呢？」

『已經殺光了。』

「喔。」

我重新看看芙蘭的能力值，發現劍術等級高達3，也有劍技與氣力操作，順便還有瞬發與料理，這些都是剛認識她時沒有的技能。看來即使裝備著我，芙蘭還是能得到熟練度。

還有，即使失去技能，得到的稱號似乎也不會消失，火術師沒有不見。

即使沒有裝備著劍，幸虧劍術技能讓芙蘭保有部分身法，才能多少對付得了蜘蛛。

不過成長得會不會太快了？才一個月劍術就升了足足2個等級，會是使用我造成的影響嗎？我是猜想可能是學到了使用高等級技能的感覺，對技能的成長起了正面效果。

不過，不管技能成長多少，在用的都是芙蘭。

這次也是，她即使遭到蜘蛛包圍也沒有放棄，中毒也沒失去鬥志，所以才能獲救。真正有所成長的，應該是她的精神力。

『妳表現得很好。』

「師父變得好破爛。」

『哎，一言難盡啦。』

超乎極限灌注魔力施展念動彈射攻擊，付出的代價比我想像中還要大。

首先是大量消耗的魔力，光是念動彈射攻擊，大概就讓我失去了將近七成的魔力。

耐久值也岌岌可危。刀身留下了一道長到一半的深深裂痕，高溫熔解的部分都發黑了。說成半毀一點也不為過，一般刀劍要是弄成這樣就要直接廢棄了。

要等到自動修復完畢，恐怕得花上不少時間。
『花點時間就會恢復原狀了。』
「嗯……」
『喂喂，幹嘛這種表情啦。』
「都是我害的。」
『才不是，是我自己做了蠢事，要是能控制得再精準點就好了。』
駕馭超出極限的魔力比想像中還難，就算再來一遍，大概還是很難控制灌注的魔力量，應該還是會一樣慘。
只不過多虧於此，我好像明白魔法師技能的真正價值了。
以往我只把魔法師技能當成魔力感知的進階版代替使用，或是用來對魔術灌注更多魔力以提升威力。
然而，原來還有更進一步的意義。因為能判斷魔力的流向，所以能灌注超出極限的魔力。因為能感覺出魔力的流向，所以勉強還能駕馭得住。換個說法，就是可以進行魔力的狂飆化。雖然有利有弊就是了。
『幸好芙蘭沒事。』
「謝謝你。」
芙蘭緊緊抱住我破破爛爛的刀身。
『喂，芙蘭，很危險的。』

「不要緊。」

說完，芙蘭抱我抱得更緊了。然後她將額頭輕碰在我的劍格上，安心地嘆一口氣。大概是總算放心了吧。

『真拿妳沒辦法。』

「嗯。」

氣氛大概就像師徒的感人重逢。

如果現場沒其他人的話。

「我、我問一下，那把劍是不是自己動了？而且好像發出了幾次聲音……還用了魔術。」

我把阿曼達給忘了——！不是，我一開始還有把她放在心上，可是……打到一半就真的忘了。

我太過心急，還用心靈感應大叫了一下。平常我都只對想要交談的對象發出心靈感應，但是……喊叫的時候完全是全方向傳遞。當然，阿曼達的耳朵想必也聽見了我的聲音。

而且我還用了魔術，又用念動技能飛空，在芙蘭的周圍擅自亂飛。

「嗯……」

「啊，等等。沒關係，我並不是要逼妳說，對不起喔。」

「？」

「那個，我只是忍不住問了一下。妳不想說沒關係，每個人都有難言之隱。」

阿曼達雖然好心這樣說，但我是一把會說話又會動的劍的事情，應該已經完全穿幫了吧？繼續刻意隱瞞有意義嗎？

（師父，可以跟她說嗎？）

『芙蘭想跟阿曼達說嗎？』

（嗯……）

變得這麼親了啊，坦白講，我覺得芙蘭除了在模擬戰被她打個半死之外，好像跟她沒什麼交流……

好吧，既然芙蘭說想告訴她，我也不會反對。

況且我知道阿曼達是個好人。

「阿曼達。」

「什麼事～～？」

「我有話想跟妳說──」

三分鐘後。

阿曼達一整個超興奮。

「妳說的智能武器，就跟童話故事裡出現的那種有個人意志的武器一樣嗎？呀──！原來是真實存在的啊！」

智能武器好像是真的很稀奇，阿曼達驚訝地說她是頭一次看到。

不過更令她欣喜若狂的原因，似乎是芙蘭主動向她告白了這麼重大的祕密。因為照常理來想，這種事情只會跟十足信賴的人坦白。

「謝謝妳願意告訴我！芙蘭妹妹，還有……師父？」

『嗯。』

「好厲害喔，真的會說話耶～～」

阿曼達兩眼閃閃發亮地注視著我，神情就像小孩子遇見了崇拜的對象。

『哎，總之請多關照。』

「好的，我也要請你們多關照！放心，你們的祕密，我會帶到墳墓去的！還有，遇到什麼困難都可以找我商量喔！不管什麼時候，我都會力挺芙蘭喔！」

「嗯。」

「畢竟我可是有著孩童守護者這個稱號嘛，所以妳隨時都可以找我幫忙喲。」

「謝謝。」

「啊──妳好可愛喔！為了芙蘭妹妹，我什麼都願意做！」

跟她坦白果然是對的。

其實我不想做這種不知趣的事，但還是試著用了一下謊言真理。結果阿曼達說的話句句屬實，沒有半句虛假，是真的表示為了芙蘭什麼都願意做。

『太好了呢，芙蘭。』

「嗯。」

「不過，芙蘭妹妹遭到蜘蛛攻擊時，師父那種慌張的樣子，真想讓芙蘭妹妹看看呢～～劍身冷不防發出一句『芙蘭！』把我嚇了好一大跳。」

「師父，你很慌張嗎？」

『是、是啦，真沒面子。」

「小野狼也是，冷不防就衝了出去，害我不能用魔術做掩護，怕會誤傷到你。我那時也好緊張喔～～」

「嗷嗚嗚……」

我真是太不像樣了！又慌張，又焦急，連續判斷錯誤！那時應該有更多做法才對，像是向阿曼達求助，或是從一開始就使用小漆的影渡！

尤其是只要有阿曼達的魔術與鞭子，想必能夠更輕鬆地救出芙蘭。

唉，不只是芙蘭，我也得有所成長才行……

「這隻狗是？」

『竟然說牠是狗……』

「咕嗚嗚。」

把人家當狗也太可憐了。

『芙蘭，這小子叫小漆，是我召喚的黑暗野狼。』

「小漆出現時也把我嚇了一跳呢～～」

「小漆？」

芙蘭目不轉睛地注視之下，小漆也用純真無瑕的兩眼回看她的眼瞳。

「咕嗚。」

芙蘭輕輕摸了摸小漆的頭後，牠開心地叫了起來。

「乖喔乖喔。」

「汪呼。」

這小子應該是狼吧？怎麼覺得越看越像狗了。

「嗷呼嗷呼。」

「唔。」

小漆每當鼻尖、下巴跟脖子被摸，就一副舒服的模樣瞇細眼睛，然後好像回禮般舔遍芙蘭的臉。芙蘭的臉已經被舔到黏答答的了。

喂，你剛才吃了蜘蛛吧？芙蘭，把臉擦一擦。

既然芙蘭平安無事，接下來要怎麼做？

首先應該是跟其他冒險者會合吧。

我剛才太焦急完全沒想到，但這座地下城對克拉多或弗利昂他們來說滿危險的。要是這樣害死他們，會害我睡不好覺。

『差不多該移動了。』

「也是。好啦，你們快起來。」

「嗚……嗯。」

阿曼達用力踹醒昏倒睡大頭覺的兩個冒險者。

「這裡……是哪裡？」
「是你們驚慌失措啟動的陷阱的傳送地點。」
「啊，對了，小妹妹呢！」
「她、她還好嗎？」
兩人好像是傳送過來沒多久就失去了戰鬥能力，中毒與出血使得意識漸漸不清。在精神恍惚的狀態下，他們似乎理解到是芙蘭保護了自己，為他們而戰。
「妳救了我們一命。」
「真的太感謝了。」
哦哦，竟然懂得低頭道謝，值得稱讚，真不像是跟克拉多一夥的。好吧，如果是膽敢對救命恩人惡言相向的人渣，我早就給他們點顏色瞧瞧了！
「嗷。」
阿曼達也用跟我所見略同的眼神，瞪著那兩個人。
「哇啊！怎麼了！」
「有有有、有狼！是魔獸！」
真是精采的反應，只差沒嚇到腿軟——呃不，他們真的嚇到腿軟了。兩人癱坐在地，用絕望的表情抬頭看著小漆。
「啊啊啊，阿曼達大人！請救救我們！」
「嗷嗚？」

「噫咿！舌頭！舌頭伸出來了！」

「小漆，不可以這樣。」

「咕嗚嗚。」

阿曼達跟他們解釋小漆是芙蘭的從屬，兩人似乎這才鎮靜下來。

「居然讓這麼高階級的魔獸成為從屬！」

「我頭一次看到魔獸武器！」

兩人說著這些，再次以尊敬的目光看向芙蘭。他們完全成了芙蘭的俘虜，隨時可能開始叫她一聲大姊。

「來討論接下來怎麼做吧。」

「其他人呢？」

「去找你們了。」

話說這下子該怎麼會合呢……漫無目標到處亂找太花時間了。

「小漆，你能找到其他人嗎？」

「嗷！」

好像沒問題，我只是隨便先召喚看看，沒想到這麼幫得上忙。

小漆當場迅速俯臥在地，然後目不轉睛地注視芙蘭。

「你要讓我騎？」

「嗷！」

「嗯，謝謝。」

「哎呀，好聰明喲。」

即使趴下來還是小漆的個頭比較高，芙蘭爬上牠的背。

「好鬆軟。」

「嗷嗚！」

芙蘭抓住小漆的鬃毛，摟住脖子不放。我也用念動固定住芙蘭的身體，這樣就不會被甩落了。

只是，冒險者A跟B怎麼辦呢？憑這兩個傢伙的腳程肯定跟不上，但丟下他們又太危險了。要請阿曼達當護衛嗎？

「小漆，你可以搬他們嗎？」

「嗷。」

小漆回頭看芙蘭，輕輕叫了一聲。芙蘭聽了，點了個頭。

「你喜歡狗嗎？」

「嗯？小妹妹怎麼突然問這個？狗？呃，我滿喜歡狗的……」

「那就沒問題。」

「咦？嗚喔喔喔！」

小漆銜住冒險者A的皮甲領口將他舉起來，就像貓爸媽帶小貓走的時候一樣。

『把他們放背上不行嗎？』

（汪呼！）

喔，你不想讓芙蘭以外的人騎就對了。看來小漆很明白芙蘭是主人。

「那你就由我來搬吧。」

「咦？這……阿曼達大人？」

「好了，安分點啦。」

「哇啊！」

阿曼達把冒險者B夾在腋下。怎麼看都是男的體型比較大耶。

這畫面真夠詭異的，不愧是A級冒險者的超強臂力。

「好了，走吧。」

「呼喔！」

芙蘭一聲令下，小漆開始奔跑。順帶一提，我收在劍鞘裡讓芙蘭揹著。雖然裂痕是補起來了，不過完全回復得等到出了地下城再說，在那之前只能先做應急處理將就點。

「小漆好厲害，在空中跑步。」

『因為牠有空中跳躍8嘛。』

不同於我們擁有的空中跳躍1只能做多段跳躍，小漆是完全在空中蹬腿奔馳。芙蘭顯得好像很開心。

「前方有蜘蛛。」

我看到有五隻詭計蜘蛛往這邊過來了。

「上吧，小漆。」

「呼喔——！」

喂喂，小漆這傢伙非但沒有停步，反而加速了耶。我聽見被牠銜著的冒險者發出慘叫，但我刻意忽視。

「呼喔！」

與小漆的咆哮相呼應，漆黑槍矛灑落在蜘蛛們身上。豈止如此，小漆一穿過通道的瞬間，左右兩邊的蜘蛛就變成碎片漫天飛舞，似乎是小漆用迅雷不及掩耳的速度揮動了前腳。

『——閃焰轟擊！』

「——火箭術。」

「——風刃術！」

遇到被蛛網覆蓋的通道，就連續射出魔術強行開路。我們一邊排除蜘蛛，一邊馬不停蹄地衝過洞窟。

「打起來真沒勁。」

「噫咿噫咿……」

「呼……呼……」

阿曼達神情游刃有餘，其他兩人卻一副快死了的表情。

跑了一會兒後，我們來到一條格外寬敞的通道。然後，裡面有著大量的蜘蛛。通道密布著蛛網使我們看不見前面狀況，可見蜘蛛的密集度有多驚人。

不過我從前方感覺得到人的氣息，應該是克魯斯他們。他們是怎麼突破這些蛛網到裡面去的？是不是還有其他通道？

不過嘛，這點程度是阻擋不了現在的我們。我們掃蕩蛛網突破通道，就來到一處還算大的空間。天頂很高，平常說不定還會覺得開放感十足，然而現在滿是蜘蛛網，只讓人覺得不舒服。

在這樣的大空間裡，擠滿了無數的蜘蛛。不只地板，還黏滿了整片天頂或牆壁，數量恐怕不下五十隻。

我們在這個空間裡看見了克魯斯等人的身影，其他傢伙也跟他們一起。然而以他們那樣成度的戰力，要挑戰這裡的蜘蛛會不會太危險了？實際上，他們已經被逼到牆邊，而且有幾個人好像中了異常狀態。

「該死！怎麼砍都砍不完……！」

「要是退路沒被堵住就好了！」

看來他們是太過深入，被關在裡頭了。而且在蜘蛛群的中央，還有一隻格外龐大的蜘蛛。全身長滿的俗豔紫色體毛，會引起看到的人心中的不快感受。

我就知道少不了，是搗蛋鬼蜘蛛，能力值也比其他蜘蛛高多了。

那個就是讓芙蘭受盡折磨的蜘蛛群老大吧！

『很好，來場復仇戰吧！』

「嗯！」

就在我們面對成群蜘蛛提高鬥志時，我聽見了一陣窩囊的慘叫。

「哇啊——！救、救命！」

「隊長！」

「克拉多大哥！」

哦哦，克拉多遭到蛛絲緊緊綑綁，就快被帶回蜘蛛巢去了。雖然沒中毒，但陷入了麻痺狀態。看那樣情況還滿危急的。

『就去救他吧。小漆負責照顧那些冒險者。』

「嗷。」

「嗯——火箭術！」

我們一鼓作氣殺進蜘蛛群裡，掃蕩簇擁著冒險者們的詭計蜘蛛，並燒掉繫住克拉多的蜘蛛絲。

「燙燙燙！好燙！」

啊，火順著蛛絲延燒，連纏在克拉多身上的蛛絲都起火了。雖然有點燒到頭髮，但應該不會死人啦。

「啊噢嗚嗚嗚嗚！」

小漆施放的漆黑箭矢打倒了步步逼近的蜘蛛。雖不知道蜘蛛們有沒有恐懼心，但我知道牠們感覺出小漆的強大力量，都在後退。

不過還是那些人類的反應比較激烈。

「哇啊啊！」

「這、這傢伙是什麼啊！」

「噫咿！這股魔力是……！」

「縞、縞瑪瑙野狼？」

「白痴啊！比那更強啦！」

「我可沒聽說會出現這種的！」

「可惡！大家鎮定下來！」

光是E級魔獸就已經讓大家難以對付了，竟然又出現階級高上許多的魔獸，使得眾人一片驚慌。

「不，等等！是阿曼達大人！」

「而且，看那頭狼的背！小妹妹在上頭！」

「咦咦？」

看來他們注意到芙蘭了，這樣就知道是自己人了吧。

也不用擔心受到克魯斯他們的攻擊了。

很好！就照這股氣勢，把宿敵搗蛋鬼蜘蛛也——

「肚破腸流地死吧！」

咚啪咻！

阿曼達的鞭子，把搗蛋鬼蜘蛛打成碎屑了。看那個樣子，魔石大概也碎成細末了。

「這是你欺凌芙蘭妹妹的報應！」

好吧，就是瞬殺啦。對啦，搗蛋鬼蜘蛛的威脅度C，是出於陷阱改造技能的棘手。如果只看能力值，威脅度可能只有D左右。可是啊，真沒想到會那麼輕易就被幹掉……

『呃——阿曼達……小姐？』

「咦？」

我忍不住對阿曼達發出了心靈感應。

「啊！」

阿曼達一聽轉向我這邊，露出一臉「我太粗心了！」的表情

剛才我已經告訴過阿曼達我會吸收魔石了。雖然是沒有特別和阿曼達說好要把搗蛋鬼蜘蛛的魔石讓給我啦。可是啊，我以為我們有某種默契啊？擅自以為她應該會讓給我吧～～這樣。

沒有啦，是應該怪自己沒有先跟她說好……

「好、好嘍，繼續把其他蜘蛛也解決掉吧！」

啊，竟然蒙混掉了！

「芙蘭妹妹也一起來吧！」

……沒辦法，現在就以殲滅蜘蛛為優先吧。

「嗯，我要動手了。」

「咕嚕！」

『既然如此，我也豁出去啦！』

於是魔術開始亂飛亂舞。阿曼達的風魔術把天頂那些蜘蛛連同蛛網一起切碎，小漆的闇魔術

準確刺穿牆上蜘蛛，我們施展的火魔術也燒光廣範圍的蜘蛛。弗利昂似乎也來參一腳，用藤蔓纏住蜘蛛們，將牠們緊緊勒住。

真是壯觀。特別是阿曼達的暴風魔術，才幾發就把天頂上所有蜘蛛全打倒了。那就是阿曼達的真本事嗎？但同時卻絲毫不波及冒險者們，駕馭得無懈可擊。一看到那種魔術，就會領悟到我們的火焰魔術還不夠火候。不只是劍法，魔術也需要再鍛鍊。

「不愧是阿曼達。」

「哎呀——？被芙蘭妹妹稱讚了！」

雖然被稱讚而害羞的模樣看起來一點也不強悍。

滿地散亂著蜘蛛們的殘骸，雖然破損得挺嚴重的，不過裡面應該還有能用的素材。仔細找找，搞不好還能找到魔石。

『小漆，去找魔石。』

「嗷呼。」

至少得把詭計蜘蛛的魔石弄到手才行。我麻煩小漆找出幾顆魔石，小漆鼻子靈，一顆接一顆地找到魔石。

而且牠好像能把魔石收進影子裡，看來是應用了潛影技能，真是方便。

「請問兩位，那、那頭狼是……」

克魯斯等人戰戰兢兢地靠近過來。他們似乎勉強沒有大礙，但有幾人顯得很難受，似乎是猛毒開始擴散到全身了。

『芙蘭。』

「嗯——解毒術——麻痺治療。」

「喔喔！得救啦！」

「謝謝妳！」

「差、差點以為……以為沒命了！」

弗利昂他們可能因為放了心，當場癱坐在地，甚至還有人哭了起來。幸好沒人犧牲。

「那麼，這頭狼莫非是縞瑪瑙野狼？」

「不是，是黑暗野狼。」

「咦咦？」

「第一次看到！」

克魯斯他們騷動起來，畢竟連阿曼達都是頭一次看到這頭稀有魔獸。

「是芙蘭小姐的從屬嗎？」

「嗯。」

「想不到竟然能使用這樣高等的召喚魔術……」

「不如說D級都嫌低了。」

弗利昂兩眼發亮地看著小漆，看來他無法抵抗好奇心，畢竟他看起來就像是研究者的類型。

克魯斯似乎重新體會到了芙蘭的實力。

小漆是不是真的很顯眼啊？等回到鎮上，想必會超引人注目。而且這樣能住旅店嗎？搞不好得找個可帶寵物的旅店。

其實我在嘗試能不能把小漆送還原處之類的，但好像沒辦法，叫出來之後好像就只能一直存在這裡了。只不過召喚中似乎不會持續扣減魔力，這倒是值得慶幸。

『小漆，你能用潛影進入芙蘭的影子裡吧？』

（嗷。）

小漆對我的心靈感應做出反應，沉入了芙蘭的影子裡。哦哦，一瞬間就躲好了耶，而且也幾乎感覺不到氣息。我有魔法師技能所以勉強可以判別，不過以初級冒險者的程度，大概連小漆的存在都注意不到。出來的時候也是一瞬間。

『待在城鎮裡時，你能夠一直待在影子裡嗎？』

「咕嗚……」

『你不願意？』

「嗷。」

『可是，你的外貌在鎮上太顯眼了。視情況而定，搞不好還會遭受攻擊喔。』

「嗷嗚……」

小漆讓耳朵貼在頭上，竟給我露出莫名悲傷的表情來。

唔唔，你露出這種表情，我怎麼忍心逼你待在影子裡啊。

（師父，我也希望別這麼做。）

『不，可是啊……』

（不行嗎？）

（嗷嗷？）

很詐耶！總共四隻圓圓的大眼睛盯著我看！看在旁人眼裡，只像是一個怪人跟一頭怪狼注視著芙蘭的背後。

「嗷！」

『幹嘛？有什麼辦法嗎？』

小漆四腳踏穩地面，不知為何開始讓魔力集中。

「嗷嗷噢噢噢……」

哦哦？不知怎地，小漆開始慢慢縮小！才幾秒鐘，就變成了普通大型犬的大小了。

『該不會是身體變化技能吧？我還以為那是能變成不同外形魔獸的技能呢。』

「嗷嗷。」

「呀——！超可愛的！竟然變這麼小！我也想養一隻！」

呃不，比起剛才的體型是比較小，但這樣也已經夠大了。好吧，這樣的話勉強還在容許範圍內吧？硬說是狗的話——或許真的會看成狗。

『唉，拿你們沒辦法。在鎮上要維持這個模樣喔。』

「嗷！」

（謝謝師父，這樣隨時都能搓揉小漆的毛了。）

芙蘭，妳是為了這個才拜託我的啊……是說我也想搓揉小漆的毛！

好吧，沒辦法。召喚都召喚了，得好好照顧才行。這樣的話，是不是該帶牠散散步比較好？還有，不知道需不需要牽繩啥的？嗯——總覺得越來越有養狗的感覺了。

「請多指教，毛小——小漆。」

「嗷嗷？」

看來對芙蘭而言，小漆的毛皮觸感事關重大。

殲滅蜘蛛後，我們按照當初的目的，來到了地下城魔核室。

「那個就是魔礦石吧。」

「哦，純度這麼高的魔礦石啊，真是令人驚嘆。」

「根本是座寶山嘛！」

弗利昂嘖嘖稱奇，克拉多兩眼發亮地跑向魔礦石。

「噗！」

看到他的模樣，芙蘭噗哧一笑。

「不准笑！妳以為是誰害的啊！」

「救命恩人。」

「嗚！」

「活命的代價。」

「我、我知道啦！」

由於克拉多的頭皮被芙蘭施放的火魔術燒得如火燎原，不得已只好把頭髮全剃光了。因為是用短劍千辛萬苦地亂剃一通，他那顆頭上有幾處沒剃乾淨，不管看幾遍都引人發噱。其實只要使用大恢復術就可以治好，不過這是祕密。

「噗嗤！」

「可惡！」

阿曼達跟芙蘭每次看到都在憋笑，但都失敗了。

芙蘭可是第一次笑成這樣呢，就算有點沒禮貌也別計較了。是說克拉多用那顆頭逞強反而更好笑。

「好了好了，請適可而止吧，阿曼達大人。先把魔礦石撿一撿吧。」

「我知道啦。」

「那麼，請各位使用這個道具袋。」

「嗯。」

克魯斯將具有道具箱效果的袋子發給大家，大家把魔礦石一一塞進裡面。

不過，數量好多啊，整間魔核室都被高純度的魔礦石鑄塊淹沒了。魔礦石不是滿珍貴的東西嗎？這麼大的數量應該相當不得了吧？

「我想各位應該知道，這裡對外必須保密。如果說出去，不只公會，連國家也會盯上你，所以務必多注意。」

「我們是獲得了許可所以沒問題，不過如果有外人想進來，在入口的結界就會穿幫。」

「芙蘭妹妹也是，最好多注意一點喲。公會長很囉唆的。」

阿曼達向我們提出忠告，大概表示處罰真的很重吧。

「為什麼這麼小心？」

「妳不覺得這些魔礦石的數量有點太多了嗎？」

「會嗎？」

「會啊。地下城各有不同的特性，生產同一種物品所需的魔力不同。而這座地下城，就是能夠用其他地下城想都別想的極少魔力，生產出高純度的魔礦石。」

原來如此，所以平常才不開放啊。畢竟只要摸走一點就能賺上一筆了，大半冒險者光是看到就把持不住了吧。

「唔嗯……魔核的設定是……」

克魯斯把魔礦石交給我們回收，開始重新檢視魔核的設定。

但出現的魔物的確只設定為陷阱蜘蛛。

「這下該如何是好，克魯斯閣下？要殲滅詭計蜘蛛嗎？」

「就算要，也得先回去報告一聲才行。」

雖說我們減少了很多數量，但並沒有把地下城內的詭計蜘蛛統統撲滅。繼續放著不管，陷阱蜘蛛必定會再次開始繁殖。而且說不定還有其他的搗蛋鬼蜘蛛。這樣一來，地下城難度會上升，回收魔礦石也會變得更困難。

不過也有一個好處，就是比起陷阱蜘蛛，詭計蜘蛛的素材值錢且有用多了。聽他們說能夠定期回收這種素材，不算是一件壞事。而且詭計蜘蛛保有的魔力比陷阱蜘蛛更高，有牠們在，地下城魔核可以吸收到更多的魔力，對魔礦石的生產想必也有正面影響。

「不過，交給公會判斷應該就行了吧？」

「這倒也是呢。」

克魯斯點頭贊成阿曼達所言。我也覺得這不是C級冒險者能決定的問題層次。這應該關係到公會營運或國家稅收的問題了。只是阿曼達雖然講得事不關己，但她是亞壘沙唯一的A級冒險者，我不認為能完全撇清關係喔。

不過大概跟我們無關就是了。

回亞壘沙的路上沒出什麼問題。

頂多只有芙蘭跟阿曼達進行模擬戰，被打得落花流水而已。

還有就是模擬戰打到一半，小漆也參戰了。

「咕嚕吼！」

「喝！」

小漆變出的闇屬性槍矛，與芙蘭施放的衝擊波一起襲向阿曼達。

然而，阿曼達鞭子一揮就把這些打散，反過來攻擊了芙蘭他們。

「嗚！」

「啊嗚！」

或許因為今天有小漆在，所以阿曼達比上次的模擬戰更認真了點。攻擊威力更強，速度也截然不同。

每當阿曼達的右手一閃而過，芙蘭他們就發出哀叫。

即使如此，芙蘭他們仍然一邊使用回復魔術，一邊逼近阿曼達。

大概是兩人一起挨阿曼達的攻擊，邊戰鬥邊想著如何才能突破她的守備吧。

芙蘭與小漆的聯手行動變得越來越有默契。

「啊嗷——！」

「哎呀，好有趣喔！」

先是看到小漆為了閃躲鞭子，使用潛影逃進芙蘭的影子，緊接著牠就從阿曼達的背後跳了出來。

大概是假裝使用潛影，其實是用了影渡。

我想起惡魔也用過影子進行傳送，藉此發動奇襲。那招實在不好對付。

芙蘭初次看到時沒能完全躲掉，手臂都被砍飛了。

然而阿曼達即刻做出反應，用風魔術把小漆吹跑，真有兩下子。

影渡能夠傳送的距離似乎偏短，但能一口氣靠近敵人，是很有用的技能。雖然相當耗魔力，不過小漆是魔力量大的黑暗野狼，想連續使用應該也不是不可能。

況且小漆似乎慢慢摸透了使用方式，攻擊手段也越來越下流了。

比方說躲在影子裡施放闇魔術或毒素魔術，或是假裝要從阿曼達的影子裡飛出，結果卻從芙蘭的影子中出現，開始設計出豐富多彩的運用方式。

那個惡魔要是也能這樣靈活運用魔術，我們一定只能狼狽不堪地逃之夭夭。

此外，小漆雖然魔術系能力特別吸睛，但近身戰也不差，不如說很強。

牠可是有著牙鬥技這種戰技，甚至還有名為王毒牙的技能。臂力數值也很高，至少強到如果只是一群哥布林的話，光是衝刺就能加以驅散了。

芙蘭隨著逐漸掌握到小漆的能力，做出的指示也越來越多，兩人在戰鬥過程中逐漸變得默契十足。

不過到最後還是雙雙被阿曼達打趴在地啦。

以最後結果來說，芙蘭與小漆的聯手行動進步了不少。

到了最後階段，阿曼達看到兩人豐富多彩的攻擊，也顯得頗為驚訝。

後來為了感謝兩人陪她做訓練，她告訴我們「命名」的相關知識。因為小漆進化的契機，我想必定就是命名。但以前我跟芙蘭有互相幫對方取名字，為什麼那時候什麼也沒發生？

聽了阿曼達的解說後，這點好像也有了答案。

所謂的命名，是高階者對屬下或從屬賜與名字的行為。不只是取個名字，據說藉此還能強化靈魂上的聯繫，具有近乎契約的一面。

獲得命名之人有時潛在能力可獲得解放，或是能力值得到提升，視命名者的層級而定，會帶來各種不同的特別恩典。

所以小漆也是在命名之下得到強化，獲得的器量足以容納過剩失控的魔力。假如那時我拖延著不命名呢？大概會繼續失控，被阿曼達殺死就結束了吧。抱歉啊小漆，原來那時情況頗驚險。

我跟芙蘭沒有誰算是高階者，而且只是互相取名字而已，所以似乎並未構成算得上儀式的命名行為。

還有，我最想知道的是從屬召喚清單為什麼滿是野狼系魔獸，但這方面一無所獲。雖然多少可以做點推論，但知道的情報太少了。是不是該再去資料室查資料？可是芙蘭不太喜歡在那種地方乖乖待著。

用食物引她上鉤不知道有沒有用？假如我說咖哩任她吃到飽什麼的，感覺她好像幾乎什麼事都能做到。最近吃的分量又增加了，只希望她不要就這樣一路邁向貪吃鬼角色路線……沒有啦，其實只要我讓她少吃點就好，但被她那種眼神一看，我就狠不下心。而且她現在還跟小漆搭檔，淚眼汪汪的眼睛乘兩倍了耶～

最近很不幸地，我完完全全能體會父母寵小孩的心情了。

我們隔著營火而坐，芙蘭向阿曼達問了另一個想問的問題。

「進化的黑貓族？」

對，就是關於進化。芙蘭的目標是進化，但照芙蘭所說，過去沒有一個黑貓族達成進化。從至今見到的其他獸人族的反應來看，也知道黑貓族的確遭人瞧不起。這些事實都證明了芙蘭所言屬實。但是，黑貓族真的沒辦法進化嗎？阿曼達是老資歷的冒險者，我們想她也許知道些什麼。

然而，阿曼達平靜地搖了搖頭。

「對不起，我沒聽說。獸人的進化不在我的專業領域內，所以我也無法提供什麼建議。不過唯一能確定的是，我從沒遇到過達成進化的黑貓族。」

「這樣啊……」

原來阿曼達也沒聽說過啊。

「過去見過的黑貓族，也說過一樣的話呢……」

「他們後來呢？」

「已經去了今生永別的地方了。」

阿曼達寂寞地低喃。像她這樣的老手，一定有過許多的邂逅與別離吧。

「芙蘭妹妹也是以進化為目標嗎？」

「身為黑貓族，這是當然的。」

芙蘭如此回答後，阿曼達坐到芙蘭身旁，輕輕抱住了她的身子。

「芙蘭妹妹，妳要加油喔。」

「嗯。」

「芙蘭妹妹實力很強，又很獨立，一定會成功。」

「謝謝。」

然而阿曼達的神情，完全不是替人加油打氣時的表情。

她面露有些難過，又有些悲傷的表情。

「可是啊……芙蘭妹妹還是個孩子，這是事實喲。小孩子有權利依賴大人。妳要盡情跟師父撒嬌，依賴他。當然，也可以找我。」

「……可是……」

「沒有可是不可是的，我很明白芙蘭妹妹是個很～～努力的孩子，但是努力過頭也不太好。妳會在某個時候碰到極限，最後還是會失敗。」

不愧是阿曼達，講話好有分量。一定是經驗談，或是以往看過幾次這種人吧。

「嗯。」

「對不起喔，講得好像我很懂似的。」

「不會，謝謝妳。」

不可思議地，我能坦然接受阿曼達的說法。一定因為她是真心在為芙蘭擔心吧。

踏上歸途後的隔天。

我們回到了亞壘沙鎮。

只是城門前吵吵嚷嚷的，可以看見一群滿身鎧甲的男人擠在那裡。

『發生什麼事了嗎？』

「來了好多人。」

的確，有一大群人往這邊靠近過來。

帶頭的那個男人，總覺得我在哪裡看過那種打扮。是在哪看到的？

「是騎士團，不知道是怎麼了？」

克魯斯這句話讓我想起來了，那身鎧甲像極了奧古斯特的穿著。特別是帶頭跑過來的男性，鎧甲雖然很像奧古斯特那件，不過施加了更豪華的裝飾。

「小咖騎士團。」

「哎呀，形容得真好。」

「兩位別這樣，在騎士團面前千萬不能講這種話！他們別的沒有，就只有自尊心特別強！」

聽到芙蘭與阿曼達的對話，克魯斯急忙叮嚀我們。

騎士團與冒險者恐怕很難說相處融洽，要是隨便吵起來，我可以想像阿曼達與芙蘭一定會殺到眼紅，而且她們的表情有夠認真。

「我知道啦。」

「嗯。」

我雖然對騎士團沒有好印象，但也不打算刻意跟他們為敵。只要對方不來找麻煩的話。

『總之，小漆你要乖喔。』

「嗷。」

小漆已經小型化了，但畢竟還是很顯眼。要是被騎士挑毛病，那也很麻煩。

「再說，應該不要緊吧？那個人是團長烏爾斯。」

看來帶頭的騎士似乎是騎士團長，說到這讓我想起，公會長也說過只有團長是個正派人士。

「哦哦，在那裡的是阿曼達閣下嗎！」

「是呀，好久不見。」

「唔嗯，有妳在，如同吃了一顆定心丸！」

好像是個豪邁的大叔，個頭雖然比多納多矮，但五官輪廓跟他差不多深。用一句話來形容，就是個中年肌肉型男。

實力應該比多納多強一點。多納多是攻擊型的重戰士，烏爾斯則是防禦型的重騎士。背後揹著巨大的盾牌。

「發生什麼事了？」

「唔嗯，結界起了反應，威脅度C的魔獸就出現在這附近。」

據說大型城鎮大多都張開了可感知魔物的結界，雖然沒有擊退魔物之類的效果，但聽說能夠判別靠近城鎮的魔物力量大約多強。現在好像就是這種結界捕捉到了魔獸的反應，所以騎士團才會出動。

「所以，你們要出兵討伐？」

「是啊，得先限制居民外出，然後在城鎮外面地毯式搜尋。我也已經請公會提供支援了。」

哦，他還向阿曼達低頭求援，看來挺有肚量的，似乎真的是個正派人士。該怎麼說，就是一位正常的騎士。

「好多年輕騎士喔。」

「我們騎士團也發生了一些狀況，所以整頓了一下綱紀。一些有問題的人都走了，增加了些有衝勁的年輕人。」

鐵定是奧古斯特惹的問題起的頭。所以那傢伙跟他的跟屁蟲消失了，隨之增加了些像樣的騎士是吧。

話說回來，威脅度C的魔獸？那不就是——

與我們一同前去地下城做調查的冒險者們，視線全朝向了在芙蘭身旁坐著的小漆。

「是小漆。」

「嗷。」

「唔喔！那、那是……魔獸嗎？雖然小隻，但魔力真是驚人！」

騎士團長看著小漆，後退了一步。

「你所說的魔獸，大概就是這隻叫小漆的孩子吧？」

「……牠是阿曼達閣下的從魔嗎？」

「不是，是芙蘭妹妹的寵物。」

「哦哦，這名少女的……？不，莫非她就是傳聞中的魔劍少女？」

大家都這樣叫呢，魔劍少女。應該不會就這樣一傳十，十傳百吧？既然要叫，我是希望可以叫個更帥氣的外號。

「好吧，如果是從魔就算了……但能不能請妳裝個標記？」

「知道啦，通過城門前我會幫牠綁條領巾。晚點幫我們辦從魔證喔。」

「我知道。那麼，讓我問幾個問題吧？我這邊幫妳填寫文件。」

「好貼心喲。」

「首先是種族，牠到底是什麼？以縞瑪瑙野狼來說似乎力量太強……」

「黑暗野狼。」

「什、什麼！原來是這樣……我還是第一次見到。」

烏爾斯一邊吃驚，一邊繼續在拿出的羊皮紙上寫些東西。

看來應該是在記下辦理從魔證時需要填寫的項目。

「呃——個體名稱是？」

「小漆。」

「小……漆。主人就是妳吧？妳叫什麼名字？」

「芙蘭。」

「那麼，小漆的性別呢？」

「？等一下。」

咦？這倒提醒了我，我也不知道牠的性別耶，完全沒去在意。

我正要確認小漆是公是母時，芙蘭已經跑到小漆後面去了。

「呀嗚！」

呀——芙蘭好大膽！她竟然繞到小漆的後面，一把將尾巴抓起來，確認了兩腿之間有沒有那話兒！呵，真是年幼輕狂啊……算小漆倒楣。

「公的。」

「咕嗚嗚……」

小漆把尾巴夾在兩腿間，發出可憐兮兮的聲音垂頭喪氣。

「喔、喔喔，這樣啊。」

騎士團長也有點被她嚇到。

後來我們請阿曼達幫小漆綁上紅色領巾，平安無事地進了亞壘沙。而且也拿到了稱為從魔證，也就是可證明使魔身分的紋章。對方說必須將這個裝在項圈或裝備品上面。

不過在冒險者公會，又發生了一次類似的騷動就是了。特別是初級冒險者們更是大驚失色，畢竟他們平常就在對付魔獸，對強悍魔獸似乎具有高度危機意識。

騷動嚴重到要不是阿曼達安撫他們，搞不好場面會一發不可收拾。

「……真是的，這次又換成威脅度C的魔獸啦？妳真是會製造話題。」

我們被叫到公會長的辦公室，他一開口就酸我們。雖然是無可厚非啦。

因為有冒險者跑來跟我們動手動腳，被變回原本大小的小漆從腦袋一口咬下去。不，我們沒殺他，而且小漆也有控制力道，輕咬一口而已。雖然還是把對方咬得血流如注，半死不活。

「而且還是特殊個體的黑暗野狼？種族本身就已經夠稀罕了，竟然……」

啥？特殊個體？這我可不能當作沒聽見喔。小漆原來不是普通的黑暗野狼啊？

「特殊個體？你說小漆？」

「哦，妳沒注意到嗎？一般的黑暗野狼是黑底白毛，但這隻個體的脖子周圍夾雜著紅毛。只是現在被領巾擋住，不太容易看到就是了。還有獨有技能，這也是普通黑暗野狼所沒有的能力。竟然能在等級1就學會，怎麼想都是特殊個體。」

真的假的，我都不知道耶。畢竟我沒看過其他個體，還以為一般黑暗野狼都像小漆這樣呢。

「好吧，這件事以後再說。勞煩妳達成委託，不勝感激。阿曼達證明了妳的實力，再加上從魔這件事，我想再也沒有人敢輕侮妳了。」

「嗯。」

「請帶著公會卡到服務台，讓人員為妳蓋上烏魯木特地下城的入城許可章。」

很好很好，這下就能進地下城了。

『馬上去服務台吧！』

「嗯，那我走了。」

「對了，妳要不要在樓下確認一下職業？說不定可以從事的職業增加了喔。一般來說，變更職業要繳五百戈德，不過這次就算妳免費，當作餞別。」

就這點餞別禮金……真小氣！不過好吧，不拿白不拿。

「謝謝。」

「妳打算何時出發前往烏魯木特？」

「這幾天內。」

「這樣啊，真讓人依依不捨。」

「……有口無心。」

「哈哈哈，怎麼會呢？畢竟無論是好是壞，妳都讓我大開眼界。不過我的確也感到安心，這下又可以回到平靜的日常生活了。」

「嗯，受你照顧了。」

看到芙蘭鞠個躬，公會長睜圓了眼，好像真的大為驚訝。

嘿嘿，這點禮貌芙蘭也是有的喔。

砰磅。

走出公會長的房間時，公會長的一絲低語傳進耳朵：

「呼，真是從頭到尾讓人驚奇不斷呢。」

真的是給您添太多麻煩了。

「那麼，乾杯——！」

「乾杯。」

「乾杯！」

地下城調查結束的當天晚上。

芙蘭人在酒館，同一桌還有阿曼達與妮爾小姐。兩人聽到芙蘭要離開亞壘沙，於是替我們辦了送別會兼地下城調查慰勞會。

「唉——竟然要跟芙蘭妹妹分開，大姊姊好寂寞喔！」

「我也是，妳無論如何都要走嗎？」

「嗯，我要去地下城。」

「地下城跟我哪個比較重要！」

「那當然是地下城啊！阿曼達，人家跟妳才剛認識好不好。就這點來說，我跟她可是已經有將近一個月的交情了喲。」

「唔嗚，交情不是論時間長短的！我跟芙蘭妹妹可是寢食與共的關係喔！」

大家從克拉多他們龍之咆哮沒通過測驗，聊到多納多被女生甩了的事情，話題豐富多變。而且每次聊到新話題，酒也一杯杯地下肚。

看得出兩人漸漸醉了，身體接觸越來越肆無忌憚。小漆被她們摸到受不了，早就躲到芙蘭的影子裡去了。

「我也跟芙蘭妹妹一起走好了～～」

「孤兒院呢？」

「哎呀～～芙蘭妹妹知道啊。不過不要緊，孩子交給院長他們照顧就好嘍。我出外多賺點錢，對孤兒院來說反而有好處，不是嗎？所以，我也要跟芙蘭妹妹一起鑽地下城～～」

「嗯，我無所謂。」

反正阿曼達知道我們的隱情，我也無所謂。硬要找問題的話，大概就是阿曼達實力太強，可能會讓芙蘭的修行進度變慢。

「咦？真的嗎？好高興喔！」

「不行啦———」

然而妮爾小姐阻止了她。也是啦，看到唯一一位A級冒險者要離開城鎮，當然會阻止了。不過，事情好像沒這麼單純。

「咦———為什麼啦，妮爾～～」

「妳忘了契約的事嗎？」

「啊——那個啊——討厭，真不該締結那麼麻煩的契約！」

「誰教妳被公會長的甜言蜜語騙倒！」

「嗚嗚嗚。」

「契約？」

「對啊！我除了處理公會的委託之外，不能長期離開亞壘沙喔！」

「為什麼？」

「這個——嘛——」

「喂，阿曼達，這裡人很多耶！」

「啊——對喔——寂靜術！」

阿曼達張開了隔音的風之結界。這種魔術正適合用來講悄悄話，但可能因為她喝醉了，法力控制得很隨便。不只我們這張桌子，連周圍的桌子也被捲入範圍內。可以看到一些客人因為聲音忽然消失，而慌張失措起來。

「我們不是去了那座地下城嗎？那裡其實是滿重要的地點，因為可以生產出大量魔礦石，比礦山的產量安定多了，對吧？」

經她這麼一說，或許確實如此。從軍事觀點來看應該算是要地。

「可是呢——地下城在公會的管轄內對吧，所以國家也不能說碰就碰。可是國家說什麼都想要亞壘沙的地下城。」

「嗯。」

站在國家的立場，一定很想把那裡確實納入自己的管理之下。

然而聽說地下城屬於公會的管轄範圍，雖不清楚詳情，但國家與公會之間似乎訂立了某種類似契約的協定。

「然後呢，亞壘沙不是離北方的雷鐸斯王國國境滿近的嗎？」

「是這樣啊？」

「就是這樣。我們跟雷鐸斯關係不好，而且那個國家侵略性滿強的，所以最糟的情況下，亞壘沙也有可能成為雷鐸斯的覬覦目標。」

妮爾小姐在盤子上用醬汁畫出簡單的地圖，解釋位置關係給我們聽。

雷鐸斯似乎是位於克蘭澤爾王國北方的大國。

「關於魔礦石的事情也不可能永遠瞞下去，任何祕密總有一天都會曝光的～」

「所以國家有段時期想拿這個當理由，將地下城納入國家的管轄。只是阿曼達嚇唬了他們，讓他們收手了。」

「亞壘沙的公會也不希望那裡被國家搶走，因為亞壘沙除了那座地下城，就沒其他貴重的產物了。要是那座地下城被搶走，亞壘沙公會的收入可是會跌至谷底喲。」

「我們的薪水也會減少啦，減少！」

「所以站在公會的立場，必須保證我們即使遭到鄰國進犯，也擁有守得住亞壘沙的戰力，例如讓A級冒險者隨時駐留等等。」

所以阿曼達才離不開亞壘沙啊。

「而且因為被國家盯上，所以騎士團也疲軟無力。烏爾斯團長是亞壘沙出身，才會勉強留下來，但以前的騎士團可是更糟糕喔！」

奧古斯特那種貨色之所以能當上副長，說不定也不只是靠賄賂，而是還有著故意為難的含意在。

「所以說，我沒辦法長期離開這座城鎮啊～～」

「原來如此。」

「我好想多方照顧芙蘭妹妹喔——！」

阿曼達一邊抱住芙蘭一邊喊。

「就跟妳說不行嘛！」

「那至少這餐我請！」

「好耶——不愧是阿曼達！」

「哎呀，我沒有要請妮爾喲，只請芙蘭妹妹～～」

「小氣——！」

「小氣又怎樣——！芙蘭妹妹——去了其他城鎮也不要忘了我喔！」

「嗯，不會忘。」

當然了，都被她打趴了那麼多次，哪裡忘得掉。

「什麼！芙蘭小妹妹要離開亞壘沙嗎！」

「你、你說什麼！」

坐隔壁的冒險者好像聽到她們說話了。寂靜術的效果不知不覺間已經消失。

對方是個矮人。有他那張臉那麼巨大的麥酒杯極有矮人風格。

誰啊？好像在哪看過……喔喔，是一開始跟哥布林大軍交戰時，趕來當援軍的D級冒險者嘛，記得名字叫埃勒本特。

「什麼——！真的假的？」

「可惡！本來想拉她加入隊伍的說！」

「你說啥！我們早就有這打算了！」

「芙蘭妹妹——」

「怎麼這麼見外啦！」

喂喂，到底有多少個冒險者啊？怎麼好像周圍桌子全都是冒險者。雖然這間酒館鄰近冒險者公會，所以或許很合理啦。而且連其他冒險者都擠過來了。

「芙蘭小姐，難得有機會認識妳，這樣就要告別真是遺憾。」

「可惡！欠妳的還沒還耶！」

弗利昂與克拉多也在，看來他們也在這裡一起喝酒，不知不覺間似乎成了朋友。

「妳要到哪裡去？」

「烏魯木特。」

聽到芙蘭這句話，冒險者一陣譁然。烏魯木特的地下城對他們而言，似乎也是個夢想之地。

「哦哦！地下城啊！」
「好好喔～～總有一天我也想去看看！」
「哇哈哈，在那之前你得先提升階級啦！」
「好——為了祝賀小妹妹的前途，乾啦！」
不知道誰冒出這一句，其他冒險者也都一齊起鬨。
「唔喔——！」
「乾杯——！」
「乾杯！」
「乾啦！」
「再拿更多酒來！」
「整桶拿來！」
「哇哈哈哈哈！」
「喝啦喝啦！」
「乾下去！乾下去！」
還真是喝開了，我看你們只是想拿芙蘭當藉口喝酒吧。
「芙蘭妹妹有在喝嗎——？」
「嗯。」
「這不是果汁嗎！我有更好喝的東西……」

「收斂點，阿曼達！妳拿什麼給她喝啊！」

「哪有什麼……就是麥子汁而已啊！」

「我喝。」

芙蘭想拿麥子汁的大酒杯，但妮爾小姐一把沒收走。

幹得好，妮爾小姐！

「不可以！」

『就是啊，妳還不能喝酒。』

「幹嘛啊，小氣，喝一點點而已嘛──」

「小氣。」

說我小氣也沒關係，只有這件事我不讓步！

真要說起來，只要看到現在的阿曼達他們，就知道酒精有多害人了吧！

「不行就是不行，這杯我喝。」

「哦哦！妮爾小姐真是海量！」

「美豔動人！」

看妮爾小姐把沒收的大酒杯一口氣喝乾，周圍的冒險者們極力喝采叫好。

「好開心喔！芙蘭妹妹！」

「嗯。」

好吧，反正芙蘭看起來很開心，我也不計較了。

酒宴一直持續到所有人醉倒才結束，芙蘭回到客房時，時刻已經將近午夜。
小漆好像在芙蘭的影子裡睡著了。
『妳還好嗎？』
「嗯。」
芙蘭雖然沒直接喝酒，但整間酒館酒氣沖天，現場氣氛又那麼熱鬧，也許讓她有了點酒意。
而且看樣子毒素抗性對酒精無效。
我問過妮爾小姐這是為什麼，她說是神明大發慈悲。
所以說沉溺於酒精，或許是連神明也認可的逃避現實手段嘍？
「我沒事。」
『這樣啊。』
「嗯。」
『現在肚子餓不餓？』
如果很飽，就等起床後再說。
「餓，吃咖哩嗎？」
『總之不是咖哩。等一下喔……好，過十二點了。』
這間旅店的房間裡有時鐘，這似乎是比較普及的魔道具，不是貴重物品，而且大多數地點都會有顯示大致時刻的壁掛鐘。不過我沒看過手錶，似乎沒達成小型化就是了。
還有，這個世界有完整的曆法，也有月曆。就月曆來看，一個月是三十天，但只有每三個月的最後一天似乎是特別的日子，寫著月宴日什麼的。看來他們是以月宴日為界線，劃分出春夏秋冬的季節。因此三十天、三十天、三十一天加總起來九十一天就算一個季節，四季輪迴一周的三百六十四天就是一年。順便一提，現在是三月十三日。

『那麼，妳等一下喔——』

我從次元收納空間中拿出來的，是一只裝著神祕黏稠白色物體的大碗。

好吧，就是高筋麵粉混合砂糖等等做成的麵糊啦。

其實我在煮咖哩等大量料理時，就在偷偷準備這個了。

由於其他料理也有用到小麥粉或高筋麵粉，所以才能瞞著芙蘭準備好材料。做這份麵糊也是趁著製作麵包麵糰等時候準備的，應該沒有顯得不自然。

『雖然是在室內，但只要注意火力應該就行了吧。』

我一面用念動技能讓平底鍋飄起，一面用火魔術生火熱鍋。然後起油鍋，把麵糊倒進去。

伴隨著「滋——」的一聲，麵糊逐漸蓬鬆地鼓起。

我把兩面都煎過後，總共煎了兩片盛盤，淋上鮮奶油與蜂蜜，再配上水果就完成了。

『請用。』

「？這是什麼？有甜甜的香味。」

『這叫鬆餅。其實本來是想準備裝飾蛋糕的，但時間、材料與技能都心有餘而力不足，所以就想說至少準備這個。剛做好的，很好吃喔。』

「為什麼？要慶祝什麼嗎？」

『是啊，今天是我們認識一個月的紀念日。我在想能不能準備點什麼，就試著做了這個。』

麵糊是還好，但製作鮮奶油可是費了我好一番工夫。由於好像沒有賣現成的鮮奶油，所以我還得從分離牛乳與脂肪開始做起。

「這是為了我準備的蛋糕？」

芙蘭睜大雙眼，凝視著輕飄飄浮在空中的鬆餅盤子。

『是鬆餅啦。』

看芙蘭這麼驚訝，應該是沒發現我做的準備。驚喜成功！

『吃吧。』

「嗯，我要開動了……」

芙蘭輕輕將叉子叉進用白色鮮奶油與水果點綴的雙層鬆餅，然後切下一塊鬆餅，慢慢送進了嘴裡。

小口嚼嚼。

『怎麼樣？』

「好吃，超好吃。」

她小口嚼個不停。

太好了，看來芙蘭很喜歡。她不發一語，只是埋頭大嚼鬆餅。

『來，嘴巴周圍都沾到了。』

「嗯。」

她把臉伸過來，我用毛巾幫她擦擦。總覺得她今天好愛撒嬌。

『好了好了，擦乾淨了。』

「謝謝。」

小口嚼嚼。

『是是是。』

「都怪這個鬆餅太好吃了。」

『啊啊，妳看妳又弄髒了！』

芙蘭再次默默地享用鬆餅，把鬆餅塞了滿嘴，簡直就像隻小動物。

芙蘭就這樣一句話也沒說，把鬆餅吃光了。

吃完後，芙蘭放下叉子呼一口氣，臉上浮現著幸福洋溢的笑容。幸好有準備這份鬆餅。

「謝謝招待。」

『粗茶淡飯不成敬意。』

芙蘭兩手一拍後，深深向我低頭道謝。

「吶，師父。」

『什麼事？』

「謝謝。」

『不客氣。』

準備起來的確很辛苦，偷偷準備還怕被發現，做鮮奶油也很不容易。

不過，有這個笑容就值得了。
反而是我想跟她道謝。
謝謝妳用我當武器，謝謝妳願意跟我一起旅行。最後，謝謝妳遇見了我。
這一個月，真的很開心。
今後還要請妳繼續關照嘍。

## Side 克林姆

叩叩。
「請進。」
「叔父大人，我來報告了。」
「噢，弗利昂，你來得好。」
來到我辦公室的人，是我的姪子弗利昂。
由於最近很多人都不等我准就闖進來，讓我險些忘記自己是公會的會長。就這點而論，弗利昂實在很懂禮貌。真想逼一些人跟他多多看齊。
「坐吧。」
「謝謝。」
「辛苦你了，似乎一下子發生了很多異常狀況……」

「我好幾次都差點沒命呢。」

我看過報告書了，但真沒想到不只是詭計蜘蛛大量繁殖，還有搗蛋鬼蜘蛛出現。真是些教人頭痛的問題，只不過關於其原因，我已經有了頭緒。

「叔父大人，那些蜘蛛……」

「是的，八成是奧古斯特・安薩多留下的禍害吧。」

其實有一名過去曾為安薩多部下的男性冒險者，向我坦承了一項計畫。

目的是從公會手中奪取亞壘沙地下城的管理權限。

首先，他們讓地下城的魔獸攝取含有魔力的特殊藥品，強化牠們的力量。

接著，讓冒險者公會在執行回收魔礦石任務時失敗，再拿這樣的事實當擋箭牌，讓管理權限從公會轉移到騎士團。之後只要倚賴家族力量將騎士團據為己有，就能任他自由盜賣了。

獲准出入那座地下城的冒險者，都是在本公會獲得一定信賴的能手。沒想到安薩多竟連這種冒險者都能拉攏……老實說，我也得重新審視警備體制了。

只不過他們似乎也沒料到，魔獸竟然會一路成長為搗蛋鬼蜘蛛。計畫內容似乎只預定準備實力較強一點的陷阱蜘蛛。大概是原本就比較強悍的特殊個體偶然得到了強化吧。結果這些個體不停獵食其他陷阱蜘蛛，很可能運氣不好，就這樣達成了進化。

「不只如此，背後還能隱約看見雷鐸斯王國的影子。」

「那個國家啊……」

雷鐸斯王國就是位於這個克蘭澤爾王國北方的軍事大國。

那種強化魔獸的藥品數量相當稀有，一個區區子爵絕不可能準備得了。但是，如果有雷鐸斯王國的支援，想必就有可能弄到。

「但是叔父大人，就算雷鐸斯王國再怎麼放肆，有可能會做出與冒險者公會為敵的事嗎？」

「那個國家沒有冒險者公會，所以恐怕反而是將冒險者公會視作假想敵吧。」

冒險者公會是跨國組織，並非歸屬於國家。縱然雷鐸斯王國與克蘭澤爾王國進入戰爭狀態，本公會也沒有義務幫助克蘭澤爾王國。應該說，如果國家強迫冒險者上戰場，他們必定會捨棄國家遠走高飛。冒險者是保護人們免受魔獸或地下城傷害，而藉此免除了兵役——這點說是冒險者公會所在各國的不成文規定也不為過。

然而雷鐸斯王國在上古時代犯過這項禁忌。他們為了攻打克蘭澤爾王國而強行徵集冒險者充當兵源，反抗者一律視為叛國者加以處罰。

結果導致冒險者公會撤出雷鐸斯王國，冒險者也捨棄了該國。後來長達十年以上，傳說雷鐸斯王國國內的魔獸災情暴增數倍，騎士跟士兵都疲於應對。而且因為這樣，該國不再有餘力對其他國家發動戰爭，與克蘭澤爾王國的戰爭就此吃下敗仗。

直到現在雷鐸斯王國境內仍然不設有冒險者公會，而是由特殊部隊代替冒險者驅除魔獸。

「也就是說，正因為他們不需要冒險者，所以反而嫌公會礙事？」

「與其說不需要，毋寧說被迫只能靠自己處理，結果變得不再需要了。」

就雷鐸斯王國的角度來看，他們大概只將公會視為妨礙自己的一種敵人。

「竟然可能關係到大國的陰謀，真是棘手的一件事。」

若是知道發生了這種狀況，我也不會派出初級冒險者進行這次調查了。這下我得多支付他們一點獎金才行。

「我也會付給你危險津貼的。」

「拜託您了。」

「那麼事不宜遲，來聽取你的報告吧。」

「好的。」

我叫弗利昂過來，是為了請他報告我派給他的指令結果如何。

指令內容除了委託他調查地下城，也包括監視D級冒險者芙蘭，並且弄清楚她的真面目。

「那麼就你們看來，她這個人怎麼樣？」

他是冒險者，也是公會職員。與其說是間諜，立場比較像是臥底調查員吧。

「請稍候——塔路亞。」

『唔嗯，很久不見了，克林姆。』

「還是一樣令人讚嘆呢。」

就像抓住弗利昂伸出的手臂，一隻貓頭鷹出現了。弗利昂叫出的，是他的守護元素塔路亞。

我們精靈族是受到元素精靈偏愛的種族，而在我們精靈當中，有些人打從出生就有元素精靈附身，差不多每十個人當中，就有一人如此吧？

天生附著於精靈身上的元素精靈稱為守護元素，守護元素附身者會接受教育，準備成為元素使。守護元素不同於其他契約元素，叫出之際消耗的魔力少上許多，正可謂有如夥伴的存在。

許多守護元素屬於與精靈適性較佳的樹木、土或水元素，不過弗利昂的元素精靈稍微特殊一點。

那就是精神屬性。這在元素精靈當中是格外稀少的屬性。我也跟一隻精神元素締結了契約，但無法使其發揮像弗利昂的塔路亞那般強大的能力。

我曾經對芙蘭說過，元素精靈能夠辨認邪惡的人類，但那一半是謊言。正確來說，是只有精神元素具有那樣的能力。

就這點而論，塔路亞比我役使的精神元素強太多了。特別是看穿對方的心性正邪或言語真偽的能力，更是令人驚嘆不已。因此，他是這類任務的最佳人選。

『就我所見，那個名叫芙蘭的女孩，讓人感覺不到邪惡的心靈。不如說，我很久沒有見到像她那樣，對他人抱持的惡意如此之少的人了。』

「例如有位與她同行的冒險者叫克拉多，她對那人有什麼想法？」

『這個嘛，只是多少有點好奇心吧。』

「好奇心？」

『唔嗯。每當名叫克拉多的小人物大聲嚷嚷時，其他人都會感到氣憤或是煩躁，但我從那少女身上看不見那類感情。非但如此，她反倒還興味盎然地觀察克拉多引發的騷動。』

克拉多他們龍之咆哮，是令人期待的少壯隊伍。憑著那個年紀，只差一步就能到達D級，在這幾年來說成長速度可謂無人能及。

前提是不把芙蘭算進去的話。

只是他們的問題在於個性，這些人實在太會惹麻煩了。他們不只成天跟其他冒險者起爭執，就連委託主也一樣。只要這個部分設法改進，我就不會有意見，一定讓他們升上D級。

於是想到的辦法，就是這次的委託。

龍之咆哮肯定會找芙蘭的麻煩，我要看看她遇到這種情況會做出什麼反應。

同時我也希望，克拉多等人接觸到實力高過自己的人，能察覺到他們的自以為是……

然而效果似乎有點太強烈了，因為他們竟然跑來告訴我，自己的實力還需要加強，想自動放棄升級。我告訴他們無論放不放棄結果都是不合格，他們就用有些懊惱的表情沉重地點了點頭。

不過我聽弗利昂說過路上發生的事後，就覺得能夠理解他們的這種反應。

恐怕不只是挫挫他們自視甚高的銳氣，而是連同自尊心徹底粉碎了。

「塔路亞，謝謝。」

『唔嗯。』

「——送還．塔路亞。」

「那麼，弗利昂。就你所見，芙蘭給你什麼樣的印象？」

「這個嘛……就是個很不得了的孩子吧。」

「這不就是她的表面印象嗎？」

「是的，不過，她不只是強悍。該怎麼說呢，我感覺她在採取任何行動之前，都會先經過思考。換個說法，就像先跟另一個自己對話過，才做出結論吧？不過我覺得那與其說是詭計多端，倒比較像是更深入思考每件事情。那個年齡就能那樣冷靜，我都想跟她學學了。」

「哦哦，很有參考的價值。」

「能聽您這樣說，我的努力就沒白費了。不過，您為何如此在乎那名少女呢？」

「我看起來像很在乎她嗎？」

「是的，足以引起謠言說您是蘿莉控。」

「住口。」

我竟然還以為他很懂禮貌，真是吃虧了。我先聲明，我可不是蘿莉控喔。

至於我在乎芙蘭的理由嘛……其中一個原因，是因為缺乏情報。身為公會會長，必須留心時常處於騷動中心點的搗亂者。然而，關於她的情報驚人地少。既然是我准許她加入公會，這就等於是我的義務。

我絕對不是蘿莉控，但大家卻蘿莉控蘿莉控的講個沒完——糟糕，思考有點離題了，這可不行。

「而我所得知的是她擁有魔劍，並且具有鑑定技能。」

「我知道魔劍的事，但她還會鑑定？」

「是的，我想錯不了。」

本次委託我代替訂金支付了魔石，看到她的選擇時，我就有了確信。她毫不猶豫從二十顆當中挑出了只參雜兩顆的C級魔石，除此之外就只挑了棲息於海域的稀罕魔獸的魔石，以巧合來說傾向未免有點過於明顯。

擁有鑑定技能，並具備鑑定遮蔽能力，在戰鬥中就占有驚人的優勢，到了光是這樣就值得戒備的地步。尤其是像她那樣戰鬥力高強的對手更是如此。

「再來就是武器技能有一項達到了上級。就她的戰鬥風格來看，應該是劍聖術。此外，魔術方面習得了火焰、暴風與暗黑，另外還有雷鳴與治癒。不只如此，魔力也有一百以上。」

方才芙蘭變更職業後回去了，選擇的職業是魔劍士的上級職業魔導戰士。這種職業能力值的成長比魔劍士更快，並具備固有技能「魔力聚集」。選擇這項職業必須滿足的條件是——劍系、斧系或者矛系戰鬥術有一項以上達到上級，能夠使用兩種系統以上的上級魔術，並且魔力須達到一百以上。

此外，可供選擇的職業欄位，據說還有暗黑術師、暴風術師、雷鳴術師與治癒術師。

這些都是要精通上級魔術，才能選擇的魔術職業。

她一開始來到公會選擇職業時，我記得選項中根本沒有這些職業。

這麼短的期間內，她究竟練成了多少技能？十歲出頭就達到此種境界，用天才來形容都還太保守，甚至可能擁有多種神明的加護。坦白講，我不禁感到畏懼。

而這也是我在乎她的第二個原因。

對方來歷不明，成長速度卻令人驚駭，怎麼可能不提高戒心？

「好吧，在她挑選魔石的時候我就這麼覺得了，只是沒想到她行事會這麼輕率。」

想不到她竟然真的改了職業才走。因為前往神殿的話雖然費用較高，但能夠用完全保密的方式變更職業。不知道她是認為成長後的能力或技能相關情報洩漏給我們沒關係，還是沒想到那麼多。不過我是覺得後者的可能性較高。

「還有阿曼達喜歡她到那種程度。」

雖說我早就想到只要跟她提到一下芙蘭的事，關於這次的委託，她應該會主動提出要隨行……但她比想像中還積極，讓我吃了一驚。只是說不定她同時也注意到了我的盤算，大概這就表示她真的很關心芙蘭吧。

「阿曼達閣下這麼有看人的眼光嗎？」

「不如說是很了解小孩子吧。例如對方如果外貌像小孩，其實不過是個成長遲緩的長壽種族成年人，她會用普通方式跟對方來往。不知道這是不是那個稱號帶來的效果？」

也就是說，芙蘭真的只有十二歲。雖然直到今天之前，我一直有點懷疑她也許是偽稱獸人的長壽種族。

「叔父大人，我不明白，她究竟是何方神聖？」

「我也不知道。不，也許她誰也不是。」

「什麼意思？」

「我們一直認定她藏了些祕密，但她真的有隱藏什麼嗎？」

當然，既然小小年紀就在當冒險者，必然有著一些隱情，就像許多冒險者那樣。但我們所擔心的那些陰謀或計策並不存在，這是我收集情報後理出的結論。

擁有豐富的技能與魔劍，多少有點好戰，容易被捲入麻煩，率領著特殊個體的黑暗野狼，推測出身背景應該不單純，年僅十二歲的少女。

就這樣，沒別的了。這就是我們眼中的芙蘭，也許這就是一切了。不，像這樣重新一一列舉，又要讓我陷入疑心生暗鬼的思維了，這可不好。

「也許我太依賴鑑定與元素精靈，而失去了看人的眼光。」

說不定很快就跟她成了好朋友的妮爾，還比我更會看人呢。

# 第四章　人不可貌相

從地下城回來後，到了第二天。

我跟芙蘭為了確認屬性劍的效果，來到了城鎮外頭。

那時我為了救芙蘭而用了這招，但這項技能似乎比我們想像中更有用處。我們想確認一下好不好用。

『首先是火焰屬性。』

「嗯。」

這在蜘蛛之巢已經用過，威力很強。斬擊加上烈焰，不只能焚燒對手的傷口，似乎還能使體內起火燃燒。

『會不會燙？』

「沒關係。」

「嗷嗷。」

芙蘭一邊嗡嗡揮動化為火紅魔劍的我，一邊神情自若地回答。感覺不像是在忍耐，但待在她附近的小漆好像覺得很熱。可能對使用者本人影響較少吧。

問題大概在於使用魔法師技能進行狂飆化的時候。我稍稍灌注一點魔力。

『怎麼樣？』
「很燙。」
「汪嗚。」
小漆拉開距離，芙蘭也眉頭緊鎖。她額頭上滲出濕漉漉的汗珠，似乎感覺到了相當高的溫度。
嗯——看來要揮動這個狀態的我果然有點勉強。除了彈射攻擊的時候外實在用不上，可惜。
『那麼，其他屬性也都試試看吧。首先是基本屬性。』
土與水效果不怎麼樣。威力當然是有提升，但兩者效果似乎都是增強衝擊力，如果換成打擊武器大概很有用吧。
不過風倒是很不錯，鋒利度會巨幅上升。雖然追加效果不像火屬性的高溫那麼明顯，但論單純攻擊力的話應該是風屬性為上。
『闇屬性怎麼樣？第一個問題是能不能施加。』
「我試試。」
哦哦，闇影劍耶，帥呆了！但是搞不太懂有什麼效果，只能確定鋒利度有提升……
『小漆看得出來嗎？』
「嗷嗚。」
小漆比我擅長闇魔術，如果能提供點線索就好了。
但小漆似乎也不太清楚。

『啊，小漆！』

「啊嗚！」

小漆試著抽動鼻子聞味道，卻發出慘叫。喂喂，你在搞啥啊。

我急忙確認能力值，發現小漆的魔力減少了，看來闇屬性可以對魔力造成傷害。雖然效果不怎麼高，不過連續攻擊之下或許能達到不錯的效果。

「咕嗚。」

「你還好嗎？」

「嗷……」

多虧小漆可貴的犧牲，我們知道效果了。

好，試試下一種吧。

「接著換雷屬性。」

『那我要試嘍。』

我的刀身啪茲啪茲地爆出電氣，芙蘭試著砍了一下樹幹。

啪嗤！

樹木內部受到電擊竄流，冒出一絲輕煙。這招看起來相當有用。

弱一點的話就像電擊棒，強一點的話似乎還能從體內燒焦對手。而且電氣想必很難抵禦，在對付生物時應該能發揮極大效果。

「雷鳴劍好帥。」

『芙蘭喜歡上這招了？』
「嗯，電得麻麻的很厲害。」
「嗷！」
芙蘭精神抖擻地高舉啪茲啪茲帶電的我。芙蘭完全沒事，身邊的小漆體毛卻因為靜電而豎立起來，變得簡直像隻刺蝟。老實講看起來又遜又噁，不過他們好像都很開心，就算了吧。
接著試試特殊屬性，要試的是回復與補助這類。然而不管怎麼試，屬性劍都沒能發動。似乎只有基本屬性、光闇與複合屬性能用在屬性劍上。
『再來是芙蘭新得到的固有技能。』
「嗯，魔力聚集。」
由於這是轉職成魔導戰士所得到的新技能，而且是不能與我共享的技能，所以我連建議都給不了。先讓芙蘭試用一下吧。

**魔力聚集：藉由操縱魔力使其聚集的方式消耗更多魔力，以提升魔術或戰技的威力。**

就解說看來，有點像我用魔法師技能做的狂飆化。
『謹慎點喔。』
「嗯。」
芙蘭先施展了普通的火箭術，製造出五支一如平常的火焰箭。這招用得最熟，正好適合拿來比較。

然後，接著試試運用魔力聚集發動魔術。

「火箭術。」

轟轟！

『哦哦！這滿厲害的耶。』

大小差不多大一倍，箭數也多出將近一倍。

試著射擊看看，火焰箭在粗樹幹上穿出深深洞穴，使其起火燃燒。

每一發的威力比起普通火箭術，似乎也相當的高。

『可以再運用得精密點嗎？』

「我試試。」

實驗結果發現魔力聚集相當有用，能夠只製造出一發魔術，將威力提升數倍；也能夠不改變威力，擊出將近二十發魔術。

只是作為代價，必須消耗將近三倍的魔力。不過芙蘭可以用我的魔力，所以不必擔心。

最棒的一點是這是運用技能施展，用起來很自然。我是用魔法師技能強行施展，所以總是比較難控制。而且威力太強，連自己都會受影響。

芙蘭的魔力聚集雖然沒有魔法師技能那麼大的火力，但可以進行精密控制。不愧是上級職業的固有技能。

技能檢驗大概就這樣了吧？

『對了，我有件事想跟妳商量。』

「商量？」

『是啊。這次探索地下城，我也有很多地方要反省。』

這次讓我知道攻略地下城除了單純的戰鬥力，還有其他重要的準備。像是探索或察知系技能，還有汎用性較高的魔術。該學會的技能多得是。

「嗯，我也是。」

『所以說，以往我們不是都挑劍術或魔術等對戰鬥有用的技能升等嗎？但我覺得或許該提升一些不同類別的技能。』

「原來如此。」

不同於空間開闊的室外，在地下城連退路都受到限制。我深深體會到為了在那種地方求生，必須擁有各種不同的能力。

於是經過思考，我認為可以用自我進化點數強化的候補技能有這些：

詠唱縮短1、危機察知1、氣息察覺2、瞬間再生1、異常狀態抗性3、魔力障壁1、陷阱感知1

我試著選出危機察知、氣息察覺與陷阱感知，是為了事前迴避陷阱或危險敵人。詠唱縮短是為了擴展戰術的幅度；瞬間再生、異常狀態抗性與魔力障壁在撐過驚險場面之際應該很有用。自我進化點數還剩41點，至少可以將其中一項升到最高等級，或者也可以平均分配給三項技能。

我是想至少提升一項探知系技能。想到接下來要去地下城，或許該選陷阱感知？

『芙蘭想怎麼做？』

「嗯──」

跟芙蘭討論的結果，我們替氣息察覺、陷阱感知、詠唱縮短與瞬間再生各提升5級，並將異常狀態抗性升到6級。

本來是想說沒有馬上要鑽地下城，可以留些點數應急，但……還是決定現在就提升等級了。因為我們點數用得還滿凶的，得到什麼讓我們好奇的技能，可能馬上就會想使用點數；所以才決定現在先分配給有需要的技能。

這下探索地下城的安全性就大幅上升了，雖然點數減到只剩5點就是。

『這樣進地下城也能安心了。』

「嗯。」

「嗷。」

『不過，還是不能大意喔。』

「當然。」

「嗷嗚！」

真可靠。

再來只要找格爾斯老先生拿了防具，就萬無一失了。

隨時可以出發前往烏魯木特的地下城。

酒宴結束後過了幾天，我們來到了格爾斯老先生的店裡。

「防具做好了嗎？」

「當然，十全十美——哇，超大隻！」

我們來到鎮上已過了一個月，今天是約好的日子。

格爾斯老先生看到小漆，嚇了一跳。呃，可是現在已經縮小了耶。讓個頭較小的矮人來看，即使是現在的小漆似乎也夠大了。

「嗷！」

「是你們的從魔嗎？」

「嗯，叫小漆。」

『先別說這個，防具做得怎麼樣？』

「哇哈哈哈，做得太棒了！是老子這輩子當中最得意的傑作！」

『未免言過其實了吧？』

我們拿給老先生的，是C、D級的魔獸素材。階級的確不差，但像是格爾斯老先生這種層次的鍛造師，應該處理過更高級的素材才對。

『在你的職涯中，應該做過更強的武器或防具才是？』

「不不，不是效能強就能算是精心傑作喔。」

「什麼意思？」

「該怎麼說啊，要看有沒有投注靈魂吧。重點在這裡。當然，老子每次工作都是全神貫注的喔。可是呢，有些瞬間就是能感覺到做出了特別令自己滿意的作品。」

好像能體會，又好像不能。只能說很像是專業工匠會說的話。

「像這次就是了。自己的技術、創意工夫、靈魂，還有其他種種事物，有些時候各種因素就是能吻合得天衣無縫。」

『那麼，值得期待嘍。』

格爾斯老先生都說成這樣了，想必是做出了非常精美的防具。

這可真令人迫不及待。

「當然啦，畢竟這可是神明恩准的防具呢！」

「神明？」

什麼意思啊？正當我們一頭霧水時，格爾斯老先生暫時回到店後面去。

「你們先看看這個。」

然後，他搬了個大箱子出來。

老先生用滿懷自信的表情把東西從箱子拿出來，一件件擺在櫃檯上。

哦哦，不用鑑定也能感覺到發出的強大魔力呢。

「你們看，這就是小妹妹的新防具！」

名稱：黑貓鬥衣
防禦力：一〇〇　耐久值：六〇〇／六〇〇
效果：熟睡、除臭、淨化、精神異常抗性中幅附加

名稱：黑貓手套
防禦力：七〇　耐久值：六〇〇／六〇〇
效果：衝擊抗性中幅附加、臂力中幅上升

名稱：黑貓輕鞋
防禦力：六五　耐久值：六〇〇／六〇〇
效果：跳躍附加、敏捷中幅上升

名稱：黑貓天耳環
防禦力：十五　耐久值：三〇〇／三〇〇
效果：毒素抗性中幅附加、噪音抗性大幅附加、屬性抗性中幅附加

名稱：黑貓外套
防禦力：八五　耐久值：六〇〇／六〇〇

效果：耐寒附加、耐熱附加、裝備自動修復

名稱：黑貓皮帶

防禦力：十五　耐久值：三〇〇／三〇〇

效果：魔術抗性小幅附加、異常狀態抗性小幅附加、道具袋能力小

這、這有夠強。比起現在裝備的防具強太多了。身上這套也是跟格爾斯老先生花十五萬買的耶。

新防具的防禦力總計超出現有裝備的一倍以上，而且效果更是棒到不行。但重量卻又比至今的裝備要輕，到底怎麼做的？還有，老先生說這經過神明恩准，又是什麼意思？

「這就是老子的最高傑作，黑貓系列！」

「好名字。」

『可是以老先生取的名稱來說，有點裝可愛。』

「嗷。」

芙蘭似乎很喜歡黑貓的系列名稱，但只要想到老先生替自己製作的防具取名為黑貓系列，就覺得……

『噗噗！』

「不用你管！其實不是老子取的啦。」

「那是誰取的？」

「當然是神明嘍。」

「？」

「嗷嗚？」

『什麼意思啊？』

是想說命名靈感從天而降之類的嗎？

「怎麼，你們不知道啊？這叫作命名道具。」

所謂的命名道具，似乎是指由神明取名的特殊道具。例如鍛造師傾盡心力製作的武器如果獲得神明認可，有時神明就會降下啟示，賦予武器名稱。

其他還聽說在迷宮中發現的傳說級武具，有很多都是命名道具。

本來就已經是最高品質的道具，又再附上神明的加護，其性能可想而知。

「自己打造的武具能受到神明認可，對鍛造師而言是最高的榮譽。老子很感謝你們給了老子這個機會，幫忙老子製作的熟人也喜極而泣了，謝謝你們啊。」

我們才該道謝，因為這就表示老先生為了我們傾盡心力，到了獲得神明認可的地步。

『我們也要謝謝你，為我們打造了最棒的防具。』

「哇哈哈哈哈，複合素材本身就夠堅固了，又附上神明的加護。就算跟B級魔獸的素材相比，也毫不遜色喔。」

『那真是厲害。』

「而且加護效果非常棒。」

『咦？不就是附加了抗性之類的嗎？』

「別急別急，裝備看看就知道了。」

「知道了。」

芙蘭借用裡面的房間裝備黑貓系列。

嗯？問我她一個人會不會穿？

對啦，連穿件貫頭衣都慢吞吞的芙蘭，自然不可能一個人裝備這麼多防具了。

當然沒有我幫忙，她是裝備不了的。

我好歹算是監護人嘛。況且我是劍所以不會起邪念，這種情況是無可奈何的，原諒我吧。

我隨時用念動幫點小忙，讓芙蘭穿起裝備。

十五分鐘後。

穿起了全套黑貓系列的芙蘭就在眼前。

黑底白邊具有統一感的防具，非常適合芙蘭。

作為基底的黑貓鬥衣，在中性氣質當中同時具備了俏麗。裙褲開了尾巴洞。大領子的襯衫與緊身胸衣，搭配成為比較貼身的上衣。鑲嵌寶石的胸前金屬釦，為服裝增添了點女性魅力。雖然肚臍外露，反正很可愛就別計較了。

手套是露指款，靴子造型的輕量鞋包覆到小腿。皮帶的形狀有點像槍腰帶，可以暗藏短劍。

而且還附有小道具袋的能力，說是最多可以放大約五瓶藥水。白金色的天耳環看起來有一點點像動物名牌，但戴在芙蘭身上反而顯得時髦。

穿在最外面的外套與其說是披風，倒比較近似雨衣的剪裁。但是輕巧而且柔軟，不會妨礙到動作。

「幾乎沒用到金屬系的素材，為了用皮革跟絲線做出這種韌性，可是費了老子一番工夫喔。老子把暴君劍齒虎的皮革、分身靈蛇的鱗片與轟擊砲龜的甲殼，泡在添加了藥品的暴食史萊姆統治者黏液裡提升韌性，將這些黏合成複合素材作為主要材料。」

『光聽就有夠強的。』

「雖然失敗了好幾次，但做出了令人滿意的成果。裡面是編織了複合素材的特殊構造，所以韌性比隨便一件金屬鎧還要高。最重要的是重量很輕。」

輕巧很重要，因為芙蘭的風格就是運用靈敏身手戰鬥。這可以說是最棒的防具。

我重新鑑定一遍，注意到了一件事。

『黑貓加護？』

「你發現啦？這就是神明祝福的效果。在穿起全套黑貓裝備的時候，可以獲得黑貓加護。效果是全能力值上升１０，而且外加即死無效。只是相對地，只有黑貓族能夠裝備。」

光是裝備就能獲得加護，會不會太厲害了？能力值＋１０根本和犯規稱號無異，而且就以防禦力來說雖然不比金屬系重鎧，但考慮到效果與輕巧，這套防具要強多了。

「超帥。」

『而且又可愛，簡直太強了吧！』

「是吧？沒比這更棒的防具了吧？哇哈哈。」

『這樣不用錢沒關係嗎？』

要是直接到店裡去買，不知道要花多少錢。老實說，憑我們現在手頭的錢應該買不起吧？

「沒關係，本來就是這樣約定的。老子能拿到剩下的素材，所以沒賠本。況且老子很感謝你們給老子這次工作機會，就算你們這樣拜託，老子也不能收錢。只是——」

「只是？」

「只有一件事老子得先說清楚。這是最棒的防具，但也因為如此，修復時需要用上相當高純度的魔水晶，相對地，需要支付的金額也相當不便宜……」

也就是說越是精美的防具，修復就越花錢嗎？

『大概要多少錢？』

「第一次差不多十萬，之後你們就以倍數增加算吧。」

『天啊，那豈不是滿燒錢的……』

「是啊，不過外套具有裝備自動修復的效果，對當時穿著的所有裝備統統有效，所以只要不趕時間，擺個幾天就恢復原狀了。」

那真是幫了大忙，應該說搞不好完全不用送修。呼，害我焦急了一下。

『再來就是小漆的裝備了。』

「那邊那隻狗狗嗎？」

『是啊，聽說得替牠裝上從魔證才行。有沒有狼也能裝備的防具？』

還有其他問題，就是小漆平常跟戰鬥時會改變體型大小。要是每次都弄壞防具，有再多錢都不夠花。而且如果配合小隻的體型製作，變大時怕會勒住脖子。

我將這些擔憂告訴格爾斯後，他回答沒有問題。

「很多防具附有自動調整尺寸的功能，只要拿來應用就不會有問題啦。」

「真的？」

「嗷？」

「真的啦。包在老子身上，兩天就能做好。」

『那就拜託你啦。』

「嗷喔噢噢！」

小漆開開心心地蹦蹦跳跳，然後順勢衝向格爾斯老先生，在他臉上亂舔一通。

「唔喔！」

你看看，弄得格爾斯老先生滿臉口水了。

『那麼，大概要多少錢？』

「這、這個嘛……只、只要付五萬，就能幫牠準備不少東西嘍。」

「那就拜託你了。」

「唔嗯——好啦，還不給老子閃邊去！」

「咕嗚！」

終於惹人家生氣了吧。不過，我知道老先生並不是真的在生氣啦。小漆似乎也明白這點，找機會想再撲向格爾斯老先生。

後來為了量尺寸，小漆變回了真正的模樣，再次舔了格爾斯老先生好大一口，還不小心把他撞到牆上去，不停搖擺的尾巴又把量後腳尺寸的格爾斯老先生吹飛，發生了好多意外。

幸好格爾斯老先生身子骨硬挺，換作是一般鍛造師想必已經生命垂危了。應該說沒受到啥傷害的老先生也未免太強。

也許小漆也該學學控制力道才行。

總覺得遲早會出大事。

「你們幾個接下來要去哪裡？」

老先生一面拿布擦掉臉上的口水，一面問我們。

「烏魯木特。」

「哦哦。老子在這鎮上能做的事也做完了，下個目的地就去烏魯木特也行。」

『哦！那你要跟我們一起來嗎？』

格爾斯老先生的話我歡迎都來不及。

因為他能打鬥，又理解我們的隱情。

「順便問一下，你們走哪條路？」

『從這裡前往西邊的達斯，坐船南下前往巴博拉，然後走陸路去烏魯木特吧？雖然比陸路貴，但比較快，最重要的是我想讓芙蘭體驗海上之旅。』

「要一起去嗎？」

芙蘭也有點期待地問道。上次講到最後沒能跟阿曼達一起旅行，如果能跟格爾斯老先生同行似乎會很有樂趣。

「……抱歉吶，小妹妹，老子沒辦法一起去。」

『為什麼？』

格爾斯用苦澀的表情低語了：

「……矮人是山地民族。」

「嗯。」

「換句話說，老子我們跟水的適性不好，或者乾脆說……老子不會游泳啦！」

原來是這樣啊，很像是矮人會有的理由。的確，格爾斯老先生看起來就是個肌肉壯漢，不像能浮在水上的樣子。

「這樣啊，真可惜……」

「抱歉吶。」

『那麼，希望能在烏魯木特再碰面嘍。』

「是啊！」

「嗯。」

芙蘭跟格爾斯老先生用力握手，互相說定日後再重逢。

跟格爾斯老先生拿了防具後，隔天。

「再見嘍～～」

「等妳回來！」

「到烏魯木特再碰頭！」

「期待妳再度光臨！」

「再見～～」

打理好一切的我們，在阿曼達、多納多隆多、格爾斯老先生、藍德爾與德爾托等人的目送下，從亞壘沙出發了。

阿曼達更是咬著像是手帕的布，都快哭出來了。除了她以外，其他傢伙都面帶燦爛笑容為我們送行。

『真是個好城鎮。』

雖然我沒見識過這個世界除了亞壘沙以外的城鎮就是了。

很高興第一個認識的地方是這裡。

「嗯。」

『那麼，就這樣往西邊走吧，目的地是港都達斯！』

「嗷嗷！」

我們要在亞壘沙往西走的沿海港都達斯搭船，直接南下，然後前往人稱亞壘沙海洋關口的大都市巴博拉。接著從那裡取道陸路東行，以地下城都市烏魯木特為目的地。

不過都是從資料看來的，所以完全無法想像沿途風光就是了。

眼下的目標，是搭上一艘稍微有點水準的船。

如果可以不搭普通貨船而是客船的話，就再好不過了。

假如太貴搭不起，我們打算在達斯賺點小錢。不過嘛，雖然買進了滿多藥水類，但手邊還有多達一百萬戈德，應該總是有辦法。

『那麼小漆，麻煩你啦。』

「嗷！」

小漆迅速趴下，然後芙蘭輕盈地跳上牠的背。

『抓緊嘍。』

「嗯。」

芙蘭緊緊握住項圈的拉繩。格爾斯老先生為小漆製作的項圈上，附了條供芙蘭抓住的短繩。只要抓住它，應該就不會被甩落下去了。格爾斯老先生做事真是面面俱到。

小漆的左右前腳上，各自裝備著黑金色的腳鍊。兩者不只皆具有臂力小幅上升與敏捷小幅上升的效果，還附有調整大小的功能，因此即使小漆變小隻也沒問題，性能優秀得很。這也是格爾斯老先生幫我們做的。

兩天就能做出這樣的東西，老先生真夠厲害。感覺讓我重新體會到他真的是位有名的高段鍛造師。

「小漆，ＧＯ。」

芙蘭右手筆直朝天吆喝，似乎也提升了小漆的興奮度。

「吼喔喔噢噢噢噢噢噢噢！」

小漆快活地一吼，就往西方飛馳出去。

好快好快！周邊景色用等同於坐車時的高速向後流逝，看來跑出了相當快的速度。

轉眼間亞壘沙離我們越來越遠。

『就這樣一路狂飆，小漆！』

「嗷嗷！」

小漆聽了我的號令更為加快速度，尾巴用力搖個不停，看來興奮度是一路飆升。

然而，只有一個小朋友興奮度直線下降。沒有啦，就是芙蘭。

一開始明明很有精神的，但很快就皺著眉頭不說話了。

「眼睛好痛。」

似乎是小漆跑太快了，風壓好像讓她睜不開眼睛。我用氣流操作技能讓迎面吹來的風往左右流掉，幫她減緩風壓。

『怎麼樣？』

「嗯，很舒服。」

那就好。芙蘭舒服地瞇細眼睛，好像也有多餘精神欣賞風景了。

「那是什麼？」

「有鳥。」

「那座山的山頂好白。」

她就這樣享受著旅程。

高速流逝的風景似乎也讓她覺得新鮮，而且幾乎從不減速。

畢竟小漆即使碰到障礙物，也能用空中跳躍跳過去。

我們飛過小溪，越過高山，一直線飛快前進。

『哦，那是魔獸嗎？』

「在哪？」

『妳看，在樹的那一頭。』

「我要去。」

「嗷嗚——」

然後不時發現魔獸，就襲擊過去解決掉。

這附近沒有強悍魔獸，因此都是小漆一擊就上西天了。魔石讓我吸收，肉收納起來，內臟或骨頭由小漆吃掉。嗯，物盡其用真不錯。

只是高速移動沒能持續太久，即使小漆是魔獸，持續奔跑還是會累，肚子也會餓。

再加上經常使用空中跳躍，魔力也減少了很多。

『沒辦法，暫時就徒步移動吧。』

「辛苦了。」

『小漆你呢？』

「嗷嗚！」

小漆輕吼一聲，就沉入芙蘭的影子裡去。

小漆有兩項能鑽進影子裡的技能，稱為潛影與影渡。潛影只能潛入對方的影子裡，影渡則能夠在影子之間移動。

不同於消耗魔力較多的影渡，潛影好像幾乎不耗魔力。看來好像只有進入影子時會用到魔力，待在裡面的時候不耗魔力，因此潛影中能夠正常進行自然回復。

而且進入芙蘭的影子還能跟芙蘭一起移動，真是方便的技能。

『那就慢慢走吧。』

「嗯。」

反正旅程也不需要趕路。

後來芙蘭用走的，有時還用類似城市疾走的方式移動，一路前進。

走了一段時間後，就聽到芙蘭肚子傳來可愛的「咕～～」一聲。

「肚子餓了。」

『已經到吃飯時間了啊。』

因為芙蘭的肚子時鐘很準確。

『那就在這附近吃飯吧，要不要做張桌子？』

只要有土魔術，簡便的桌子椅子都能輕鬆做好。

但芙蘭把頭搖個不停，很快地指向了前方。

「在那裡吃。」

那是一塊巨大的岩石。的確，坐在上面視野應該滿遼闊的。

芙蘭坐在約莫三公尺高的大石頭上，把咖哩飯塞得滿嘴。

「嗯！好吃。」

兩隻腳晃來盪去，在欣賞周圍的景色。

對於至今過著奴隸生活的芙蘭而言，大概一直沒有多餘心力欣賞風景吧。走到這裡的一路上也是，似乎不管什麼風景都讓她感覺新鮮有趣。

今後也得讓她欣賞各種景色才行。

芙蘭倒頭就躺，她吃飽了，正在休息。

放在她身旁的我，也一起仰望天空。

雲朵緩緩飄去，真是一段優閒的時光。

後來休息了大約三十分鐘，我們再次出發。

小漆也回復得差不多了，因此芙蘭騎在牠背上移動。

走了大約兩天後，四周景觀開始跟亞壘沙附近有了變化。

森林地帶到了盡頭，平原開始大片鋪展。只是不像魔狼平原有如熱帶草原，這裡在短草茂盛的原野上星羅棋布著岩石，景色感覺有點像荒野。

大概這就表示我們離亞壘沙已經很遠，連景色都變了吧。由此可見小漆的速度有多快。

途中我想到如果再召喚一隻，是不是能跟小漆輪流換班持續移動？於是試了一下召喚，然而……

不成功。不知為何召喚清單全變成了灰色，變得不能召喚了。

在資料室沒能查到那麼詳細的資料，但我想應該是我的器量不足。

召喚術師稱契約上限為「器量」，魔獸的實力強弱則稱為「水準」。器量就是字面所示的器皿容量，水準好像類似水的印象。魔獸實力越強，注入器皿的水準越高。而當器皿裡的水滿了，就不能締結更多契約。

小漆是威脅度C的特殊怪，即使光牠一隻的水準就讓我的器量滿格，應該也不奇怪。

『目前就只能請小漆多出點力嘍。』

「嗷！」

這個叫聲不用心靈感應我也明白，意思是「我會加油」吧。有這麼努力的寵物，我真是太幸福了！

晚點我再好好揉揉你的毛，不過是用念動。

我一面想著這些，一面漫不經心地仰望天空時，忽然不禁驚叫一聲：

『唔喔喔喔！你、你們看！那是什麼！』

「嗯？」

『妳看，就是那個啊，那個！』

不能用手指真讓人心急。

我用念動力把芙蘭的臉往上一抬，讓她的視線朝向天空。

「哪個？」

『那朵雲的旁邊！飄在空中的東西！』

「那是浮游島。」

『浮游島？那是啥啊？有夠奇幻！』

那可是浮游島耶？會飄浮的島耶？吉卜〇粉絲看到絕對瘋狂耶。不對，不用喜歡吉卜〇，是奇幻迷就已經按捺不住了。

芙蘭怎麼能夠這麼鎮定？

光是看到高空中飄浮著一座島，就夠讓我興奮雀躍了！

它是怎麼飛起來的？用那個嗎？飛行石一類的嗎？或是風魔術？還是更特別的奇幻力量？好好喔，好想去看看喔！

『我、我說啊，那個不是什麼稀奇的東西嗎？』

看芙蘭一點都不驚訝，難道說在這個世界很平常嗎？

「嗯，有時會在天上飛。」

『真的假的！』

太輕忽了！轉生到這世界來過了兩個月多一點，竟然不知道有這麼美妙的景點！

不，等等喔。既然說是很常見的地點，會不會很容易就上得去？

『我想去那裡！』

「辦不到。」

『咦？是喔？』

「非常貴。」

據說要使用專用的魔道具才能飛上高空，又說那個的使用費貴到不行。芙蘭似乎也不是很清楚，只聽說金額高到一般人不可能去觀光。

是不是就像生前的宇宙旅行？

可是好想去喔！

『我說啊，有沒有其他辦法？』

「聽說有的魔術師會自己飛去。」

『原來如此。』

那麼，也許能用小漆的空中跳躍過去？請小漆跳到極限高度的話，說不定到得了浮游島……

『小漆，怎麼樣？』

「咕嗚嗚……」

小漆耳朵貼頭哀叫，看來是沒辦法。好吧，畢竟位置好像相當高，魔力應該撐不到那裡。

那用我們的浮游呢？不，行不通。浮游有高度限制，去不了一定以上的高空。就算用念動抬升到限度以上的高空，也無法用浮游維持高度，只有減緩墜落速度的效果。

『用念動去得了嗎？』

只有我一個人的話應該沒問題。

「師父好奸詐。」

『嗯？』

「我也要去。」

『妳也想去嗎？』

「當然。」

「嗷！」

「不可以偷跑。」

這是他們的主張。即使從地上看不稀奇，如果能去的話，芙蘭似乎也想去看看。

所有人的話實在有點——不，等等喔，我有好點子了。

『那就來試看看吧。』

我用念動飄起來後，在芙蘭面前讓劍脊朝上，水平懸停在空中。

『來，踩上來！』

「踩上去？」

『沒錯，就像衝浪——講這妳可能不知道。總之，站在我上面看看。』

「嗯……」

芙蘭怯怯地踩到我身上，把體重壓上來。

「還好嗎？」

『沒問題，不過如果妳能使用浮游會很有幫助。再來就是用氣流操作減弱風的抵抗力。』

「知道了。」

『小漆你就先待在影子裡。』

「嗷！」

『那麼，我要開始了！』

我運用念動與浮游，飛上了空中。

就像個衝浪板那樣，讓芙蘭踩在上頭。

「哦——飛起來了。」

成功了！命名為念動滑空！

起初我先水平移動看看。芙蘭好像也站得很穩，用念動固定雙腳似乎是做對了。我一邊徐徐提升速度，一邊逐步嘗試右轉、左轉與上升下降。嗯，看起來沒問題。

踩在上面的芙蘭似乎也慢慢習慣了，現在能夠自己傾斜身體，穩穩地取得平衡。

『那麼，出發嘍？』

「嗯！」

『喝呀——！』

我沿著螺旋形的軌道，飛快地一路上升。

之所以不一口氣垂直上升，是因為怕把芙蘭甩落。

「好厲害，師父好厲害。」

看樣子芙蘭也很享受空中悠游的樂趣。

她看著迅速越離越遠的地面，在發出歡呼。
『看我的啦——！』
念動力全開！浮游島一點一點地接近眼前。
原本看起來只像個豆大黑點的小島，如今似乎有拳頭那麼大了？
再飛一下就會上升到幾乎衝進雲層的高度，但島嶼卻飄浮在更高的地方。原來它在那麼高聳入雲的位置啊。
島嶼底部就只是岩石，暴露在外的岩石散發出強烈壓迫感。真想看看那上面有什麼！
『嗯？怎麼了？風忽然停了耶。』
我為了更接近浮游島而抬升高度，卻產生一種奇怪的突兀感。該怎麼說，感覺就像穿過了以魔力形成的薄膜？之前迎面吹來的風戛然而止，證明了我的突兀感不只是心理作用。
為了查明真相，我環顧周圍，然而——
「師父。」
『什麼事？』
「那個。」
『嗯？咦，唔喔喔！那是啥啊！』
從芙蘭指著的方向，可以看到一個怪東西飛過來。
是飛天骷髏騎士。
呃，連我也不禁懷疑是自己看錯了。

可是不管看幾次，都能看見一個身穿重鎧的骷髏騎士，騎著簡直像在地上奔馳般翱翔天際的骸骨馬。

「好像是從島上跑出來的。」

這麼說，那也許是浮游島的守衛之類的？

他從比我們更高的位置一口氣下降過來。

『那東西是衝著我們來的對吧？』

「嗯。」

「喀咖咖咖咖咖咖！」

『真的假的！』

骸骨騎士拔出了劍，維持原有速度衝過來就砍。

『嗚！』

我們勉強躲開，但骸骨騎士繼續不停攻擊，駕馭著骸骨馬反覆揮劍砍來。

以現在的騎乘狀態只能一味閃躲！

『芙蘭，用魔術反擊！』

「——火箭術！」

「咖咖！」

喂喂！他一手就把魔術彈開了啊！我也覺得那不是隨處可見的骷髏，但比想像中還要強。劍法也相當犀利，而且在這種場所戰鬥太危險了！

『小漆！出來！』

「嗷！」

『芙蘭，騎到小漆背上！』

芙蘭從我身上跳下，跨到小漆的背上。這下總算可以對打了！說是這樣說，但小漆並不能永久持續使用空中跳躍，必須趁小漆還飛得動的時候分出勝負。

我抱著這種想法斬向對手，但是用騎乘互砍來較勁，很難突破骸骨騎士的防禦。不愧是有著騎士的風貌，似乎很擅長騎馬打仗。

（師父，再一遍。我有了個點子，請你做牽制。）

『我知道了——閃焰轟擊！』

「嘎嚕嚕！」

「喝！」

我與小漆用魔術做牽制，芙蘭一口氣斬向對手。

「咖？」

不同於剛才騎著小漆進行的生疏騎乘攻擊，這次芙蘭從小漆背上一躍而出展開攻擊。她靈活運用空中跳躍，施展與地面上無異的犀利斬擊。第一次雖遭到骸骨騎士以劍彈開，但芙蘭即刻以空中跳躍踢踹半空一個翻身，再度斬向了對手。

看來這招對手實在反應不及，芙蘭揮砍的一擊，命中了骸骨騎士的身體。這下到手了！

鏗啷！

然而好不容易打中的攻擊，只傷到了骸骨騎士身穿的黃金色鎧甲就結束了。要是跟一般人類對打，我們早已深深砍傷了他的側腹部；但對手是骷髏，劍刃只穿透了鎧甲中的空洞。

「喀咖咖咖！」

『嘖！還沒完呢！』

「嗯！」

雙方再次展開激烈互砍。騎著骸骨馬的衝刺比想像中更棘手！

承受方式一個弄錯，就可能被沉重的一擊撞飛。

我們的攻擊打中對手幾次，然而兩隻骸骨身為不死者沒有痛覺，似乎不痛不癢。真是棘手。

但我們的敵人不只有骸骨騎士。

「嗷嗚——」

『芙蘭！糟了！快踩到我身上！』

我察覺到小漆的異狀，急忙揚聲叫道。

「嗯？」

『慘了！』

是小漆的魔力見底了。牠揹著芙蘭持續使用空中跳躍，而且還進行著激烈戰鬥。小漆的魔力似乎以遠超出我們想像的速率耗盡了。

小漆擠出最後的魔力縮小，芙蘭急忙抱住牠，然後直接降落在我身上。

『小漆，你可以回影子裡了。』

「咕嗚嗚……」

小漆應該勉強沒事吧。不過，這下就回到起點了。

「喀咖咖咖咖！」

『嘖，真難纏！』

我想找機會設法躲開骸骨騎士前往浮游島，但看樣子沒辦法。畢竟在空中是他們比較快。

就這樣跟骸骨騎士玩了一會兒捉迷藏後，反倒是我的魔力也見底了。

看來揹著芙蘭在天上飛還是有困難，比起一口氣爆發力量的念動彈射攻擊，似乎又會造成另一種不同的負荷。

就算加上練習時間，大概也只飛了十五分鐘左右吧？雖說為了與骸骨騎士交手而多費了點力，但飛行時間也太短了。

可惜這招沒奏效，否則就能成為新的移動方式了。好吧，至少速度似乎能飆到相當快，想繞過或脫離危險場所之際應該有用。

『芙蘭，抱歉！』

骸骨騎士對開始墜落的我們展開了追擊。

利劍高舉過頭，一擊劈了過來。

「咕嗚！」

鏗——！

我們勉勉強強擋下了這一擊，但攻擊力道把芙蘭往下震飛。

可能因為離浮游島很遠，骸骨騎士沒追上來。也許的確是驅除入侵島嶼者的守護者吧。

他們靜止於空中，悠然俯視一路墜落的我們。

好像得救了。

不過，暫時得跟浮游島告別了。

「真可惜。」

『可惡！總有一天我一定要去！走著瞧！你也是，臭骷髏！』

「總有一天要打贏。」

我們一邊朝著越離越遠的浮游島與骸骨騎士叫囂，一邊向下墜落。

說歸說，我們的危機還在持續當中。

雖然似乎逃出了骸骨騎士的手掌心，但地面正在快速接近。

我與小漆已經用盡魔力，只能靠芙蘭了。

『芙蘭，拜託妳了！』

「嗯，我知道了。」

只要趁撞上地面之前用浮游與空中跳躍減速，想必能夠順利著陸。

我本來是這麼以為的。

『死定啦——！這種荒野上怎麼會有房子啊！』

沒想到荒野當中竟然孤零零蓋了一棟房屋。真的很普通，就是那種在亞壘沙到處可見的民宅。

不，總覺得哪裡怪怪的。是什麼？好像有哪裡不對勁——

「要撞上了。」

現在不是想這些的時候啊！

『芙、芙蘭，有沒有辦法迴避？』

繼續這樣下去，就要一頭撞進房子裡了！

然而芙蘭一邊墜落，一邊輕輕搖了搖頭。

「速度太猛，完全停不下來。」

似乎由於從太高的地方墜落，導致就算使用浮游也無法完全減速。

『真的假的！』

「喝！」

即將撞上房屋屋頂的前一刻，芙蘭用空中跳躍勉強減弱了速度，但沒辦法做到在屋頂上降落。

咚轟——！

芙蘭以滿猛烈的速度撞向屋頂，就這樣衝破了它。

『芙蘭，妳還好嗎？』

「嗯……沒事。」

『——恢復術。』

「謝謝。」

還好，她好像沒怎樣。

啊——不過話說回來，完全闖禍了！

往上一看，屋頂開了個大洞。

還有從屋裡一看，就知道剛才感覺到的不協調感是怎麼回事了。

『一扇窗戶都沒有耶。』

就是這樣，這棟房屋沒有任何窗戶之類的採光開口，我們撞破的天花板大洞成了唯一的採光口。實在不覺得有人能住在這種地方……

而且房屋內部也一樣異常。

屋裡沒有地板，土地暴露在外。而且不只是露出泥土，還是徹底經過整地，高及人類腰部的草類保持一定間隔整齊生長。怎麼看都是塊田地。

可是怎麼會在一片黑漆漆的屋子裡種植物？好吧，地球上也有類似這種栽培方式的蔬菜，所以也不是完全不對勁，可是……這種草具有滿布赤紅斑點的紫色葉片，一看就覺得絕對有毒。這根本一整個可疑，該不會是毒草或毒品之類的吧？

『芙蘭，會不會覺得不舒服？』

「沒事。」

她摔下來的時候壓到了一大堆草，臉上沾到了紫色草汁，難保沒擠出什麼草精啥的從全身擦傷滲入體內。

經過鑑定，這似乎叫作死靈草，好像沒有毒。

沒有害處就好。

只是田地被我們搞得一團亂，這片慘狀該怎麼處理？

天花板開出的洞，加上田裡壓爛的草。連這棟房屋有沒有人住都不知道——

『不……有人在。』

「嗯？是誰？」

房間角落有某人的氣息。往那邊一看，只見某人站在那裡。那人穿著破爛不堪的灰色長袍，身高大概跟成年男性差不多。

然而一看到那人的外形，我們立即擺出了迎戰態勢。

『芙蘭！』

「嗯！」

芙蘭直接將我舉起，一口氣撲向人影。

「嗷嗚嗚嗚！」

從影子中飛出的小漆，也與芙蘭一起衝去。

速戰速決，不用手下留情。

『骷髏的魔石在胴體裡面！』

「一擊分勝負。」

沒錯，對方不是人類。從長袍中隱約露出的，是白色的骷髏頭。

是一隻骷髏。雖不知道魔獸怎麼會待在屋子裡，總之趕快解決掉吧。

剛才的骸骨騎士也是，今天怎麼老是碰上不死者！
『骸骨騎士那件事還沒解決！不要輕敵了！』
「嗯！」
芙蘭飛身一躍，把我舉過頭頂。小漆則是從地面如黑色疾風迫近敵人。
骷髏做出了動作，但太遲了！現在不管你做什麼，都來不及了！
然而，骷髏的下個動作完全超乎我們的預料。
這隻骷髏既不拔劍，也不吟唱魔術，甚至連個閃躲的動作都沒有，只是抱頭縮成了一團。
「呀啊啊！救命啊！」
咦咦？這是怎樣！
『慢著，芙蘭！小漆！暫停！』
我送出心靈感應後，芙蘭他們也停止攻擊，凝視著眼前的骷髏。
在這樣的我們面前，骷髏一邊發抖一邊縮成一團。
「還、還請饒我一命～～」
「？」
芙蘭似乎也一頭霧水。
「啊啊！冥界的神明啊！請保佑我！」
「呃……」
「噫咿咿伊！我一點都不好吃！我身上沒錢！」

總覺得我們完全變成壞人了。

這讓我想起之前阿曼達有教過我們，死靈魔術不是什麼邪惡的法術，役使的不死者也並未特別受到冒險者排斥。

大概自然產生的不死者會襲擊人類所以是有害魔獸，受到役使的是幫助人類的寵物，或者是當成屬下之類吧。就像小漆雖然是魔獸，但進得了城鎮。

這麼說的話，這傢伙是某人的召喚魔獸嗎？

「我、我是善良的骸骨喔。」

但外貌完全就是邪惡的不死者耶，只是謊言真理沒有起反應。雖然不知道對不死者有沒有用，但如果相信技能所示，這隻骷髏就沒在說謊。

「善良的骸骨？」

『大概是某人的從魔吧。』

「是的，我是善良的骸骨。您、您是哪位？」

「我叫芙蘭。」

「我叫作貝納多。」

跟在魔狼平原遇到的骷髏比起來魔力高多了。還有，明明沒有聲帶卻能夠發聲，似乎是振動操作技能的效果。看樣子果然是個有點特別的個體。

「究竟發生了什麼事？」

我們決定講真話，只是有一部分含糊其詞，因為不能說出我的事情。

芙蘭告訴貝納多，她騎著小漆想前往浮游島，結果遭到骸骨騎士阻撓摔下來了。又說因為遇到那件事，看到同樣身為骷髏的貝納多才會反應過度，總之先把責任怪在那隻骸骨騎士頭上。

「原來如此，是這樣啊，真是飛來橫禍呢。」

看來他沒生氣。但我們講了一場精采冒險，他卻只用飛來橫禍四個字就帶過了，大概思維還是跟一般人不太一樣。

「這裡是什麼地方？」

「這裡是偉大吾主的研究所。」

主子是吧，所以貝納多果然是受到死靈術師役使啊。這個高段的死靈術師身懷高度魔力與智力，還能以具對話能力的狀態召喚出本來不會說話的骷髏，不知道是個什麼樣的傢伙。

「研究所？這裡？」

「是的。」

我也跟芙蘭有著相同的疑問。

雖然沒有窗戶，裡面又有田地是挺異常的，但其他地方看來就是一間常見的民宅。實在不覺得會是偉大死靈術師大人的研究所。

「好破。」

「吾主不太在意這種事。」

「呵呵呵，正是如此！」

咚砰！

「！」

「嘎嚕！」

先是忽然聽到屋外傳來人聲，接著門扉猛地打開了。

都不用先知會一聲的。

真要說的話，我們可是啟動了所有探知系技能耶，況且小漆也在。

『沒感覺到氣息！』

完全沒發現屋外有人。

（嗯。）

（嗷嗚。）

芙蘭他們似乎也沒感覺到。

芙蘭與小漆立即準備迎戰，擺好架式。我也靜靜提高魔力。

「你是誰？」

「問別人的名字時，要先報上名號才叫禮貌吧？」

「我叫芙蘭……你是誰？」

「抱歉，這位是吾主。」

這傢伙就是那個死靈術師啊！

要是什麼都不知道就碰上，我絕對已經砍過去了。

一身暗沉黑色長袍長年摩擦地面，下襬裂成了破布。脖子掛著骷髏頭項鍊，肌膚白到病態。壓得低低的兜帽擋到讓臉看不清楚，只能確認那人有著暗沉銀髮，以及嘴巴露出好像把新月橫擺般的笑意。

我想應該是男的，但也不能確定。

超可疑的，怎麼看都是個邪惡的死靈術師。要說有多可疑的話，就是可疑到假如發生什麼案件，頭一個就會懷疑他。

然而死靈術師對我方的戒心毫不介意，高聲報上了名號：

「呼哈哈哈哈哈哈哈，吾名為讓恩・杜比！乃是至高無上的不死者之主！」

如果可以，實在不想跟這種人扯上關係。真想馬上叫芙蘭立正向後轉，沿原路走人。

因為這傢伙就有這麼可疑，而且好像很機車。

名稱：讓恩・杜比　年齡：４９歲
種族：魔族
職業：冥導師
Lv：４５
生命：１８０　魔力：６１６　臂力：９１　敏捷：１１９
技能：暗黑抗性６、詠唱縮短４、鑑定８、從屬召喚８、杖術４、死靈操作８、死靈魔術１０、短劍術２、調合７、毒素抗性３、毒物知識７、火魔術３、冥府魔術５、藥草知識４、闇魔術５、

氣息完全遮蔽、死靈狂暴化、死靈之友、魔力操作、魔力中幅上升

獨有技能：魂魄眼

稱號：暗殺天賦、不死者創造者、殺戮者、死靈術師、死靈之王

裝備：龍骨之杖、死靈王碎布長袍、惡魔之鞋、死之手環、替身手環

其中吸引我目光的是氣息完全遮蔽技能，想必就是這個躲過了氣息察覺。

話說回來，還真強耶。雖然肉體能力值很低，但魔力還有技能相當厲害。要是再升些等級，搞不好能跟克林姆公會長平分秋色。

再說這傢伙是死靈術師，只要用氣息完全遮蔽隱藏蹤跡，讓幾隻不死者去戰鬥，即使是強過自己的對手應該也對付得來。如果可以，實在不想跟這種人為敵。

而且種族是魔族。

頭一次看到耶，魔族而且是死靈術師……真的不是敵人嗎？

「魔族？」

我還沒告訴芙蘭，她似乎先注意到了對方的種族。

芙蘭偏著頭低喃。

「哦？妳看的出來嗎？」

是啊，連鑑定都不需要。隔著長袍都能看出他長了犄角，爪子跟獠牙也是明顯的特徵。

「看就知道了，有角、爪子跟獠牙，而且很白。」

「妳這傢伙，有念點書嘛！沒錯，吾乃魔族是也。」
「好久沒看到了。」
「因為在這片大陸上吾等魔族人數不多，而且多偏向待在東方。」
芙蘭沒表示出敵意，魔族男子讓恩被我們說中種族，也並未因此緊張起來，看來魔族並非與人類為敵的種族。
幸好沒有先攻擊再說。
「所以說，你們是哪裡來的什麼人？趁著我外出之際，你們似乎用了略為特殊的方式登門造訪吶。」
讓恩仰望天花板的破洞蹙額顰眉。
「對不起，出了一些事。」
「唔嗯？好吧，也罷。總之先聽聽妳怎麼說吧，跟我來。」
「各位，這邊請。」
讓恩從房間角落的階梯三步併兩步走下樓去。
他叫我們跟過去，可是真的超可疑……
怎麼辦？
然而我還來不及煩惱，芙蘭他們已經跟在後面邁開腳步。
沒辦法，就由我多提防點吧。
『小漆，你也不能大意喔。』

（嗷！）

結果白緊張一場，階梯下面是個普通的房間。

「哈哈哈，歡迎來到吾高深莫測的黑暗與死亡研究所。」

動不動就喜歡誇大其辭。不過研究所啊……說不定這普通的外觀只是偽裝，其實裡面是匯集了魔導精粹的最尖端技術——並沒有。

地下室比想像中更寬敞，但也就這樣了。

桌上放著吃到一半的麵包或沙拉等等，五斗櫃上放著攤開的書。

就只是間生活感十足的起居室。

「研究所？」

芙蘭似乎也有同樣的疑問。

「哈哈哈。由於吾的實驗常常伴隨著危險，為了不對附近造成災害，研究所的正式設施位於更深的地下。想看嗎？呵呵呵，奉勸妳一句，好奇心是會害死一條龍的，呵呵呵。」

原來如此，從更深的地底下的確能感覺到異樣的魔力。讓恩說的應該是真話。

有點想看，又有點不想看……畢竟是死靈術師的研究所，鐵定是一片連屠宰場人員都會嚇到臉色發青的景象，對芙蘭的教育恐怕有不良影響。

還有，這傢伙一言一行都好煩啊！

「粗茶不成敬意。」

貝納多把托盤上的茶杯一一端到桌上。

不知什麼時候穿起了圍裙來。

真是人模人樣的。

「謝謝？」

一看就像有毒的樣子。茶杯裡盛著紫紅色的濃稠液體。

粗茶？我看倒像毒藥。

然而這個家的主人讓恩迅速端起茶杯，一口就喝光了。

「唔嗯，這股馥郁的芬芳，妙不可言的複雜韻味，真是無可比擬。」

真的嗎？好吧，既然危機察知也沒起反應，大概沒事吧？反正芙蘭有異常狀態抗性。

「……真是好茶。」

芙蘭喝了一口神祕怪茶，就輕輕把茶杯放回了桌上。芙蘭可是什麼東西都能吃得津津有味出了名的耶。

晚點我再讓妳吃點別的去味道喔。

「那麼，貝納多，事情是怎麼發生的？」

「其實是這樣的——」

貝納多向讓恩說明事情經過。

「這樣啊，有一部分死靈草報廢了啊。」

「是的，大約三成。」

他們似乎在談樓上種植的草。

畢竟我們摔下來時壓到了一大堆嘛。

「真是教人頭痛。」

讓恩一面這樣說，一面偷瞄我們。

嗯——事情發展好像很不妙耶？

我們不但破壞了人家住宅的屋頂，還擅闖民宅壓爛了田裡的草是事實。若是搬出這點，我們也不好用強硬態度回嘴。

「妳知道自己毀掉了多珍貴的靈草嗎？它叫作死靈草。」

既然都特地在家裡栽培了，想必不是隨處都有的東西。

「那種草很珍貴嗎？」

「唔嗯，因為那是不太容易自然生長的靈草。若是做成藥水，就成了只需潑灑即可對不死者造成傷害的招魂藥水。換個煎藥方式，也能當成使用死靈魔術時的觸媒，對死靈術師而言是令人垂涎的珍貴素材。而且吾那塊田栽培的可是一級品。」

這番話讓我想起，藍德爾的店裡也有賣招魂藥水，記得第三等級的要價三十萬戈德。這樣想來還真的很珍貴，如果他要我們賠償損失，不知道付不付得起？

『妳、妳問他能不能把我們壓壞的草立刻做成藥，跟他說妳會幫忙！』

「把壓爛的立刻做成藥怎麼樣？我會幫忙。」

「不行，死靈草一旦被活人碰到，生氣就會形成雜質混入其中。用在一般加工上是沒有任何問題，但這樣無法滿足吾的目的。」

使用謊言真理一看，讓恩所言句句屬實。
看來這種草不但真的很珍貴，而且不能讓活人碰到。
換句話說，就是無可取代的道具。我看道歉恐怕不能解決。
「不過聽貝納多說，你們會掉下來似乎是出於不可抗力，所以這件事情我就不計較了。」
「真的？」
哦哦，看起來這麼邪惡，待人處事卻好寬宏大量！
「是真的……不過！」
「唔。」
讓恩忽然拉大嗓門，邪門地微笑了。不要這樣啦，芙蘭都被你嚇到了！這傢伙的行動有夠難預測。
「關於死靈草，不能這樣就算了。這妳能諒解嗎？」
「嗯……」
「雖說是不可抗力，但你們畢竟弄壞了珍貴的靈草，總不能連個補償都沒有吧。當然，吾可不只是在叫妳低頭賠罪喔。」
啊——事情果然變成這樣啦。那就來看看他想要求什麼吧。錢？還是藥物或法術的實驗體？視情況而定，也得考慮到開打的可能性。
芙蘭稍稍端正坐姿，注視著讓恩。
起居室兼研究所籠罩在緊張之中。

「這位少女，可以要求妳接受一項委託嗎？」
「委託？」
「唔嗯。當然，吾會支付酬勞。這樣好了，成功酬勞二十萬戈德，如何？」
酬勞超高的。但我們可不會一口答應，因為酬勞越高就表示委託越困難。
『芙蘭，問問看委託內容。』
「嗯，要看內容。」
「當然，不是強迫性的喔。做事不情不願只會給吾添麻煩。」
「不能犯罪。」
「這是當然，畢竟吾也是冒險者。」
咦？真的假的？完全看不出來耶。我無法想像這個人靠兩條腿爬山或鑽地下城的模樣。
「真的？」
「唔嗯，吾乃B級冒險者！」
說完，他從懷裡取出了銀色的公會卡，看來的確是個B級冒險者。那不就是大前輩了嗎！
「好了，在進入正題之前……」
「嗯？」
唔，你這什麼一派邪惡的笑臉！
忽然現出本性了嗎？危機察知完全沒發動啊！
「是不是可以現出真面目了？」

什麼意思？

就在我沒能掌握讓恩這話的真意時，他的手指迅速指向了芙蘭。

「那把劍。」

不，讓恩是在指我。

難不成他要的是我？想叫芙蘭交出魔劍？

「別一直悶不吭聲的，講句話如何？」

「！」

「呵呵呵，吾清楚得很，那把劍上宿有靈魂！也知道你能用心靈感應交談！好了，現出本性來吧！呵哈哈哈哈哈哈——！」

我的心靈感應露餡了？這是怎麼回事！

『芙蘭，妳什麼都別說。』

（嗯。）

『……』

「……」

「哦，裝聾作啞是吧？然而，你騙不過吾的法眼。吾的技能——魂魄眼能夠看見對方的靈魂！而這項技能是直接看見靈魂！區區鑑定遮蔽毫無任何意義！呼哈哈哈哈哈！」

真的假的！連鑑定遮蔽都擋不了的鑑定？格爾斯老先生那時候我就想過，魔眼類的技能實在很棘手耶！

嘖！怎麼辦？要封口嗎？不，我不能心急！

不理會提高緊張感的我，讓恩將手放在下巴上，滿不在乎地直點頭。

「不過，這真是看到了稀奇的玩意兒！竟是智能武器啊。」

完全露餡了，這下再保持沉默可能也沒意義了吧？

「性能似乎也夠優秀，若能借用你們的力量，吾宿願得償的日子也近了！」

『宿願？』

「哦哦，總算講話了啊。能夠跟劍說話，可不是常有的經驗！有意思，有意思！」

『喔，是喔。』

跟情緒太激動的人相處真累人——

「言歸正傳，讓吾解釋一下要請你們幫忙的委託吧。」

嗯——？感覺好像不是想得到我喔。似乎就只是想知道我是不是真的會講話？

『我說啊，你知道了我是智能武器，都沒有其他感想嗎？』

「此話怎講？」

『不是啊，比方說想得到我之類的？』

「吾如果說想要，你們就會給嗎？」

「不給。」

「那就不用了，吾也沒那麼感興趣。」

「真的不想要？」

「唔嗯，不想要。」

我發動了謊言真理，不過讓恩沒在說謊，似乎是真的不怎麼感興趣。

他是真的覺得不想要。嗯──好像有點不甘心，又覺得放心？

「滿意了嗎？那就讓吾解釋一下委託內容吧，呵呵呵。」

就來聽聽他要開出什麼過分要求吧。

人體實驗或暗殺等駭人聽聞的字眼在腦中起舞。

「委託的內容，就是輔助吾進行探索！」

結果就只是普通的委託。

「探索？要去別的地方？」

「唔嗯，很高興妳有意願。探索地點不遠，包在吾身上，不消半小時即可抵達。」

地點還滿近的嘛。

難道說附近有地下城？但在亞壘沙查地下城的資料時，好像沒看到這附近有地下城的情報。

然而，讓恩的說法大大推翻了我的預測。

「目的地是地下城，是不死者的巢穴。」

『咦？』

不不，這附近一帶如果有地下城，在亞壘沙不可能沒聽到消息。這是怎麼回事？

「在亞壘沙沒人告訴我們。」

「那是當然，因為只有吾知道這件事。」

讓恩若無其事地回答芙蘭的話。

可是這應該是件滿重要的事吧？

『咦？也就是說你隱瞞地下城的情報？』

「沒錯。吾先聲明，報告發現地下城可不是義務喔。由於有導致災害的危險性，一般是建議提出報告，但知情不報也不犯法，至少在這個國家是如此。」

「第一次聽到。」

「不過提出報告可以領到鉅額獎金，所以大多數人都會報告就是了。再說，那座地下城的位置正確來說不在這個國家，應該說不屬於任何一個國家，因此也沒有報告的義務。」

「不在任何地方？」

『什麼意思？』

不屬於任何國家的位置？

是國家之間的緩衝地帶，或是類似的地點嗎？

總覺得只嗅得到麻煩事的氣息。

「呼呼呼，你們很猶豫吧。」

『可以告訴我們地方在哪嗎？』

「別急，稍安勿躁。一下子就告訴你們豈不是沒意思？」

不會，立刻告訴我們完全沒關係。

「那麼，且讓吾從發現那座地下城的經過開始說起！你們安靜聽著！」

「嗯。」

『麻煩長話短說。』

「辦不到！」

就這樣，讓恩穿插一些多餘的比手畫腳，開始娓娓道來：

「事情發生在大約十年前！當時這個地區頻頻接到不死者出沒的報告。不知為何，不死者的出現率變得高於其他魔獸。」

『哦，不是魔境也會發生這種事啊。』

「唔嗯，這是極其少見的現象。然而，據說附近各個村莊受到不死者侵襲的次數確實越來越多。畢竟冒險者公會也接到過多次調查委託。」

「原來如此。」

「吾原本是為了登上死靈術師的更高境界，而來到這個地區進行調查。然後，吾腳踏實地長期進行研究，不時叱責險些意志消沉的心，嘔心瀝血地努力不懈！」

「哦──」

讓恩有如舞台演員般手舞足蹈，講得熱血激昂。芙蘭，不用拍手沒關係啦！

「結果，吾有了大發現──此地有幾處奇異的魔力積存處！呼哈哈！厲害吧！」

「魔力積存處？」

「唔嗯，就是自然界的魔力因為種種因素而積存於一處的現象。而魔獸就像這樣，從淤積的魔力積存處誕生。」

「哦。」

「只是，吾發現的魔力積存處，打從一開始就附加了類似死靈魔術的屬性。當然，並不是沒有屬性傾於某方的魔力積存處。像是火山等火屬性強的場所的魔力積存處容易生出火屬性魔獸，海洋則容易生出水屬性魔獸。」

「風大的地方，就會有風屬性的魔獸？」

「哎，算是吧。大概只有邪人的誕生機制尚不明朗，所謂的邪屬性也還有很多不明之處。有種說法認為邪神的封印地近旁會湧出邪人，實際上，這附近的確完全不會出現邪人。為何邪人的出現地點會集中在某處？有人認為這跟位於各地的邪神封印地有關，吾也認同這樣的解釋。」

咦？真的假的？亞壘沙周邊地區一堆邪人耶，之前魔狼平原也有相當多的哥布林或半獸人。意思是說那附近封印著邪神嗎？被他這樣一講很嚇人耶。

可是如果這種說法正確，豈不是可以找到邪神的封印地點？只要往邪人較多的方向走，中心地帶很有可能就封印著邪神嘛。

「實際上，也有人這樣找到過封印地點喔。你知道人稱邪惡種或黑種的特別個體嗎？」

『喔，我有看過邪惡哥布林。』

「據推測在邪人當中還有所謂的邪惡種，受到邪神的加護。換言之，可以說那種傢伙數量越多，就越接近邪神封印處。傳聞有個冒險者注意到這點，而成功找出了封印地點。」

『後來怎麼樣了？』

「不怎麼樣啊，將地點通知公會，更加嚴密地封鎖周邊地帶就結束了。」

也是啦，就算發現了封印地點，大概也不能怎麼辦。而且據說在神話當中，是眾神將邪神分割後加以封印的。我不認為神明施加的封印會被人類破解。

但是，事情好像沒這麼簡單。讓恩聽我這樣說，搖了搖頭。

「不，過去封印曾有幾次遭人解除。即使有足夠力量壓抑其中封印的邪神，對外來的干涉卻好像沒那麼牢固。」

『咦？可是，那不是神明設的封印嗎？沒有加上一些防禦力量，以免遭人濫用嗎？』

「似乎是有張開結界不讓邪人亂碰，但吾聽說過它對人類沒有什麼防禦機制。」

「為什麼？」

「妳想想，神都跟人類說不許碰了喔，這樣不就夠了嗎？」

也就是說，眾神絲毫沒想到人類會違反自己的命令嗎？

再怎麼說也太沒防人之心了吧？難道都沒想到可能遭人濫用嗎？好吧，這個世界的神明比我想像中更受到人族信仰，影響力想必很大，大到不曾想到說過的話會有人違背。

但是人這種生物就是會迷惘，會因為一點小原因而鬼迷心竅。實際上聽讓恩所說，似乎就有人解除過封印。

「這就表示諸神比人類想像中更看得起吾等吧。」

畢竟是神明嘛，不像我們會計較小事，或者該說也許思維方式根本上就跟我們不同。

『可是啊，既然邪人會誕生，不就表示邪神的力量什麼的外洩了嗎？』

「有這個可能，但吾也不清楚，這並非吾的專業領域。邪人不會在此地誕生，因此吾也無從驗證。」

「一隻都沒有嗎？」

「唔嗯，沒看過，畢竟大半都是不死者。」

對喔，一開始就是在講這個。

『你剛才說發現了死靈屬性的魔力積存處嘛。』

「唔嗯，為了解決此地的異常狀況，吾長年持續觀測，做出了如此結論。」

「就是死靈屬性較強的魔力積存處，會生出不死者？」

可是，如果死靈屬性的魔力積存處出現是自然現象，那怎麼有辦法解決？還是說有什麼原因嗎？例如古代曾為戰場，或是多年以前有過刑場之類的設施？

「沒錯，但是呢，這點就很奇怪。」

『怎麼說？』

「這裡就只是個平原喔。吾查過自古至今的資料，但這裡既非古戰場遺跡，也沒有地下墓穴。」

原來我想到的可能性，他早就查過了。

「吾還查過地脈或植被，但可以說完全找不到能夠加強死靈屬性的主要因素。那麼為什麼會產生附加死靈屬性的魔力積存處？」

「嗯──？」

『不懂耶？』

問我我問誰。讓恩都不知道了，我們一下子哪想得到答案。

「那麼，你們認為可能有哪些因素？」

讓恩不知怎地忽然站起來，開始走來走去了。手腳比劃得也越來越大，情緒興奮過頭了。

「有人故意這麼做。」

「唔嗯！吾剛開始也這麼想過。例如可能是北方的雷鐸斯王國或貝里昂斯王國軍事作戰的一個環節。」

『聽你這種語氣，難道不是嗎？』

「真要說起來，以人工方式製作魔力積存處，甚至還要附加屬性，是不可能辦到的。吾想，應該有很多人研究，但不曾聽說有人成功。」

「原來如此。」

「接著，吾調查了一下這些魔力積存處有無任何共通點。最後，吾發現了一件事！」

讓恩猛地轉過頭來，犀利地指向我們。感覺有點像偵探公布推理內容時的動作。

「一件事？」

「沒錯。吾先問一下，你們知道有個浮游島在這附近迴繞嗎？不，吾想你們應該知道吧？因為那似乎就是你們掉進這處研究所來的原因。」

豈止知道，都親眼看到了。

「這附近不時會有墜落物品從浮游島上掉下來，有時是生長在浮游島上面的植物，有時是岩石，每次各有不同。」

『聽你這種語氣，難道那些墜落物品就是不死者誕生的原因？』

「……你這傢伙真是……唉，對啦。死靈屬性的魔力積存處，與浮游島墜落物品的墜落位置正好一致。」

哇啊——我先講出結論，他就一下沒勁了，肯定是很想自己公布答案吧。他立刻坐回椅子上，講話口吻變得淡然無味。這樣也挺煩人的耶。

「所以吾覺得浮游島有問題，上去一看，經過一些有的沒的狀況，最後就發現了地下城。」

完全失去幹勁了！

好吧，這樣也比較安靜。

『墜落物品怎麼會具有死靈屬性？』

「因為那座地下城是不死者的地下城。可能因為如此，整座浮游島都籠罩在死靈屬性之中，因此墜落物品也附著了死靈屬性。」

『該不會那個跑來襲擊我們的骸骨騎士是……』

「唔嗯，想必是地下城的魔獸了。」

想不到已經跟地下城扯上關係了，真驚訝。

「其他浮游島也都是地下城嗎？」

這點我也很好奇。假如這世界空中飄浮的浮游島全是地下城，那世界豈不是面臨了滿大的危機嗎？不會受到任何人攻略，總有一天會引發大規模的亂竄災難。

「也不是。可能是空中出現的地下城魔核跟附近浮游島產生併攏，也可能是浮游島內部偶然出現了地下城魔核，總之就吾所知，浮游島型的地下城只有那一座。」

地下城魔核原來不只在大地之上，連在那種地方也會出現啊。空中生出的魔核不會掉下來摔碎嗎？就算說魔核有受到障壁保護，從高空掉下來恐怕不會完好如初。我是這麼以為的，但魔核似乎是遠超過我想像的存在。

「不會發生這種事。地下城魔核似乎受到不可思議的力量影響，除非有特殊原因，否則不會離開生出的地點。若是在空中就會維持飄浮狀態，即使在海裡也不會被水沖走。」

「特殊原因？」

「例如像這次，魔核存在於會移動的浮游島內部。根據古老紀錄，似乎曾經有個超巨大魔像內部出現地下城魔核，而形成了移動地下城。為什麼這種情況會成為例外，就不得而知了。」

不愧是混沌神親手造出的神奇物體，謎團還多的是呢。

「你是怎麼去浮游島的？」

「如吾這般高強的魔術師，方法多的是。」

『浮游島不屬於任何國家嗎？』

剛才他有這樣說過吧？不是屬於我們現在身處的克蘭澤爾王國管轄嗎？

「那座浮游島的迴繞路線稍稍橫跨了雷鐸斯王國與貝里昂斯王國，使得各國都在爭奪所有權，因此目前還不屬於任何一國。但也因為如此，各國也都無法派出登陸部隊，使得地下城的存在尚未曝光。」

也就是說假如強行登陸，有可能遭指控侵犯領土而演變成戰爭嘍。

「原來如此。」

「但真是個棘手問題。地下城雖然危險，卻也是隻金雞母。一旦知道對地表危險性較少的浮游島有地下城，他們一定會千方百計要搶，甚至不惜展開軍事行動。」

『我們可以擅自去那種地方嗎？』

「別被抓到就沒事啦。」

也就是說被抓到就慘了？

喂喂，火藥味越來越重了喔。

「好了，吾再問你們一次，願意接受委託嗎？內容是與吾一同前往浮游島地下城，於內部進行探索。」

『你打算探索到什麼程度？是要徹底攻略，還是有其他目的？』

「當然，目標是徹底攻略。只要吾攻略完成使得地下城消滅，就能消除國家之間的火種。」

的確，只要破壞地下城魔核消滅地下城，國際間也不會為此開戰了。

咦？其實他人還不錯？怎麼可能——

「不過，如果看狀況有困難，就捕獲一種魔獸返回地表。」

『捕獲魔獸？』

「哪種？」

「那種魔獸稱為死靈吞食魔，雖為不死者卻會吃不死者，是威脅度B的魔獸。這次探索就算無法攻略完成，只要讓死靈吞食魔成為屬下，對今後攻略將大有幫助。」

『威脅度B啊。』

「吾本來打算以死靈草製成招魂藥水進行攻略，但你們這樣的高手如果願意幫忙，比使用藥水更有保障。」

嗯——怎麼辦才好呢？危險還是很危險，只是似乎有值得冒險的價值。況且能去浮游島實在很吸引人。

『怎麼辦？』

就是啊，我也想去。而且那是沒人碰過的地下城對吧？

（我想去地下城。）

（而且還可以雪恥。）

『的確，跟那隻臭骷髏還沒分出高下呢。』

（嗷嗷！）

『小漆也想打一場啊。』

如果跟讓恩一起去，說不定有機會可以向那個骸骨騎士報仇。

跟芙蘭暫時商量了一下後，我們決定接受委託。

「是嗎！那麼請你們多關照了！呼哈哈哈哈哈！事情變得越來越有趣了！」

「嗯。」

『我們才要請你多關照，我們也很感謝能夠去浮游島。』

「這事就交給我吧。那麼，就再重新自我介紹吧！吾名為讓恩．杜比，乃是於黑暗中蠢蠢欲動的不死者們之主，更是俯臨睿智深淵之人！」

總之就是死靈術師兼研究者吧？很遺憾地，我好像越來越習慣讓恩的言行舉止了。

「我叫芙蘭，黑貓族，喜歡吃咖哩跟鬆餅。這隻是小漆。」

「嗷！」

「黑暗野狼啊，吾是第一次看到呢。假如經過不死化，似乎能成為很好的部下吶。」

「嗷嗚……」

「不准。」

讓恩的眼神是認真的耶。小漆也嚇壞了，夾著尾巴縮成一團。

「哈哈哈哈哈。」

『一句騙妳的或開玩笑的都沒有是吧，拜託別這樣好嗎？』

「放心吧，一滴血都不會浪費。」

『就叫你別這樣了！好吧，算了。我是智能武器，芙蘭幫我取的名字是師父。』

「哦哦，名字叫師父？」

啊，要這傢伙察言觀色可能有點困難？

要是他有任何嘲笑芙蘭命名品味的行為，芙蘭會不高興——

「挺搞怪的一個名字嘛！不錯啊！我喜歡！」

幸好他是個怪人。

「那麼，請多指教了。」

「嗯。」
兩人用力握手。
只是關於委託的酬勞，我們談判了一下，希望能稍作更改。
「酬勞再少一點也沒關係。」
「哦？」
『取而代之地，我們想要魔石。』
「魔石？意思是希望我用實物支付嗎？」
『對，不方便嗎？』
「哎，是無所謂，不過你們要用來做什麼？」
『呃——這個嘛……』
果然會問到這個啊。
話雖如此，連這都告訴他似乎不太好。
「唔嗯……原來如此，原來如此。」
讓恩突然把臉移過來，湊近支支吾吾的我。不知為何，他一直盯著我瞧！
『咦？幹嘛啊？』
「魔石值啊……」
『！』
「你莫非是能將魔石轉換為力量嗎？」

一語被他道破了！這怎麼回事？

「你怎麼會知道？」

「呵呵呵，碰上吾的魂魄眼，什麼都瞞不過！你們想要魔石，師父小弟有著魔石值這種神祕的能力值；從這兩點只能導出一個答案。」

哇啊——洞察力這麼優秀幹嘛！完全被看穿了！真要說的話，鑑定連這種地方都看得見喔？我太小看這傢伙的魂魄眼了！

「哼哼哼，看來被吾說中了吧？狀態變成焦躁了喔。」

『連、連這都看得見？』

「呼哈哈哈，開玩笑的！不過，看來被吾猜中了！」

上當了！完全中了他的套話！

「嗷嗚……」

小漆，不要用那種「你看看你」的眼神看我！你也沒好到哪去，想法都寫在臉上了！明明是頭狼，表情還這麼豐富！看我怎麼對付你！

「啊嗚！」

哼哼哼，我用念動逆著摸你背上的毛了！是不是一陣發毛啊！

——不好，我可能被讓恩帶壞了。應該不至於對芙蘭的教育產生壞影響吧？她如果笑聲變成呼哈哈哈，我可能會宰了讓恩。

「不過，能吞噬魔石的魔劍啊，真有意思。而且……莫非不只魔力，連技能也能夠獲得？」

『！』
喂喂，他怎麼會知道啊？我已經連驚訝的叫聲都發不出來了。反而很想問問他是怎麼知道的，以作為參考。
『你怎麼會知道這麼多……？』
「猜中了嗎？哈哈哈哈，不愧是吾！」
『真沒想到會被看穿。』
「好驚訝。」
「這有什麼，簡單得很。首先著眼點在於你們的技能，同樣的技能太多了。然後是師父小弟擁有技能共享。換言之，由此可以推測你擁有的技能，能夠跟她分享。」
『原來如此。』
「這就表示這些技能是屬於師父小弟的。但就算是傳說級的存在，難道就能擁有如此豐富多彩的技能嗎？也就是說，可以推測出你能夠以某種方式增加技能。」
全部都被他看穿了，真是大意不得。
「還有技能搭配也有點奇怪。由此可以推測，你並不是以正常方式讓技能成長。」
『咦？技能搭配不正常？』
「什麼意思？」
「你們自己沒注意到嗎？例如暗黑魔術好了。」
他說一般而言，要取得暗黑魔術，必須將闇魔術的等級升到最高。

然而我們的闇魔術只有2級，當然會啟人疑竇了。

其他還有不具有再生技能卻有瞬間再生等等，技能搭配越看就越有問題。

「由此可以推測，你是以某種不尋常的手段取得技能。吾有想過可能是以技能掠奪搶到的，但還是有點不對勁。」

好完美的推理！呃不，只要有點知識與洞察力，或許很容易就能看穿？如果是這樣，今後我們得繼續提防擁有魔眼技能的人了。

好吧，被看穿就沒辦法了。我們決定把事情全部告訴讓恩。

然後我們試著拜託讓恩幫助我吸收魔石。我們幫他進行探索，讓恩則幫我收集魔石。

讓恩一聽，情緒亢奮地叫道：「吾答應！」

「哈哈哈，很好，想必很有樂趣！換言之，只要哪隻魔獸擁有你們沒有的技能，就將魔石弄到手，給師父小弟吸收就行了吧？」

「嗯。」

「有吾提供助力，你們儘管放一百二十個心吧！哼哈哈哈哈！」

雖然是個煩人的怪人，但身為死靈術師的本領應該是真材實料。接下來要前往的是不死者的地下城，有讓恩的幫助，期待感增加了好幾倍。

「再說了，吾知道有種魔獸擁有正適合你們的技能喔。」

「正適合我們？」

「嗷嗚？」

「唔嗯，由於此乃死靈系的魔獸，因此接下來要前往的浮游島上也很可能找得到。」

『是喔，是叫什麼魔獸？』

「你們知道有種威脅度E的死靈魔獸叫擬態靈嗎？」

「不知道。」

芙蘭輕輕搖頭，小漆也一樣輕輕搖著頭。我也沒聽說過。

「此種魔獸正如其名，會擬態變成牆壁，襲擊靠近之人。不過能力不是很強，只要提防偷襲就不會有事。」

『這種叫作擬態靈的魔獸，擁有什麼樣的技能？』

「正如擬態靈之名，擁有擬態技能。此外還有一種有趣的技能，稱為鑑定妨害。」

他說鑑定妨害正如其名，是妨礙鑑定技能的技能。不同於鑑定遮蔽，純粹只是減弱鑑定的效果，但等級上升後據說能使初級鑑定失效。

『呃，可是我們有鑑定遮蔽耶。』

「鑑定妨害是比較好的技能嗎？」

「不，非也！到目前為止只是前言！」

『喂，那你幹嘛這樣吊人胃口！』

「因為吾想講！」

「……」

他就是這種人。

「別急別急，兩件事也不是毫無關係。」

他說擬態靈當中混雜了名為偽裝靈的高等種魔獸，這種魔獸的威脅度為D，似乎還滿強的。由於很難跟擬態靈做分辨，假如夾雜在群體當中好像會很棘手。

「而這種偽裝靈，正是我要推薦給你們的魔獸！」

「為什麼？」

「唔嗯，此種魔獸正如其名，擁有名為鑑定偽裝的獨有技能！這項技能不只是抵擋鑑定，而是能夠隨意顯示錯誤情報！」

『也就是說，還可以故意讓對方鑑定到比較弱的能力值？』

「沒錯，這才是這項技能的可怕之處。就某種層面而言，可說比遮蔽更棘手。」

鑑定遮蔽是抵擋對手鑑定的技能。換句話說，對方得到的結果就只是遭受到鑑定遮蔽妨害而沒能獲得情報。這樣對我方仍然會抱持著戒心。

但換作是鑑定偽裝呢？對方得到假的情報，比較不容易認為鑑定遭到了阻擋。而如果對方採信了得到的情報，戰鬥時也比較有利。換句話說在展開情報戰時，我方能夠更占優勢。

「不只如此，還能與鑑定遮蔽搭配使用喔。如此將能完美進行遮蔽，並讓對手採信完全虛假的情報！吾想這會是非常可怕的組合。」

「的確。」

「而且鑑定偽裝是獨有技能，對層級相等的魂魄眼等技能也有效喔。只要有了它，大多數的魔眼類技能想必都能抵禦！」

「我想要。」

『是啊，絕對要弄到手。』

我們正好在煩惱有什麼辦法可以抵禦魔眼呢。

「呼哈哈哈哈，包在吾身上。吾在前次探索已經掌握到擬態靈的出現區域啦！」

「哦──好厲害。」

『不愧是冥導師大爺！好可靠！』

「嗷嗷嗷！」

「哈哈哈！別這麼誠實嘛！我會害臊的！」

不不，我們是真的對你寄予期待喔！

還有，讓恩搞不好還滿好騙的，他好像是真的在害臊。明明那麼喜歡老王賣瓜，卻好像不習慣受人稱讚。

『呀──好帥喔！』

「帥喔──」

「嗷嗚──」

「呼哈──哈哈哈哈！」

被我們捧上了天，讓恩更加挺起了胸膛開始高聲大笑。

# 第五章　浮游島的激鬥

決定接下讓恩的委託後過了一晚，翌日。

昨天晚上讓恩讓我們在研究所過夜，然而……

哎呀——除了剛轉生的那段時期，我從沒度過這麼心驚肉跳的夜晚。那時我總是被經過祭壇旁邊的動物氣息嚇到，昨晚還真讓我回想起了那時的心情。

不時會聽見謎樣的呻吟，地下又會響起謎樣的爆炸聲，房外還有非人類經過的氣息。真佩服芙蘭能在這種地方睡覺！很高興她這麼百毒不侵。

早餐是紫色的荷包蛋與墨綠色的湯，還有半生不熟的謎樣肉類，以及類似牛奶的深藍色飲料。小漆也得到了謎樣肉類與藍色牛奶的招待。牠一邊喝著藍色牛奶，把自己嘴邊的毛弄得一片藍。我讓芙蘭把舌頭伸出來一看，都染成紫色了。

味道似乎不錯反而讓人害怕。

雖然沒造成什麼異常狀態，但真的沒事嗎？害我向芙蘭還有小漆確認了差不多五次。

「這邊請。」

吃過早餐後，貝納多帶我們來到通往自稱研究所的地下二樓的階梯。

呃，走到地下一看，只見設備相當齊全。這樣說是自稱太失禮了。

「你們似乎被吾之研究所的真正面貌嚇到了?」

『是啊,真的很驚人。』

「很帥。」

「嗷嗚。」

中央地板上描繪著巨大魔法陣,牆上掛著鐮刀或法杖等道具。燒瓶或乳缽等器具擺得雜亂無序,水甕或籃子裡露出色彩濃豔的藥草或礦石,詭異液體在大釜裡咕嘟咕嘟地煮滾著。

不錯嘛!與其說是研究所,感覺比較像鍊金工房。

氣氛就像邪惡死靈術師的祕密研究室。

真想到處亂弄看看!例如那個像把燒瓶倒著放的裝置,或是彩虹色的恐怖粉末,不知道有什麼用途?光看就興奮起來了。

這時,芙蘭輕輕抽動鼻子,視線朝向了一扇門。

「那邊是?」

「好奇嗎?」

「有血腥味。」

「哈哈哈,不愧是獸人族,嗅覺似乎很靈啊。那邊是屍體的保管室,保管著品質優良的屍體!那邊是收藏危險藥品等等的保管庫,那邊是用來進行危險實驗的強化壁房間。前兩天吾才差點丟掉性命呢!」

什麼屍體的保管室,聽起來有夠恐怖,不愧是死靈術師。話說回來,差點丟掉性命?我們不會怎樣吧？

「那就來做準備吧。你們有次元收納，想必可以帶各種道具過去吧？」

「嗯。」

「那麼，就麻煩你們搬運吾所準備的物資。」

「交給我吧。」

芙蘭表示答應後，讓恩從保管庫拿出了各種各樣的道具。

搬東西是吧。反正應該是攻略地下城不可或缺的物品，要搬多少都行。

「首先是這個跟這個，喔，這個也帶去好了。那個也有必要。等等，這個跟這個也乾脆帶去好了，反正不是吾要搬。貝納多，拿去。唔嗯，那麼那個跟這個——」

貝納多將讓恩指示的物品搬過來，擺放在地板上又離開。轉眼間地板就堆出了一座小山。

『會不會太多了啊？』

從類似藥水的物品到看不懂有什麼用途的器具，種類豐富多變。像是骷髏頭型的嚇人燈具，或是殭屍造型的墜飾，還有一些道具看了都不敢摸。你確定這些是必需物品嗎？

「嗅嗅。」

『不可以，小漆！別聞了，誰知道會感染到什麼！』

「咕嗚……」

真的有種會受詛咒的感覺，不是鬧著玩的。

『沒辦法了，一樣一樣來，我跟芙蘭一人收一半吧。』

「嗯。」
遇到用途或用法不明的東西就問讓恩，我們花了大約一小時，把道具收納完畢。
「這樣就準備齊全了！」
『終於要出發了嗎？』
「總算。」
「唔嗯，跟吾來就是了。」
讓恩帶頭走上階梯，來到研究所的外面。
問題是怎樣才能前往浮游島。
『我說啊，要用什麼方法前往浮游島？』
「傳送？」
「哼哼，吾可是死靈術師喔，才不使用那種俗不可耐的手段！」
這麼說，死靈魔術或冥府魔術當中有飛天法術之類的？
「呼哈哈哈，你們就拭目以待吧！很快就知道了！貝納多！」
「小的在。」
「都準備好了吧？」
「是，都照命令備妥了。這邊請。」
貝納多帶我們前往研究所的後面，那裡繪有一個直徑約十公尺的魔法陣，上面有規律地排列著魔石。

「唔嗯！做得非常好！」

「謝主人。」

「那麼馬上讓你們瞧瞧吾的魔導神髓！看仔細了！」

讓恩如此叫道，雙手在眼前交叉，隨即猛地筆直伸向天空，然後開始朗聲誦唱咒文。

完全是中二病的舉動，卻非常適合現在的讓恩，從旁看著一點都不覺得突兀。

「好帥。」

「嗷！」

嗯——我無法否定。讓恩維持著分我一點元氣吧的那種姿勢持續詠唱咒文，散發幽光的魔力開始在他周圍打轉，感覺就像是魔術師該有的派頭。

「————」

「————」

不過話說回來，還真長啊。詠唱已經持續了差不多三分鐘，都有詠唱縮短技能還要這麼久，再加上這股驚人的魔力，可以看出讓恩正要行使一種相當強大的魔術。

然後，又過了三分鐘。

「————超限・不死者召喚術！」

伴隨著中氣十足的吶喊，魔法陣噴出漆黑的光芒。

黑光薄紗上衝超過十公尺。

我、芙蘭跟小漆的目光，都離不開眼前的光景。

簡直就像大地洶湧噴發黑光噴泉，形成震撼人心的景象。

「哼哈哈哈哈哈！出來吧，吾之僕人！汝名為安迪！」

「吼喔噢噢噢噢噢噢噢！」

『哇啊！那是什麼！』

「好厲害！」

「咕嚕嗚嗚唔唔！」

光芒中有某物在蠢動，雖然被光擋住難以看清，但似乎有某種東西慢慢爬升上來。

然後，看到那個從魔法陣當中匍匐而出的東西，我們發出了驚叫聲。芙蘭兩眼發亮，但小漆露出了極強的戒心。我也有點被嚇到了。

讓恩在儀式結尾召喚出來的，是全長超過十公尺的巨大怪獸骷髏。我想應該是飛龍吧。而且恐怕不是以前我打過的低階飛龍，而是更巨大，更強悍的純正飛龍。

「呼……呼……呼……哼哈哈哈咳呼咳呼！喀哈哈，怎麼樣！厲害吧！咳呼！」

喂喂，都嗆到了啦。看他滿身大汗又氣喘吁吁，想必是真的累壞了。

不過，我能體會讓恩想炫耀的心情。讓恩叫出的骷髏飛龍蘊含的魔力就有這麼強大。最重要的是看起來很帥。

名稱：安迪（骷髏飛龍・超限）

種族：死靈・魔獸

狀態：怨靈、結契、弱點緩和
Lv：30
生命：1034　魔力：433　臂力：539　敏捷：431
技能：威嚇6、隱密3、鑑定妨害3、恐慌6、再生10、魔力障壁5、毒素無效、猛毒牙

能力值遠遠高於低階飛龍。

『超限？』

剛才讓恩使用的魔術也是，記得叫作超限・不死者召喚術。不知兩者之間有何關聯。

「唔嗯，是法術的效果。」

好像是冥府魔術5級能學會的法術。那豈不是超高階的法術嗎！效果也相當驚人。

以這種法術召喚的不死者，生命、魔力、臂力與敏捷將會大幅增加，並附加弱點緩和狀態以及再生技能等級上升，具備超乎常規的性能。只是相對地，召喚的不死者似乎經過二十四小時就會消失得了無痕跡，但即使如此還是很強。

「小漆小弟要不要也試試？」

『你說試試……是要怎麼試？』

「這有什麼，簡單得很。只要讓牠很快在這裡死個一下——」

『夠了，我們拒絕！』

「咕嗚嗚！」

你又嚇到小漆了啦！請不要好像去便利商店一樣叫人家去死！真是的，死靈術師就是這樣！

「這樣啊，不會痛喔。不過，不願意也沒辦法了。」

『唉，夠了啦，趕快出發就是了。』

還沒出發就累了。

「稍等一下。貝納多！」

「都準備齊全了。」

貝納多帶了三隻長了翅膀的骷髏獸過來，不知道是什麼。大小不到安迪的一半，名稱寫著翔翼虎骷髏。

『那是什麼？』

當成代步工具嗎？只載讓恩跟芙蘭的話，我是覺得安迪就夠了耶。

「不，那些骷髏用來聲東擊西。」

「聲東擊西？」

「唔嗯，如同你們遭到骸骨騎士襲擊過，只要靠近浮游島，守護地下城的魔獸們就會襲擊過來。區區弱小魔獸加以驅散繼續前進就是了，但全部只靠吾等對付也有點累人，對吧？所以說，吾會先放出那些骷髏獸，引開魔獸們的注意。哼哈哈哈哈，儘管為吾的智謀大受感動吧。」

原來如此，聲東擊西的確是不錯的作戰。

雖然很容易被讓恩那些蠢笨言行騙倒，其實他完全是走知性路線。

目送翔翼虎骷髏們出發後，讓恩開始爬到安迪身上。

「妳也坐到安迪身上來吧。」

「嗯。」

「可以抓的地方多的是，隨妳高興吧。」

哎，畢竟是骷髏嘛。芙蘭占據了翅膀之間的位置，緊緊握住脊梁骨。小漆回到影子裡了。讓恩則是坐在脖子上。

「準備好了嗎？」

「嗯。」

「那就出發了。起飛吧，安迪！」

「吼喔喔噢噢————！」

讓恩一聲吆喝之下，飛龍展翅高飛。照常理來想，白骨翅膀不可能飛得動，然而飛龍的巨大身軀無視於重力輕飄飄地浮了起來。大概是什麼魔法的特殊力量效果吧。

「呼哈哈！往不死者的巢穴前進！」

「嗯。」

讓恩叫出的安迪能力不同凡響。

牠輕鬆飛越先前我們用盡全力的高度，迅速飛向更高的地方。而且多虧有魔力障壁，寒冷與風壓也減輕了些，乘坐起來十分舒適。

「好高！」

芙蘭兩眼發亮地俯視著地表。

「呼哈哈哈，活在大地上的人群就像垃圾一樣吧！」
「嗯，垃圾。」
『不可以說垃圾，有其他比較可愛的說法，像是螞蟻什麼的！』
後來我才想到，其實螞蟻也沒好到哪去。
「看到了！」
穿過雲層後，浮游島就在眼前了。
浮游島飄浮在比昨天近多了的位置。
巨大的岩石島嶼，悠然自得地飄浮在蒼空之上。那堂堂威儀完完全全震撼了我們。
『喔喔喔喔喔！超強的——！』
「嗯！」
是天〇之城啊！不妙，我超感動！
安迪就這樣拍動翅膀，飛往浮游島。
看著漸漸接近的浮游島，我正在感動時，再次感覺出昨天也有感覺到的魔力流動。
肆虐的狂風停止了。
『唔！剛才那是……』
「唔嗯，師父小弟也感覺到了嗎？我們終於闖入地下城了！」
「嗯？還沒到地下城。」
「地下城這個名詞，指的是地下城魔核的影響範圍。不管在空中還是何處，地下城魔核魔力所及的範圍就是地下城。」
原來是這樣啊。
所以才會有這麼大量的魔獸是吧。
『魔獸來了！』
「到降落在浮游島上之前，稱為白骨鳥的魔獸會成群來襲！雖然聲東擊西應該減少了些數量，但還是必須跟相當多的數量交戰！」
「有什麼對策嗎？」
「對策？呼哈哈哈哈哈，一群小怪罷了，正面擊碎即可！」
「有道理。」
『哪裡有道理了！那麼大的數量要靠武力突圍，太危險了！』
從浮游島飛往我們這邊的白骨鳥，數量粗估有一百隻以上。
『在行動不自由的空中，要對付那麼多隻不粉身碎骨才怪！』
「呼哈哈哈哈！因為是白骨嘛。」
『不是好嗎——！誰在跟你講冷笑話啊！』
「哈哈哈，開個死靈玩笑罷了！」
這傢伙！信不信我揍你啊！
「說真的，那些傢伙飛得比安迪更快，吾等是逃不掉的。」
『沒有什麼道具或是除靈的結界嗎？』

「把道具用在那種小怪身上太浪費了！而且我雖然有除靈法術，但對安迪也會有影響，所以現在不能用。」

也就是說只能正面突破了？該死！結果還是得來硬的嘛！

「呼哈哈哈！安迪啊！盡情大打大鬧吧！」

「嘎喔喔喔噢噢噢！」

「師父。」

『既然這樣就沒轍了！就打個痛快吧！』

「嗚喔喔噢噢！」

就這樣，我們開始進入與白骨鳥群的戰鬥。

個體來說是G級，但這些骨頭鳥多如牛毛地湧過來，怎麼打都打不完。

即使如此，安迪呼出的吐息、讓恩施展的魔術、芙蘭揮舞的劍刃與運用空中跳躍來回跳動的小漆，仍接二連三打落那些鳥群。

幸好下面是空無一物的平原，可以放心打落這些骨頭鳥。

「——逆轉不死者！」

「——火箭術！」

「嘎嘎喔噢！」

「吼囉喔喔喔噢噢噢！」

我？我在遠離芙蘭的位置飛來飛去。反正都被讓恩看穿，既然這樣就不用保留力量了。

芙蘭現在使用的武器，是之前從古蘭身上搶來的幻輝石魔劍。這把劍是幻影屬性，但似乎也具有些微的光屬性，對死靈非常有效。

讓芙蘭用我以外的劍……嗚嗚……其實我真的很不情願！一百個不情願！

我就像不慎看到男朋友跟自己以外的女生有說有笑的內向系女主角，覺得整顆心都被撕碎了。芙蘭她真是的，竟然用我以外的劍用得那麼高興！是不是對我已經厭倦了呢……

可是，現在不是讓我耍任性的時候，我得忍耐……

所以，我要把這份鬱鬱寡歡的心情，發洩在眼前這些骨頭鳥身上！

『喝啊！看我把你們這些傢伙打成骨粉！上西天去吧——！』

好吧，真要說起來，這個狀況對我來說其實滿賺的。

『好久沒來吃到飽啦！我要吃魔石吃到撐！』

牠們成群來襲，就表示都是擠在一起。我隨便到處飛飛，就能接連不斷地解決獵物了。

『魔石大放送！』

「嘰沙！」

「咻呱！」

『沒用啦！』

白骨鳥們企圖用威嚇技能封住我的動作，但那種低等級的威嚇對我沒用。

『哼哈哈哈哈！乖乖被我吃掉吧！』

我享受了久違的魔石自助餐之樂。

三十分鐘後，我們突破白骨鳥的重圍，接近了浮游島。

在這麼近的距離內觀看，又有種不同的魄力。

「好大喔。」

『總算到了。』

「不，還沒喔。」

『怎麼說？』

「很快你就知道——來了！」

又在賣關子的讓恩指向浮游島那邊。

可以看到一群大型飛行物體往這邊飛來。

「跟安迪一樣？」

「呼哈哈！貌同實異啦！安迪是風飛龍的骷髏，那些傢伙則是低階飛龍！水準可不同！」

試著鑑定看看，就發現牠們雖然比我以前遇過的低階飛龍弱很多，但因為有再生能力，似乎比較難打倒。現在有大約三十隻這種東西飛過來。

而且不只如此。

『哇啊！怎麼了？大砲？』

先是傳來一陣「咚轟——」爆炸聲，接著某種東西以驚人速度飛過我們旁邊。

要是被那直接命中就慘了，得集中注意力才行。

都行。

「那是來自浮游島的砲擊。由於是實彈，可以彈開或擋下。麻煩師父小弟專心進行迎擊！」

大砲的砲彈是吧。不知道這個世界有沒有火藥，但只要有魔術，想引發多少類似的現象大概都行。

『那麼，飛龍們怎麼處理？』

「那邊由吾設法解決！」

「我們呢？」

「芙蘭小妹與小漆小弟對付白骨鳥！還沒完全擺脫牠們！」

「了解。」

「嗷嗚！」

登陸作戰進入後半戰。

砲彈接連發射過來，我有時加以砍碎，有時以魔術迎擊，勉強擋了下來。

但這砲彈數量還真多，想必有很多座大砲。

這次有五枚砲彈幾乎同時當頭落下。

『──閃焰轟擊！』

好險。雖然勉強用魔術與身體衝撞打偏了軌道，但要是慢了幾秒，就會讓一兩枚砲彈長驅直入了。

這次是攔截成功了，但再來個幾次可就不妙。

『讓恩！上次你登陸時，是怎麼抵禦這種砲彈的啊！』

「那時吾有骷髏獅鷲米爾科隨行！在身纏風鎧的吾之從屬面前，砲彈毫無用武之地！因此吾只需從正面光明正大地闖入！」

搞半天還是靠武力嘛！再說他現在沒有召喚，應該表示那種骷髏已經不在了。也許那時是用超限叫出來的。

「啾喔喔喔喔喔！」

該死！這些低階飛龍骷髏煩死人了！

但為了處理掉砲彈風暴，我無法出手幫忙！

這些傢伙速度頗快，連讓恩的攻擊也好像很難直接命中。

雖然只要擊中就能打倒。

咦？這樣下去情況好像會越來越糟？

飛龍企圖咬住芙蘭，安迪用牠的雙顎咬死對手。

真可靠！但低階飛龍骷髏還剩下一半以上。

「謝謝你，安迪。」

「吼喔喔噢！」

只靠安迪的努力，不可能解決得了這麼大的數量。

再生能力漸漸趕不上，安迪身上的傷口越來越多。

『讓恩！說真的，到底該怎麼辦啊！』

「好啦！稍安勿躁！吾正在準備了！」

一看，讓恩正在將魔力注入某種壘球大小的寶珠裡。

那種特殊魔道具結合了死靈系魔獸的魔石，可藉此召喚原本擁有魔石的死靈，據說叫作召喚珠。

我們收進次元收納空間的物資當中，也有幾個同樣的道具。

他是打算召喚某種祕密武器嗎？

「好，準備妥當了。師父小弟、小漆小弟！你們回來！」

『了解。』

「嗷！」

「芙蘭小妹，不管發生什麼事，妳都不要動！聽好了，相信吾！」

「嗯！」

被他這樣說，反而弄得我很不安！真虧芙蘭能那麼坦然地點頭！

「呼哈哈哈，答得好！」

『所以？你打算怎樣？』

「吾打算這樣。安迪！動手！」

「吼噢噢噢噢噢！」

「哇。」

『變形了？』

在讓恩的號令下，安迪的骨頭身體發出咯嘰咯嘰的悶響，歪扭地變形。

肋骨還有胸骨之類隆起後包覆住讓恩與芙蘭，其他骨頭也移動到包覆內部人類的位置。

翅膀同時摺疊起來覆蓋住身體。安迪是用魔力飛動，所以應該不影響飛行。安迪現在的模樣，簡直就像骨頭做成的球體上只長了飛龍的頭蓋骨。

「——即時召喚術！」

我們正為了安迪的變化吃驚時，讓恩進行新的召喚。即時召喚術是能在一定時間內召喚從屬分身的法術，雖然比本體弱上許多，但優點是即使分身死亡也不會影響到本體。

「史萊姆？」

『怎、怎麼搞的！該死——』

「沒事！你們就這樣別動！」

讓恩叫出的，是鮮紅色的史萊姆。

我們差點不假思索地反擊，但讓恩語氣尖銳地加以制止。

然後那隻史萊姆有了動作，將我們包裹起來。

『讓恩？』

「這樣就對了！」

讓恩叫我們維持現狀別動。喂喂，我們不會被融化掉吧？稱作不死黏液怪的史萊姆不死者，完全把安迪與我們一行人包得滴水不漏。

其間砲彈仍猛烈地不斷撞擊在安迪身上，不過牠似乎勉強撐了下來。

但也不知道牠能撐多久。讓恩到底有什麼打算？

「安迪！辛苦你了。」

「吼喔！」
「好了，動手吧！」
讓恩命令之後，安迪一轉身改變了方向。
牠把頭朝向與浮游島相反的方位。
「嘎嘎喔喔喔喔喔噢噢噢噢噢噢噢嗚！」
然後，安迪解放了累積至今的吐息。
驚天動地的光線將半空中染成一片亮白，成群結隊的白骨鳥受到波及，將近三十隻被一擊打倒。無庸置疑地，這是本日以來威力最大的一發攻擊。
安迪在吐息的反作用力下化為彈丸，一面粉碎幾隻飛龍，一面朝著浮游島筆直衝刺。
「呼哈哈哈哈！很好，安迪！一如吾之計畫！」
『好快好快！』
「嗚——」
在驚人的加速下，芙蘭與讓恩似乎承受著強大的G力。芙蘭拚命抓住骨頭撐住。
安迪放出這麼強的光線，自己不會有事嗎？果不其然，安迪的魔力以驚人速度一路減少。
喂，這樣好像很不妙耶？我記得不死者不是魔力用光就會消失嗎？
然而，安迪沒有停止噴出吐息。而我們迅速接近浮游島。
啪哩——！
緊接著，一陣輕微衝擊襲向我們，看來浮游島似乎張開了物理障壁。但碰上現在的安迪，障壁也不具意義了。
就在即將撞上地面的前一刻，讓恩轉頭看向芙蘭，大聲叫道：
「芙蘭小妹，當心別咬到舌頭了！」
「嗯！」
然後——
咚磅磅磅磅轟隆！
「咕唔嗚嗚嗚嗚！」
「啊嗚。」
「咕嗚嗚……」
『喔哇！』
化為砲彈撞上浮游島的安迪，衝撞出一個巨大的隕石坑。
過猛的衝擊力道讓芙蘭鬆開了抓住骨頭的手，在附近碰撞了好幾下。若不是有不死黏液怪為她緩和了衝擊，肯定已經身受重傷了。
原來是為了這個，才特地召喚不死黏液怪的。
然而，畢竟是用自己的身體承受了打出隕石坑的衝擊，不死黏液怪沒過多久就消失了。看來即使是具有物理抗性的史萊姆，也無法讓那股威力完全失效。
而安迪早已失去原形，骨架與魔石都碎成了細末。只能勉強看出骨頭散亂一地，除非是對魔獸知之甚詳的人，否則應該看不出那是飛龍的骨骼。

唯一可供辨識的，大概只有剩約一半的頭蓋骨。

芙蘭等人從安迪的殘骸中爬出來，出言慰勞安迪。事到如今，這是我們唯一能做的。骨骼化為塵土開始消逝。

「安迪，吾不會忘記你的赤膽忠心。」

「謝謝你。」

「嗷！」

『你真厲害。』

「吼喔……」

「最後由吾親手送你最後一程，安祥地永眠吧——升天術。」

「吼——」

讓恩發動法術後，不像死靈魔術會有的和煦光芒從讓恩手中放出。緊接著，安迪的殘骸開始冒出白光。安迪的身體就這樣開始失去實體，伴著光芒逐漸升向天際。

好美的光景啊。

「掰掰。」

芙蘭仰望著那陣光芒，直到最後都在揮手。

多虧安迪的幫忙，我們登上了浮游島，過了兩小時。

「看到了！那裡就是通往地下城內部的入口！」

我們穿過殭屍與骷髏徘徊的森林，抵達了一處宛如遺跡的場所。

至於在森林裡的戰鬥，老實講，沒什麼值得一提的地方。

敵人都是些低等魔獸，也沒聰明到懂得消除氣息。除了數量很多之外，沒什麼能構成威脅的要素。好吧，還是硬要講點什麼的話，大概就是能吸收魔石，賺翻了吧。

雖然盡是些小怪，不過數量很多，所以吸收到了不少魔石。

讓恩指著的方向，有著小型遺跡並排齊列。

藤蔓與苔蘚等等淹沒了石造遺跡，能夠想像自建造完成以來，必定經過了相當漫長的年月。這片風景讓我想起我剛轉生過來時刺著的那座祭壇周圍，也有祠堂般的一些遺跡。不過這裡的看起來比較像居住處所。

在這看似居住遺址的遺跡群中央，有座通往地下的階梯。

「就是這裡。上次吾為了找出這裡消耗了大量體力，但這次還多的是餘力！呵呵呵，探索必能大有進展！」

『有什麼要注意的地方嗎？有滿可怕的陷阱對吧？昨天晚上你好像說有什麼祕招。』

「開路就交給吾吧，你們專心戰鬥即可。」

「知道了。」

「嗷嗷！」

「那麼，可以請妳拿出一號召喚珠嗎？」

「嗯，這個？」

芙蘭從次元收納空間取出寫著一號數字的召喚珠。

「唔嗯，稍候片刻———」

讓恩再次拿起召喚珠，開始了詠唱。

「———高等．不死者召喚術！」

這種法術雖然魔力消耗量更多，但能強化召喚出的死靈。

召喚出來的是個人型死靈魔獸，外觀就像隻乾淨的殭屍？還是膚色紅潤的木乃伊？大概就那種感覺。遠遠看上去，也許會看成一個有點消瘦的褐色肌膚人類，而且還穿著時髦添加赤紅反差色的整潔服裝。

「其名為塞爾坎！」

「叭。」

名稱：塞爾坎（改造亡魂）
種族：死靈．魔獸
狀態：結契、死靈
Lv：14
生命：69　魔力：165　臂力：33　敏捷：56
技能：再生10、瞬間再生4、陷阱解除5、陷阱感知4、靈巧、再生強化

「嘿嘿，我為了這天反覆改良改造不死者的法術，完成了這個特製僕役！」

完全是個專門引路的魔獸，看樣子是犧牲了戰鬥力，但再生力不是蓋的，能夠找出陷阱加以解除，同時如果解除不了，就用自己的身體充當肉盾承受陷阱。嗯——又方便又可憐。

「呼哈哈哈，我們走。塞爾坎，帶路！」

「叭！」

我們由塞爾坎帶頭闖入地下城。

塞爾坎非常有用，幾乎所有陷阱都是塞爾坎解除，或是啟動使之失效。

「叭！」

匡啷砰！

啊，天花板降下的長槍把他刺穿了！是因為無法解除，所以故意中陷阱使其失效。塞爾坎立刻得到再生，若無其事地往前走。

再生所需的魔力似乎有讓恩做補給，所以也不用擔心力盡倒地。

而且讓恩似乎讓塞爾坎記住了以前探索時的情報，都沒迷路。

真是能幹。

我們幾乎一路沒停步，順暢無阻地進行探索。

不時出現的殭屍則由我攻擊，還沒接近芙蘭他們就被我打倒了。

『真順利。』

「是啊，到目前為止是這樣。」

這說法感覺就話中有話。
『什麼意思啊？』
「上回我在這前面的大房間用盡物資，就折返了。因此前面有什麼我不知道。」
「大房間裡有什麼？」
「是間怪物房，裡面還會出現中級魔獸。」
他說穿過那個大房間後，好像還有通往地下的階梯。
前進速度想必會慢很多。而且不能保證不會有新陷阱或地下城機關，也不知道會出現多強的魔獸。
不過得先攻略讓恩說形成怪物房的大房間。
『那麼，用魔術先發制人吧。』
「嗯。」
「嗷嗚！」
於是一場殲滅開始了。
『三角爆炸！』
「火焰標槍。」
「地獄暴風！」
「嗷嗷嗚！」
我們衝進房間裡施展的第一波魔術，應該打倒了大約三十隻魔獸。即使如此，房間裡還剩下五十隻以上。

而且不只如此，還有更多死靈從魔法陣接連湧出。

其中夾雜了裝備著武器與鎧甲的殭屍士兵、骷髏戰士與鎧甲食屍鬼等中級魔獸。死靈魔獸原本就很耐打，穿起鎧甲後更是能撐。

『我們上！』

「嗯！」

「咕嚕！」

但還是敵不過我們啦。不如說沒有陷阱的怪物房，對芙蘭來說反而容易戰鬥。而且火焰魔術對死靈們很有效。

大約二十分鐘後，我們就把所有死靈都變回屍體了。

「呼哈哈哈，打得漂亮！」

『這點程度的對手還行啦。』

「嗯，輕鬆獲勝。」

「嚼嚼。」

小漆還是老樣子。

殭屍的肉吃了不會壞肚子嗎？應該說那好吃嗎？呃不，聽說什麼東西都是快臭掉時最好吃，說不定……？而且看起來有一點點像肉乾。不不，太扯了啦。算了，小漆吃了覺得好吃就好。

「那麼，在這裡休息一下吧。」

我們把讓恩要的魔道具從次元收納空間拿出來給他。看起來只是塊石頭，但裡面好像灌注了淨化魔術。說是只要搭配使用這塊淨化之石與讓恩的死靈魔術，就能做出低級死靈一靠近就會蒙主寵召的淨化結界。

我們決定在結界中休息個一小時。

順便又決定把飯也吃一吃，於是在芙蘭的要求下，我幫她拿出咖哩。

「嗯，沒得比。」

『真佩服妳都吃不膩。』

兩天就有一餐是吃咖哩，芙蘭卻每次都讚不絕口。直直豎立的尾巴證明了她沒在說謊。

我也請讓恩吃了咖哩，他似乎非常喜歡，還多吃了兩份。一身邪惡系死靈術師打扮的讓恩一語不發地把咖哩扒進嘴裡的模樣有夠無厘頭。

「唔——」

芙蘭也是，別這樣瞪人家！還有很多！不過是一兩份咖哩，就大方點請人家吃嘛。真是的，我們家兩個小朋友一講到吃就突然變得好有攻擊性。

讓恩把骷髏蜥蜴的大腿骨給了小漆。小漆咔咔啃著有咬勁的骨頭，也一副心滿意足的樣子。

休息時間大家都很閒，所以我們請讓恩教我們一些死靈魔術的事。

阿曼達那時候我就想過，比起自己查資料，問熟門熟路的人可以知道得更清楚。

「哼哈哈哈哈，這種積極而貪婪的求知態度，我喜歡！好，有什麼問題儘管問！」

讓恩是研究者，我也覺得大概問什麼他都會告訴我們，但……他連我們沒問的事情都說出來了，原來是愛跟人秀知識的那類人。

結果我們得到了許多關於死靈魔術的詳細知識。

特別讓我感到驚訝的，是關於靈魂的概念。我原本以為死靈魔術是操縱死者的靈魂，或是讓靈魂附身在屍體上操縱的法術，結果不然。

這個世界裡的靈魂，好像不是他人能任意操縱的，而是只有神明才能觸碰。讓恩說凡是生物死後靈魂都會踏上旅程，前往冥界神的跟前。

就是因為明白這點，這個世界的人民對死靈魔術才會抱持寬容態度。這樣講雖然不太好聽，總之屍體就是靈魂離開後的空殼，不像靈魂那樣受到重視。當然，不是所有人都這麼認為啦。

至少死靈魔術似乎並未被視為妨礙死者安息，或是玩弄死者靈魂的所謂邪法。

死靈魔術中的創造不死者，是用魔力仿擬魂魄，注入死者肉體加以操縱的法術。以我的觀感而言與其說是不死者，似乎倒比較接近魔像。死靈術師使用法術，能夠活用肉體殘留的魔力或記憶，生產出保留生前能力或技能的優質不死者，而這會給人生前靈魂尚在的錯覺。

自然產生的不死者，似乎有魔力凝固而成的魔石發揮這種模擬魂魄的作用。因此即使是野生不死者，也不會留有靈魂。

不過也有例外，就是像安迪那種怨靈系的不死者。

生物死亡時，會心生不想死、還不能死等等的妄執。那就像是熄滅前的蠟燭一樣，會產生平常無法想像的強大力量。哎，大概就類似在火災現場爆發的蠻力吧。

這種力量有時似乎會造成本該前往冥界的靈魂有一部分遺留於現世。而灌注了妄執之力的靈魂碎片會與魔石相結合，化為力量強大的怨靈。

因此死靈術師役使怨靈，一般而言是受到鼓勵的行為。因為他們在死靈術師的役使下會得到淨化，而得以升天。對於懷抱著愛恨情仇而痛苦地徘徊人世的怨靈而言，可以稱為一種救贖。而死靈術師役使一隻怨靈，也就如同危害人間的怨靈減少一隻。據說其中甚至有人為了淨化怨靈令其升天而周遊各國。

「不過嘛，吾沒那麼爛好人就是了。吾讓他們升天，相對地要他們借吾力量，就是所謂的互惠關係。咯咯咯，拿來當棄子還能受到感謝，真是笑死人了！」

『嘴上這樣講，還不是替安迪用了升天術？』

讓恩最後替安迪使用的升天術，是能夠消解死靈的怨念，幫助靈魂碎片升天的的法術。這是冥府魔術中的代表性知名魔術，我們在冒險者公會資料室查閱的資料也有記載。

雖然程度不高，但干涉靈魂的法術就是會消耗龐大魔力，據說視淨化的怨念強弱，甚至可能削減施術者的壽命。實際上我們登陸之後有好一段時間，讓恩都無法出力參戰。那時候放著不管安迪也會消失，應該沒必要勉強使用升天術才對。然而，讓恩卻特地使用了升天術。

「……哼，因為吾能做的也就那點小事了。雖然期間短暫，但安迪忠心耿耿地為吾效命，這只是給牠的一點餞別。你、你們有意見嗎？」

「沒有，做得好。」

『當然沒有意見了。』

「嗷！」

「是、是嗎？」

總覺得氣氛變得好傷感啊，但讓恩似乎對於自己造成這種氣氛而覺得難為情，耳朵都紅了。

然後，他為了改變話題，拉大了原本就夠大的嗓門，開始談起今後的計畫。

「呼、呼哈哈！那麼，再來就是第二層了！」

好吧，現在就先配合讓恩好了。

『你完全沒有關於下個樓層的情報嗎？』

「唔嗯，沒有！」

這有什麼好了不起的？

「不過，放心吧，吾有妙計！」

「什麼妙計？」

「就是這個！」

讓恩回答芙蘭後拿出來的，是看過好幾次的那個召喚珠。

大概是準備了像塞爾坎那樣特別的魔獸吧，真讓人期待。

『裡面有什麼？』

「看就知道了！呵呵呵，你們稍微離遠一點！」

於是，讓恩再次開始吟唱召喚咒文。

「——高等．不死者召喚術！」

讓恩的不死者召喚已經有點看習慣了。

然後，從魔石中現身的——是什麼啊？霧氣？蒸氣？該怎麼說呢，就是某種白白的不定形氣體狀物體。

「雲朵？」

「這就是地下城攻略的祕策第二計！改造鬼霧，名叫佛萊。」

名稱：佛萊（改造鬼霧）
種族：死靈．魔獸
狀態：結契、死靈
Lv：7
生命：22　魔力：401　臂力：8　敏捷：36
技能：稀薄化7、地圖製作6、通心3、影子分身7、魔力吸收6、陷阱感知3、物理攻擊無效

這傢伙也是專門用來探索的，好像是稱為鬼霧的霧狀死靈魔獸。

芙蘭伸手想摸輕飄飄地浮在空中的佛萊，但當然摸了個空。

小漆也學芙蘭去咬，但咬不到身體有如煙霧的佛萊。

「哦哦——」

「汪呼——！」

不過，兩人好像覺得很有趣，一次次跟這團白煙鬧著玩。要不是這裡是地下城，看起來一定

很溫馨。

「佛萊能夠用通心技能，將地圖製作得到的情報傳達給吾！這麼一來，吾等什麼都不用做就能得到地下城的地圖！哼哈哈哈哈，吾的靈感犀利到連自己都害怕！」

的確只要有佛萊在，探索一定會暢通無阻。

霧狀身體可以進入任何地方，又能將獲得情報傳達給主人，還能以影子分身進行同時攻略。而且防禦力很高，不容易死掉。

「去吧，佛萊！」

聽了讓恩的命令，佛萊開始分身成大約二十隻。雖然每隻本身都很弱，但也沒人在此要求戰鬥力。

然後，變小的佛萊們靜靜展開了行動。乍看之下只像是白色煙霧被氣流吹動。

「好了，這樣只需靜待片刻，就能獲得前面的地圖了。」

『隊形怎麼排？』

「闖關步驟不變，由塞爾坎帶頭，你們負責遠距離攻擊。」

「交給我們吧。」

芙蘭大概是打得還不過癮吧，畢竟之前都是些小怪。她一臉衝勁十足的神情，擺了個鼓起手臂肌肉的姿勢。

「前次吾並未親自走到樓下，只有讓佛萊先走，試著進行偵察。」

『那這個樓層的構造，你都記在腦子裡了嗎？』

記得讓恩應該說過，他完全沒有這個樓層的情報。

「不，這前面的區域連佛萊也未能突破，所以尚未摸清構造。不過這次吾對佛萊做了進一步的改良，不會有問題。」

「也就是說，你不知道這前面有什麼了？」

「唔嗯。不，只知道一件事。你們在找的擬態靈，會出現在這前面的區域。因為就是那些傢伙阻擋了佛萊的去路。」

『真的嗎？好耶，我幹勁都來了！』

「嗯。」

「嗷喔！」

這可是我們的最大目的呢！

「那麼，先把這個交給你們吧，戰鬥前先喝下去。」

「這是？」

「呼哈哈哈哈哈，此乃吾特製的滅靈藥水！只要喝下去，不但能夠減輕死靈造成的傷害，還能提升對精神控制等特殊攻擊的抗性。」

『好強的性能啊！該不會滿貴的吧？』

「沒有什麼，拿到市場上賣，一瓶約莫十萬戈德吧。」

『好貴！』

把這麼昂貴的東西隨便送給我們好嗎？

「對吾而言只是小錢罷了，不用在意！反正原料費花不到兩萬戈德！」

真不愧是B級冒險者大爺，居然說十萬是小錢。

不過也正因為如此，那些夢想著一夕致富的傢伙才會全都想當冒險者吧。

「那我們收下了。」

「還有，吾準備的道具隨你們使用沒關係。因為你們如果退出，感到困擾的會是吾。」

很高興遇到一位出手大方的委託主。只是，我這個人就是摳門，都不太捨得使用道具。玩電動也是，我就是屬於萬靈藥或世界樹之葉什麼的最強回復道具都會擺到全破還沒用的那種類型。

假如芙蘭遇到危險，我當然不會這樣小氣巴拉的，但平常總是隱藏不住摳門的一面。

「那就出發吧！」

於是我們踏進了第二層。

入口是一條長長的迴廊，在這細長的迴廊當中，有著無數的半透明影子飛來飛去。

但這條迴廊正是我們期盼已久的場所。

擬態靈就在那些幽體當中。而擬態靈的高等種偽裝靈，說不定也夾雜在牠們裡面。

『偽裝靈，給我出來吧！』

我們氣勢如虹地闖入迴廊，過了三十分鐘。

『喝啊！』

「喔喔喔喔噢噢噢噢噢……」

『該死！也不是這傢伙！那麼是你嗎——！』

「喔喔嗚嗚……」

『也不是這傢伙！』

「喔喔喔……」

「喔嗚喔嗚……」

『啊——！真是夠了！煩耶！哪個才是偽裝靈啦！』

我們還在迴廊打怪。

幽靈、鬼魂與幽魂等幽體系魔獸從前後左右來襲，有時還穿越牆壁或地板偷襲我們。

為了對幽體系造成傷害，我保持著發動火焰屬性劍的狀態戰鬥。沒有我這個魔力儲存槽在，是無法採用這種戰術的。

其實我們提升了魔力吸收的等級。由於幽體系魔獸們的身體是以魔力構成，因此很怕魔力吸收。我注意到這點，於是將魔力吸收提升到等級3，以增加攻擊兼魔力補給的效果。

這下自我進化點數就只剩1點了，不過這項技能在今後長時間戰鬥時一樣有利，我想升個等級不會吃虧。

結果配合起屬性劍，我變得幾乎所有幽體都能一擊打倒，保有魔力也還維持在一千五百上下。再來只要能從偽裝靈身上搶到鑑定偽裝，就無可挑剔了。

『讓恩！還沒發現偽裝靈嗎？』

「唔嗯，還沒。」

「真的有嗎？」

「不知道！」

『只能相信有，繼續打了！』

「嗷嗷！」

芙蘭他們的負擔也相當大。畢竟有可能以為是擬態靈，結果一打之下才發現是偽裝靈。為了避免弄壞魔石，只能由我來攻擊擬態靈。

我請芙蘭他們用效果範圍較窄的攻擊，一隻一隻解決擬態靈以外的死靈。

多虧讓恩給我們的滅靈藥水，幽體們使出的精神異常狀態攻擊都完全得以隔絕。物理攻擊也沒什麼大不了，所以對芙蘭他們來說必定只是煩人罷了。

於是又戰鬥了三十分鐘。

刺穿了一隻擬態靈的我，感覺到些許奇異的感覺。

『剛才那是……』

以擬態靈來說，吸收的魔力似乎多了點，就好像是外觀類似擬態靈的更高等魔獸。

我急忙確認一下技能。

『——獨有技能鑑定偽裝……！』

我的技能欄位追加了夢寐以求的技能名稱。

『很好！來啦！我得到鑑定偽裝了！』

「很好！那麼已經可以了吧！」

『可以了！』

「總算。」

「嗷嗚嗚。」

看來大家實在累積太多挫折感了。

就像要發洩至今的悶氣，芙蘭與小漆，順便還有讓恩都開始用魔術送幽體們上西天。他們用範圍魔術橫掃千軍，漏網之魚也立刻用初級魔術解決。

後來我們沒兩下就分出勝負了，之前打了足足一小時，想起來都覺得笨。

要不是得找偽裝靈，可能五分鐘都不用就過關了吧？

「嗯？」

「嗷嗚？」

呃不，看我也沒用啊。對不起啦，我就想要鑑定偽裝嘛。好吧，麻煩就當作是必須付出的辛勞看開點吧。

「師父小弟，恭喜你。」

『謝啦。話說我馬上裝起來看看了，怎麼樣？可以用魂魄眼鑑定嗎？我試著默念了要技能隱藏起來，希望讓能力值看起來比實際上低。』

我裝備起鑑定偽裝，拜託讓恩鑑定看看。如果連讓恩的獨有技能都能騙過，我想大多數的鑑定都瞞得過。

『怎麼樣？』

「唔嗯……嗯，成功了。能力值看起來，比之前看到的少了大約一半。」

「技能呢？」

「技能也完全看不到。不過，你最好再稍微研究一下使用方式。一項技能都沒有反而可疑，應該調整到說得過去的地步才行。」

『嗯，我明白。』

該偽裝成什麼樣子呢？哎呀——真是樂趣無窮。這樣一來敵人對芙蘭使用鑑定時，也可以給他看假的能力值，讓他以為：「戰鬥力只有5？雜碎。」然後讓對方見識到實力差距，再送他一句：「我的戰鬥力是五十三萬。」

『哼哼哼，真讓人迫不及待啊。』

「師父聲音像壞人。」

「汪嗚。」

這樣就能繼續攻略地下城了。

我們在佛萊的帶領下再次開始前進。

讓恩役使的佛萊，能力比我想像的更優秀。明明是未知的樓層，卻能跟第一層一樣暢通無阻地前進。而且連寶箱什麼的位置都一清二楚。

突破幽體迴廊後，我們幾乎都沒停步，就到達了第二層的頭目所在地。

好吧，那隻頭目也被我們秒殺掉了就是。對手是隻巨大的食人魔殭屍，但轉眼間就被我們連發火焰魔術料理掉了。而且打起來簡單，魔石值卻拿到了不少，真是個好賺的對手。點數都累積到能自我進化了。

吸收掉食人魔殭屍魔石的瞬間，我聽見了期盼已久的播報員聲音：

〈自我進化的效果已發動，獲得自我進化點數50點。〉

『好耶，來了來了——！』

呼哈哈哈！這下又能做強化了！來吧——看看這次要讓什麼成長？呃不，還是等出了地下城再用點數好了？

名稱：師父
裝備登錄者：芙蘭
種族：智能武器
攻擊力：524　保有魔力：3000／3000　耐久值：2800／2800
魔力傳導率：A+
自我進化〈階級10．魔石值4511／5500．記憶體89．點數51〉
技能：鑑定7、鑑定遮蔽、形狀變化、高速自我修復、念動、念動上升【小】、心靈感應、攻擊力上升【小】、裝備者能力值上升【中】、裝備者回復上升【小】、保有魔力上升【小】、記憶體增加【中】、魔獸知識、技能共享、魔法師
獨有技能：謊言真理5

除此之外，魔力傳導率也上升了！好耶，這樣就離更高的層次又接近一步了。不只如此，還獲得了新技能。

形狀變化：可消耗魔力，變形為想要的形狀。

該不會是能變成劍以外的武器吧？視之後出現的敵人而定，可以試用看看。

不過話說回來，總覺得打起來很輕鬆耶。

比起登陸之前的苦戰，我覺得內部好像太簡單了……是我想太多嗎？

從第三層起又是跟殭屍或骷髏開打，陷阱也變得更狠毒，但多虧塞爾坎的幫助而完全不構成威脅。

步調挺平順的，力量消耗得也少。

再來只要能發現讓恩在找的死靈吞食魔就沒話說了。沒有啦，如果能把地下城攻略完當然是最好。

『我說啊，死靈吞食魔是什麼樣的魔獸？比方說外形什麼的。』

「呼哈哈哈！不知道！」

讓恩不知為何抬頭挺胸，自鳴得意地說。

『啊？但你不是要抓牠嗎？』

竟然說不知道……可是死靈吞食魔不是你的目的之一嗎？

「據說外形原本如同普通殭屍，但牠會吞食其他死靈持續進化，因此沒有固定的外形。前次吾在撤退之際遇到的死靈吞食魔外形有如巨人，但現在的外形就無從想像了。」

『你那時是在哪裡遇到死靈吞食魔的？』

「在地下城地表部分的森林裡，想必是地下城主召喚出來追殺吾的。」

「連讓恩也打不贏？」

「唔嗯，吾也還算是個死靈術師，夢想著有朝一日能見到此怪，構思了好幾種對策。然而以死靈吞食魔為假想敵準備的僕役們，到頭來都未能發揮真正價值就被死靈吞食魔吸收了，真是令人痛悔不已。」

『好像是個很難對付的對手啊。』

身為B級冒險者兼不死者專家的讓恩，竟然事前做了準備都還贏不了，想必是個相當難對付的對手。

「沒什麼，弄不到手也就罷了，畢竟連牠在哪裡都不知道。不過，本來是為了攻略地下城才想得到的，這次若能與你們一同攻略完畢，也就不需要了。」

『所以不用找也沒關係了？』

「唔嗯。」

那就好，輕鬆多了。在這廣大的地下城，要找獨獨一隻連出現地點都不清楚的魔獸應該會累死人。

「有緣的話就會碰上了。」

就這樣，我們沒有特別繞路，只是一路往最深區域不斷前進。

潛入地下城過了兩天。

我們闖完第三、第四層，跨越第五、第六層，終於連第七、第八層也攻略完了。

到第六層為止敵人都很弱，只不過是個不錯的獵場罷了。幾乎都沒陷入苦戰，還有多餘精神試用形狀變化。

不過形狀變化技能比想像中還沒用就是了。雖然可以變成槍矛、斧頭與戰槌等等，但對現在的我們而言不具意義。

首先魔力消耗很大，變化中會持續消耗魔力。而且我們武器技能只有練劍。再加上質量不會變化，所以變不了太大的武器。

我是覺得應該有更有趣的用途，但……目前想不到。這也得再研究才行。

第七層以下出現的魔獸數量多，而且有很多身懷特殊能力的討厭魔獸。其中開始交雜一些滿強的魔獸，每次戰鬥的時間都比之前更長。而到了第九層，出現的魔獸當中開始夾雜地獄犬殭屍、那伽骷髏、骷髏黑暗聖騎士等威脅度D的怪物。

還有很多魔獸一不注意就會施展出厲害攻擊，老實說如果沒有讓恩支援，我們大概到不了這麼深處。讓恩有時會淨化不死者並加以支配，在不死者地下城中擁有堪稱鬼牌的優勢。只要他出馬，大多數敵人都不是我們的對手。還有塞爾坎與佛萊使我們一路前進不致迷路，也帶來了很大幫助。
而且讓恩帶來的多種道具，也在各種場面派上了用場。
真想不到那個骷髏頭形狀的燈具，原來是能夠形成安全區域避開不死者的道具。多虧有它，我們晚上才能安心休息。好吧，殭屍在安全區域外一邊「啊——啊——」叫著一邊繞圈有點噁心就是了。芙蘭還是一樣倒頭就睡，讓恩也一樣睡得不省人事，我都尊敬起他們來了。
不，讓恩恐怕比芙蘭更行。話說我們利用安全區域用餐時，殭屍還是一樣會靠過來……芙蘭會表情有點厭惡地轉向別處以免看到殭屍，但讓恩卻毫不介意地繼續吃飯。
我說啊，那可是殭屍耶？是會動的屍體耶？不但腐爛了，而且還淌著各種髒兮兮的汁液。也許讓恩是死靈術師所以習慣了，但看到他一邊說「這隻殭屍肉質還挺新鮮的」一邊啃肉的模樣，實在讓我有點嚇到。
就這樣，我們腳踏實地在第九層裡前進，終於到達了頭目房間。
如同至今的每個樓層，一扇充滿壓迫感的大門端然立在眼前。這種門已經看過好幾次了。這座地下城內部構造雖然複雜如迷宮，但樓層最後一定會有頭目的大房間。
『那就是第九層的頭目房間啊。』
第二層的食人魔殭屍是小怪沒錯，但後來都是頗強悍的魔獸鎮守頭目房間。像第八層的上古殭屍，高階長矛兵就是不但裝備著魔矛，還會使用矛聖術與矛聖技的超級強敵。而且魔矛打消了我們的魔術，自從進入這座地下城以來，芙蘭的生命力是頭一次被削到一半以下。不過多虧於此，我們才能獲得矛聖術與矛聖技就是了。也許形狀變化的槍矛有機會重見光明？非常可惜的是我們下手太重，不慎把魔矛破壞掉了。那是非常強大的魔道具，想必價值不菲的說。

「那麼，我要開門嘍？」

「嗯。」

「塞爾坎，動手。」

「叭！」

塞爾坎慢慢打開沉重的門。

我們趁這時候詠唱咒文，然後門一敞開的瞬間，我們對著房間裡面一齊進行魔術轟炸。

『閃焰轟擊！』

「六角龍捲。」

「地獄火！」

「咕嗚！」

至今的基本戰術，就是進門馬上展開魔術飽和攻擊。四人施放的魔術，同時直接命中站在房間中央的骷髏。

「咖咖咖咖！」

然而骷髏沒有倒下，應該說我覺得他幾乎沒受到傷害。

第八層的頭目運用了可彈開魔力的魔矛力量抵禦了魔術，但這隻骷髏不同。他連防禦姿勢都沒擺，似乎是身懷高等級的魔術抗性技能，而使得魔術幾乎起不了效果。即使吃了瞬間消滅第六層頭目的連發魔術，仍舊令人毛骨悚然地站在原處。

名稱：傳說級骷髏．黑暗騎士
種族：死靈．魔獸
狀態：守護者．死靈
Lv：24
生命：1568／1693　魔力：988　臂力：637　敏捷：436
技能：感知妨害6、劍技10、劍聖技1、劍術10、劍聖術1、再生8、自動魔力射擊6、異常狀態抗性9、死靈支配4、死靈魔術8、精神異常抗性9、屬性劍6、毒素魔術6、魔術抗性9、闇魔術4、氣力操作
特別技能：潛在能力解放
稱號：地下城守護者
裝備：魔劍．死亡凝視者、山銅全身鎧、冥王披風

身穿黃金鎧甲的骷髏慢慢有了動作，用驚人的威嚇感壓迫我們。還有如此巨大的魔力，無庸置疑是威脅度B。

跟以前打鬥過的惡魔是同等水準的怪物。雖然能力值是惡魔略勝一籌，但論技能防禦力的高下，恐怕是這隻骷髏為上。

再生8、異常狀態抗性9、精神異常抗性9、魔術抗性9，這也太扯……而且還裝備著可提

升魔術抵抗力的山銅鎧甲，這下魔術攻擊打了也是白打。毫不誇張，是個強敵沒錯。
然而，我跟芙蘭還有小漆一點都不畏怯，反倒是期待這一刻已久了。
『真想你啊，臭骷髏！』
「嗯，來還空中的債了。」
「嗷嗚！」
那隻骷髏，就是當時阻止我們登上浮游島的那個骸骨騎士。
咯咯咯，芙蘭說的對，還債的機會來了！
『讓恩，這傢伙是我們的獵物，你退下。』
「這對手與吾適性似乎不佳，也好，吾就專心負責回復吧。」
可能是我們的鬥志傳達到了，骸骨騎士靜靜拔出了魔劍。
對方看來也想打一場。
「咯咖咖！」
「唔。」
『原來馬是召喚出來的啊。』
骸骨騎士手臂一揮，他的身旁浮現出一個魔法陣，從中出現身纏紫色魔力的骸骨馬匹。那匹馬也讓我們吃足了苦頭，當然算是雪恥的對象。
「咈嚕嚕！」
骸骨馬強而有力地嘶鳴後大幅揚起前腳，已經進入了迎戰態勢。

然而，骸骨騎士似乎無意騎上馬背。仔細想想倒也理所當然，這裡雖然是個大房間，但沒寬廣到能騎馬到處奔馳，大概還沒達到最高速度就撞牆了。應該只是召喚出來作為單純戰力。

「咕嚕嚕嚕……」

小漆看著馬匹發出低吼聲，骸骨馬似乎也被小漆鎖定為目標了。

兩者都是召喚獸，也許之間有某種共通的心情。

『好，那匹馬就交給小漆。』

「不可以輸。」

「嗷！」

至於骸骨騎士的對手——

「師父。」

『沒問題。』

芙蘭將幻輝石魔劍收進了收納空間。到目前為止我都是用念動力隨意四處飛舞，但骸骨騎士是必須拿出真本事才能戰勝的對手。我們有此認知，才會採取這種行動。

芙蘭握住我，擺好架式。還是這個狀態最適合我。

「嗯，還是師父最適合我。」

『哈哈哈！』

聽到芙蘭這樣說，我莫名地高興起來，忍不住笑了。我跟芙蘭果然是最棒的搭檔。

「？」

『沒有，沒什麼。吶，只要我們同心協力，就絕對不會輸吧？』

「當然。」

『很好，很久沒遇到這種強敵了，鼓起勁上吧！』

「嗯！」

於是，芙蘭往骸骨騎士衝了過去。

從一開始就拿出真本事。

她用第一擊就決勝負的心態揮劍。因為前哨戰已經在空中打過了。

然而，骸骨騎士也技驚四座。

他接下芙蘭揮出的斬擊，同時用一樣暗藏必殺威力的攻擊回手。

兩者都漸漸沉默不語，大房間裡只響起激烈的劍戟聲。

雖然極不顯眼，但內行人看了不能不瞠目結舌，是超人之間的劇烈搏鬥。

然而芙蘭不但在能力值上大大落後，本領又只是同等。是一面用魔術與技能提升能力水平，一面有我支援才能勉強打成平手。

除此之外，還有其他原因使戰況略陷膠著。

首先是那傢伙擁有的感知妨害6。這項技能導致我們縱然使用魔力感知，也無法判別魔石的位置。我原本想尋找破綻，伺機施展念動彈射攻擊進行奇襲的計畫也落空了。雖然也可以亂猜位置，連續發動彈射攻擊……

『又回復了！』

「呼！呼！」
「咖咖！」
但棘手的是，骸骨騎士擁有地下城守護者這個稱號。看樣子只要他在地下城內戰鬥，就能附加生命與魔力的高速回復效果。
面對具有驚人再生能力的對手，我可不願意胡亂地一再使用消耗量大的攻擊。
況且假如對手發現我們有念動彈射攻擊這招，到了關鍵時刻搞不好會被對手設法應付掉。
因此我們只能腳踏實地慢慢削減，但是……
還有一項能力難以對付，就是自動魔力射擊6這項技能。這種技能正如其名，能夠自動擊出魔力子彈攻擊對手。由於是自動技能，因此與骸骨騎士的動作毫不相干。不但難以事前察知，而且常常在我們擾亂了對手動作的瞬間，挑在打亂我們呼吸的時機射來。再加上又頗有威力，受到傷害的瞬間造成的短暫僵直，有時還會替芙蘭引來危機。
我們用提升魔力障壁等級的方式加以對抗，才勉強讓傷害歸零。
魔力障壁的防禦超乎想像地有用，連自動魔力射擊以外的攻擊都能減輕傷害，算是一個意外收穫。
但是好不容易獲得的自我進化點數又大幅失血了。
『小漆那邊怎樣了？』
我確認一下小漆的戰況，只見那邊似乎也是小漆略占下風。
體型大小幾乎相等，但戰鬥經驗是骸骨馬稍勝一籌。小漆從影子發動的奇襲等等反被對手看穿，遭到對手用後腳踢飛。

相較之下，骸骨馬不愧是不死者，再生能力也很優秀，我看到牠受到一點小傷都能立即回復。而且棘手的是，牠對小漆擅長的闇魔術似乎具有抗性，遲遲沒能給牠決定性打擊。

那邊恐怕還要很長一段時間。

好吧，我們這邊也是啦！

「喝啊啊！」

「咖咖咖！」

鏗鏘嘰！

雙方已經浴血纏鬥了將近十分鐘。

鏘——

偶爾不同於雙劍奏響的金鐵之聲，可以聽見搖響玻璃鈴鐺般的清澈音色。這種「鏘」一聲似乎就是即死抵抗的證明。換句話說，這是骷髏持有的魔劍．死亡凝視者發動了幾次即死能力，受到黑貓加護抵擋而發出的聲音。

謝謝格爾斯老先生！等到了烏魯木特重逢，我再請你喝酒！

真的多虧他幫我們製作了黑貓系列。

只是，即使擁有即死無效能力，這場戰鬥仍對芙蘭不利。因為對手是不會疲勞的不死者，無論從體力或精神來說，戰鬥拖得越長，芙蘭會越是連連失利。

不過，我們也不只是白費力氣亂打一通。

『芙蘭，應該在頭部。』
「嗯！」
我將攻擊職責交給芙蘭，同時也在觀察骸骨騎士的動作，然後從他的動作中尋找魔石位置。可能由於能夠無痛立即再生，那傢伙不會特地防禦可以忽略的攻擊，因為還不如直接反擊比較有利。但只有對頭部的攻擊一定會防禦。
這也就是說，只有頭部非得保護不可，有某種原因使得頭部不能中劍。
『你這種不死身特性，反而誤了你自己！』
「喝啊啊！」
「咖咖咖咖咖！」
話是這樣說，但對手也不是小角色，不會輕易讓我們攻擊到要害。
兩者的攻防越演越烈。
芙蘭抱著受傷的覺悟挑要害下手；骸骨騎士放棄要害以外的防守，伺機反擊。
「呼！」
「咖！」
「那邊！」
「咖，咖咖！」
不過，骷髏的注意力完全放在芙蘭身上了！
『小漆！』

「嘎嗚！」

「咖？」

配合我的吆喝，小漆從背後撲向了骸骨騎士。

見小漆遲遲沒能打倒骸骨馬，我事前用心靈感應對牠下了指示，要牠那邊只要適度壓抑骸骨馬的動作就好，一到關鍵時刻就介入我這邊的戰局。

於是小漆遵守我的指示，一邊同時留意骸骨騎士與骸骨馬的動作一邊戰鬥，以便隨時能夠加入戰局。

小漆咬住骸骨騎士的右腳，封住了他的動作。

「趁現在！」

『喝！』

骸骨馬因為小漆消失不見，一瞬間不禁停住動作；芙蘭一口氣撲向了牠。

骸骨騎士由於被小漆咬住，無法插手相助。

「咘嚕嚕……？」

我已經感知到你的魔石在哪裡嘍。

芙蘭筆直將我一刺，貫穿了骸骨馬的頸部。

「咘嚕嚕嚕嚕嚕——————」

骸骨馬就好像發出慘叫般高聲嘶鳴。

「咖咖！」

骸骨騎士往骸骨馬伸出手來，但筆直伸出的手空虛地撲了個空。

這下小漆也能參加這邊的戰鬥了。

打起來想必會比較輕鬆。

不，不止如此，機會來臨了。難道是自己的愛馬被打倒而受到打擊了嗎？想不到骸骨騎士居然就這樣背對芙蘭停住了動作。

「師父！」

『收到！看招——！』

現在正是施展保留至今的最終王牌的大好時機。

就是超近距離的念動彈射攻擊。

『看我的——！』

諒你再怎麼強，也不可能從這距離防住來自背後的念動彈射攻擊！而且還是被小漆封住腳步的狀態！

就算反應得過來，也已經來不及躲開或接招了——本來應該是這樣的。

「咖咖咖——！」

咚轟轟轟——！

「啊嗚嗚嗚！」

「呃嗚……」

『呃啊啊！』

就在劍鋒迫近骸骨騎士的後腦杓，我以為勝券在握的那一瞬間。

骸骨騎士全身大放光芒，把我們震飛開來。

嗚，發生什麼事了！

先是受到驚人的衝擊，接著我們已經被震飛到了牆邊。

為了確認狀況，我即刻環顧四周。

那傢伙——在那裡！

「咖咖咖咖咖咖咖！」

「嗚啊！」

『芙蘭！』

本來確實捕捉到位置的骸骨騎士，一瞬間就從視野中消失了。那速度快到讓人以為他是真的消失不見。

下個瞬間，那傢伙已經出現在倒地的芙蘭面前。

芙蘭情急之下拔出幻輝石魔劍抵擋，但劍一擊就被彈飛了。

我用最快速度飛到芙蘭身邊，其間骸骨騎士還在攻擊芙蘭。

芙蘭在地板上翻滾著勉強躲避，但遭到一劍刺穿只是時間早晚的問題。

『唔唔唔唔喝啊！』

鏗————！

我於千鈞一髮之際岔入兩人之間。

好可怕的威力！要不是我全力發動念動技能，想必又被震飛到牆邊去了。然而幸虧我跟對手互相壓擠，似乎給了芙蘭起身的時間。

芙蘭一躍而起，一面抓住我一面後退了數步。

我好不容易回到芙蘭的手上，但骸骨騎士的猛攻並未就此停止。

「咖咖、咖咖咖！」

「嗚！啊啊！」

「咖！」

「嗚啊！」

『——中量恢復術！』

該死！芙蘭開始節節敗退了！受到的傷害大過回復量，生命力劇烈驟減。由於隨時全力張開魔力障壁，魔力也逐漸減少了。

對手速度快到與戰鬥剛開始時無法相比，而每一擊的威力又多出一倍以上。

自動魔力射擊的威力也大幅攀升，只靠魔力障壁已經不夠減輕了。

對手力量突然大幅提升，這到底是怎麼回事！

『鑑定！』

名稱：傳說級骷髏．黑暗騎士

種族：死靈．魔獸

狀態：守護者．潛在能力解放
Lv：24
生命：1229／1693　魔力：988
臂力：637↓1137　敏捷：436↓1036

啊？這是怎樣？能力值上升的幅度超離譜，臂力與敏捷都超過1000了！連外掛都沒這麼扯！

狀態變成了潛在能力解放，肯定是特別技能「潛在能力解放」造成的！

潛在能力解放：解放使用者的潛在能力。上升的能力，視使用者的潛在能力而定。此外，此種技能乃是強行解放潛在能力，將導致生命力持續減少，並且必須支付巨大的代價。代價依使用者而有所不同。

的確，那傢伙的生命力正以猛烈速度驟減。但這樣下去對方生命力還沒耗完，芙蘭就會先力盡倒下！

「咖咖咖！」

「嗚！」

可惡，力氣這麼大幹嘛！每當受到攻擊，我就險些從芙蘭手中被彈飛。

要不是我使用念動力撐住，早就真的飛出去了。
「嘎嚕！」
「咖咖！」
「啊嗚！」
可能是知覺能力也有所提升，從影子裡飛出的小漆也一瞬間就被砍倒。
『小漆！快逃！』
「嗷……嗚。」
小漆擠出最後的力氣，潛入影子裡。
高舉劈下的魔劍發出尖銳的鏗啷聲響，把石頭地板挖出了一個深坑。
還好，看來他再怎麼厲害也攻擊不到影子內部。
「——逆轉不死者！」
讓恩見有機可乘，高聲喊道。這是消滅不死者的冥府魔術，照理來說應該是連高階不死者都會灰飛煙滅的高等魔術——
恐怕是連魔法防禦也上升了，骸骨騎士連個閃躲的動作都沒有。
「嗚，吾的魔術果然無效嗎！」
「喝啊啊！」
「咖咖咖咖咖咖咖咖！」
骸骨騎士連回頭看一下讓恩都沒有，只盯上芙蘭一個人。

大概是知道誰才構成威脅吧。

但是，真的只是如此嗎？我總覺得骸骨騎士好像在發怒。難道他真的為了愛馬遭人打倒而氣憤嗎？不死者會這樣？只是回想起讓恩製造出的貝納多，就會覺得高階不死者即使留有人性或許也不奇怪。

這樣想來，就能理解他為何不惜削減自身生命，也要使用潛在能力解放了。或許他是為了替愛馬報仇，才會抱著自我毀滅的覺悟解放潛力。

話雖如此，我們還是不能輸給他。

「喝啊啊！」

「咖、咖咖！」

解放了潛在能力的骸骨騎士力敵萬夫。

揮出的每一擊都犀利如劍技，動作快到肉眼無法辨識。小漆倒下了，讓恩的魔術也起不了作用。生命力持續減少的骸骨騎士為了在用盡力氣前殺死芙蘭，持續展開暴風般的攻擊。

可怕的是，那絕不只是亂揮武器的粗糙攻擊，動作毫無破綻。

即使如此，芙蘭仍有驚無險地不斷躲掉致命傷。豈止如此，她的眼神不曾失去光彩，那是尚未放棄逆轉局勢的目光。

我當然也還沒放棄。

『我要用技能掠奪了！』

「嗯！」

其實我很想留到之後必定來臨的地下城頭目戰再使用，但顧不了那麼多了。只要使用芙蘭的技能掠奪就好，我的技能掠奪可以保留下來。

再說，我還有一個祕招。

問題是奪走了潛在能力解放後，已經上升的能力值會不會下降。如果潛在能力仍舊維持解放狀態，掠奪就沒意義了。

但奪走其他技能不足以顛覆現在的能力值差距。

如今除了奪走潛在能力解放之外，沒有其他選擇了。

『動手吧！』

「喝啊啊！」

「咖？」

芙蘭發動了技能掠奪，對象是那傢伙的潛在能力解放。只要這樣能讓能力值下降……

〈對象技能為特別技能，屬於技能掠奪的對象外，奪取已失敗。〉

播報員無情的聲音響起。

沒想到特別技能竟然不能掠奪！

「咖、咖咖！」

「唔！技能呢？」

『失敗了！』

「那就再一次——不行！」

失敗好像也會被當成已經使用過，芙蘭似乎不能再使用技能掠奪了。
我的技能掠奪……不，就算奪取了其他技能，我不認為能顛覆這個戰局。
這時候就使用另一個祕招吧。
『芙蘭！使出那招吧。』
「嗯！知道了！」
我即刻將自我進化點數全用在劍聖術上，一口氣讓等級上升到5級。
這是一路上我跟芙蘭研擬出的，與強敵交戰時的最終王牌。由於目的是攻其不備，所以等級加到5就好。
「喝啊啊啊！」
「咖咖？」
芙蘭的動作顯而易見地起了變化，加深了對劍術的理解，動作變得更精密。
芙蘭至今與自己不分軒輊的劍法，得到了急遽成長。
我清楚感覺得到骸骨騎士的疑惑不解。
出於我們的經驗，技能等級只要差到3，就會形成無法忽略的等級差距。像現在這樣差到4之多，應該會產生足以彌補能力值落差的本領差距。
不知是驚訝、困惑，還是計算出錯的失誤動作，總之那傢伙的動作變得稍稍遲鈍了點。
不只如此，身體還莫名地輕盈。感覺芙蘭的動作也變快了。
是劍聖術成長帶來的效果嗎？芙蘭的本領增強使得身手更犀利，動作經過最佳化或許讓她感覺體能有所提升？

這種力量泉湧般的感覺，也是因為由本領提升的芙蘭使用我的關係嗎？

好吧，細節不用在意。

這樣一定可行。

這是最後也是最大的機會！

「接招！」

芙蘭發動了劍聖技「衝擊狂斬」。

這種橫掃技雖然出招後有僵直時間，但一擊的威力十分出色。芙蘭的魔力聚集，加上我運用魔法師技能使出風屬性劍的狂飆化，正可謂使出渾身解數的一擊。單純就破壞力而論，想必足以超越潛在能力解放狀態的骸骨騎士。

鏗──！

然而灌注全力的這記攻擊，也被骸骨騎士化解掉了。

這個怪物！

雖然他的手臂也不免被彈開，但搶先展開行動的恐怕還是對方。

這樣下去，芙蘭會毫無防備地遭受骸骨騎士的攻擊。

我是說一般而言的話。

『我們也不認為這樣就能分勝負啦！』

「嗯！」

『芙蘭，抱歉了。』

「沒關係！」

衝擊狂斬本來在一揮到底之後，不但腰肢會扭轉九十度，而且有一瞬間的僵直，是破綻較多的招數。

然而我使用了預先累積的念動力，硬是抑止了衝擊狂斬的動作，藉以取消出招後的僵直。然而本來應該藉由完成順勢動作釋放的衝擊或壓力，卻因此集中在芙蘭的手臂上。

結果——

噗茲噗茲噗茲咖嘰啪嘰！

芙蘭的手臂響起肌肉斷裂、骨頭折斷的聲音。

該死，聽了真不舒服！而且還是我造成的，更讓我不舒服！

然而，我必須對痛苦呻吟的芙蘭進一步落井下石。

『芙蘭——！』

「唔啊啊啊啊！」

芙蘭一邊忍受著手臂劇痛，一邊使盡渾身解數發動劍技。使用的是最早學會的初級劍技沉重劈斬，加上我使用魔法師技能，灌注最大念動力讓劍技加速。芙蘭一再強撐，手臂傳出骨頭迸裂的啪嘰啪嘰聲，但現在不能有所保留。

無論如何都得在這裡分出勝負。

一開始的衝擊狂斬使得骷髏姿勢不穩，還沒能重整態勢。

「啊啊啊啊啊！」

「咖、咖嗄嗄！」

這個混帳！明明姿勢完全歪掉了，竟然能只將脖子略往後拉！糟糕，攻擊距離不夠！

有沒有什麼辦法？能現在立刻伸長攻擊距離的方法……！不，我想到了！

『唔哦喔喔喔喔！形狀變化！』

我不顧一切地發動了剛學會的形狀變化。

一心只念著讓劍刃砍中骸骨騎士。

刀身寬度變細，全長一口氣延伸。現在的我與其說是長劍，形狀應該比較像長形的穿甲刺劍。光是這樣變化就用掉了兩百點魔力，真不划算！但現在是很感謝啦！

「咖──！」

骷髏已經無計可施了。

我已將他的頭蓋骨漂亮地砍成兩半，而且有砍開魔石的手感。

「咖、咖──」

骸骨騎士停住動作，沒有眼球或其他內容物的昏暗雙眸注視著芙蘭。

「咖咖咖咖咖咖咖咖咖──」

然後他留下聽起來甚至像笑聲的陰森吶喊，身體就當場崩潰倒地了。

直到剛才的動作就像一場幻覺，地上躺著一具人骨。

即使如此，這具骨骸仍然冒著妖氣，不愧是威脅度B魔獸。

「呃嗚……」

芙蘭按住手臂蹲下，可能因為太過疼痛，全身都在痙攣。

『芙蘭，我馬上幫妳治療！——大恢復術！』

「妳還好嗎！」

「嗷嗷！」

真是一場激鬥，但也獲得了相應的戰果。不但得到了多達三百點的魔石值，還拿到了感知妨害、自動魔力射擊、死靈支配與魔術抗性等看起來滿實用的技能。

然後是特別技能「潛在能力解放」。就骸骨騎士力量的異常提升來看，這項技能想必能成為起死回生的最終王牌。

它說效果依使用者而有所不同，不知道用在芙蘭或我身上會有多大效果？雖然很想試試看，但使用中不但會持續減少生命力，好像還需要付出其他代價。而且重新使用要等上二十四小時，想輕鬆做個實驗都不行。

『還會痛嗎？』

「……沒……事。」

『真的不要緊嗎？』

「嗯，不要緊。」

「嗷嗷？」

小漆舔了舔芙蘭的手臂，大概是小漆的關心方式吧。

「謝謝。」
「嗷！」
芙蘭把小漆頭上的毛摸個亂七八糟。
看到這讓人鬆一口氣的景象，獲勝的實際感受才終於湧上心頭。
讓恩在回收骷髏的骨頭。
『有什麼用途嗎？』
「作為死靈魔術的觸媒，有著驚人的價值。光是得到這個，這一趟扣除成本還有賺呢。哼哈哈哈哈，感謝你們！」
那這下子就能放膽使用藥水了。
「劍與鎧甲如何處理？」
『問我怎麼處理，你有什麼打算？』
「魔劍吾用不到，奉送給你們吧。但相對地，鎧甲與披風由吾這邊接收如何？山銅對魔術師而言也是很有用的素材，冠有冥王之名的道具或許也有某些用途。」
『我是無所謂，但你不在意嗎？』
讓恩是委託主，就算讓恩說全部歸他，我應該也會接受。不過既然要給我，就心懷感激地收下吧。
「不過話說回來，你們最後的動作真是驚人耶，跟那陣藍光有關嗎？」
『啊？藍光？』

「唔嗯，不是有種芙蘭小妹與師父小弟的魔力交相混合的淡藍光芒，籠罩在你們身上嗎？」

『不，我們自己完全沒發現，而且毫無頭緒耶？』

即使提升了劍聖術的等級，也不會發生這種現象吧？

「是這樣嗎？就我看來，你們之間似乎有某種魔力上的聯繫，我還以為跟那有關呢。」

『魔力上的聯繫？』

是指技能共享或裝備者登錄嗎？我本來這麼以為，但好像不是。

「不，芙蘭小妹跟師父小弟不是結契狀態嗎？我指的是這個。契約是一種相當堅定的聯繫，即使說跟師父小弟這種特殊魔劍結契會帶來某種神奇力量，吾也不感到驚訝。」

那個不知不覺間締結起來的契約，竟然有這種力量？

話是這樣說，我還是什麼都沒搞懂。真要說的話，我根本連怎麼發動那種藍光都不知道。我問了讓恩，但他好像也不知道那麼多。

我試著一邊意識契約的存在一邊精煉魔力，但就只是釋放出魔力而已。

在地下城戰鬥的過程中，不知能不能有所發現？

與骸骨騎士的那場激戰後，過了三十分鐘。

我們還待在那個房間裡。由於力量實在消耗太多，我們決定休息片刻。芙蘭他們用藥水等等回復魔力，坐下來恢復疲勞。

我也一樣，雖說修復漸入佳境，但耐久值仍然是半減狀態，魔力也仍然在五百以下。老實說，照目前狀況，繼續探索都有困難。

芙蘭變得破破爛爛的防具，正由讓恩召喚出的不死者修理中。令人驚訝的是，他竟然準備了會用鍛造魔法的不死者。而且還不忘帶魔水晶來，真是面面俱到。

當然，此時我們仍然讓佛萊繼續往前探索。

我在確認新獲得的技能，不過沒有一項技能可以大幅提升戰力。

畢竟幾乎都是1級，這也無可厚非。頂多只有潛在能力解放還有可能性。

不過進入地下城以來進行的戰鬥使得芙蘭升了3級，小漆更是足足升了5級，光是這樣應該就已經提升了不少戰力。在骸骨騎士之戰經驗過遊走生死邊緣的浴血纏鬥，對芙蘭來說應該也成了一場修練，我想本身實力應該有所提升。

「好吃好吃。」

「嘎嗚嘎嗚。」

「唔嗯，這個味道也不錯！」

空腹三人組正在狼吞虎嚥的，是我特製的炸雞。不對，因為是用魔獸肉做的，所以要叫炸怪物嗎？在這個世界炸物好像挺少見的。我有看過乾炸的，但裹上麵衣油炸的軟炸類食物好像是沒看過。讓恩一開始也說很少見，顯得很驚訝。堆滿一大盤的炸物轉眼間就沒了。

小漆還拿到剩下的骨頭，看起來心滿意足。

「唔，佛萊似乎找到了門……呼哈哈哈哈！終於發現地下城魔核啦！」

「頭目呢？」

「稍候片刻——唔！」

原本高聲大笑的讓恩，忽然間眉頭一皺。

『怎麼了？』

「佛萊的反應消失了。」

「被打倒了？」

「看來是如此……不過，已經掌握到通往魔核室的路徑了，吾來帶路。」

到最深處的一路上嚴陣以待的魔獸，跟第九層幾乎沒什麼不同。反而或許能說比之前更簡單了，因為知道即將抵達盡頭就能使出全力，也能毫不吝惜地使用道具。

用不到一小時，我們就到達了頭目房間的門前。

「瞧！那就是通往頭目房間的大門！」

一扇比之前所有門更巨大，整面施加了華麗雕塑的石造門扉出現在眼前。

總算到來了，鑽入地下城到了第三天，終於抵達了。

「那扇門後面，就有頭目與地下城主？」

「佛萊沒能確認到他們的蹤影，但想必定是如此。」

頭目肯定相當難對付，但敵人不只頭目一人。既然能創建出這麼大的地下城，地下城主的實力也很可能極其強悍。畢竟都能役使威脅度B的魔獸了。

「得做好萬全準備才行。」

『你要做什麼？』

「呼哈哈哈哈！吾要準備一項絕招！由於代價太大，吾是不太想用，但也得考慮到最糟的狀況啊。」

讓恩所言的確沒錯，我們也得盡最大所能。話是這樣說，但現在還能做些什麼呢？

「提升技能？」

『這我也想過，可是……』

自我進化點數剩下25點，恐怕得看清情況才能使用。

『我們還不知道什麼對敵人有效，看了戰況再決定吧。』

如果現在心急提升了等級，到了頭目戰卻完全派不上用場，那可不好笑。這座地下城就連樓層頭目都是威脅度B了，不知道會跑出什麼樣的對手，過度慎重反而剛剛好。

「師父小弟、芙蘭小妹，有幾件東西要麻煩你們從收納空間拿出來。」

『是什麼啊？』

「首先是差不多這麼大的墜飾。」

墜飾？印象中數量還滿多的耶。

總之道具中有哪個墜飾接近他指定的大小，我們就全拿出來擺好。

讓恩從中拿起一件墜飾，交給芙蘭。

「就是這個，妳也帶上一件吧。」

哇啊！好沒品味！是個造形有夠真實的骷髏臉墜飾。想起來了，我的確有把這玩意兒放進芙蘭的收納空間。

「這是替身人偶。」

『咦？你說這個？』

不是咒死對手，或是召喚殭屍之類的效果嗎？

「哈哈哈，你會有此疑問也很合理。其實吾也搞錯了，誤以為是與死靈魔術相關的術具才購入的。」

『怪不得你，誰教它長這樣。』

「不過，它的效果不容小覷喔。」

據讓恩所說，這種墜飾似乎可以代替裝備者承受一次傷害。而且只有在受到某種程度的重傷時才會發動，性能的確優異。

『那就多謝了。』

「唔嗯，再來是這個，還有這個跟這個——」
「是什麼？」
「是各式各樣的護身符，拿著吧。」
讓恩給了我們大約十個護身符，每種都幾乎感覺不到魔力。好吧，至少可以求個心安。
「吾也得來準備一下。」
讓恩接著指定的，是讓我們帶來的道具中特別大的一個長方形箱子。
箱子上以幾張符咒施加了封印，看起來有點像石棺材。箱子似乎用魔術做了封印，讓恩將手放在上面，開始吟唱解咒的咒文。
收藏得這麼謹慎，裡面到底裝了什麼道具？我們興味盎然地注視著，只見讓恩從箱子裡取出的，是一根模仿骷髏頭造形的不祥法杖。哇啊——整個感覺就是死靈術師會用的法杖。握把也像是脊梁骨一樣，跟讓恩真是絕配。
不只如此，光從這根法杖散發出的令人背脊發涼的異樣氣息，就能理解到它不只是模仿白骨的造形。搞不好上面還有詛咒呢，看起來就是這麼不吉利。

名稱：不明
無法鑑定

唔，不能鑑定？

「呼哈哈哈哈，這根法杖比較特殊一點！用一般鑑定技能是無法鑑定的！」

「為什麼？」

「這根法杖名為『冥王祝福』，是我在某座地下城弄到手的命名道具。」

照他的說法，好像是這根法杖本身層次太高，以我擁有的普通鑑定技能是看不到能力值的。

『這根法杖的能力——』

「咯咔咔咔咔咔！」

我正要問讓恩法杖的能力時，忽然響起一陣人類笑聲打斷了我的話。

『！』

「？」

「嗷嗚？」

怎麼回事？從哪裡傳來的？起初我以為是從法杖傳來的，但讓恩也顯得很驚訝。

「咯咔咔咔——」

不過話說回來，這聲音莫名地惱人，光聽心情就快跌入谷底了。

我尋找聲音來源時，狀況仍在繼續進行。

嗡嗚嗚嗚嗚嗚嗚……

我們身處的走廊整片地板，描繪出了一個巨大的魔法陣。

不妙，危機察知反應得好強烈！

『芙蘭、小漆！』

我想催促他們暫且撤退，但來不及了。

地板浮現出的魔法陣急速發出光芒，開始吞沒走廊。芙蘭他們奔離原處想設法逃脫，但就像嘲笑著這種行為，謎樣聲音再次迴盪於走廊上。

「想讓本尊等至何時？就由本尊親自招待你們吧！喀咔咔咔咔！」

而當光芒消退時，我們已經在一個大廳裡了。

空間比之前與頭目戰鬥時的房間大上數倍。但我的視線只專注朝向眼前事物。

不對，是沒有餘力轉移注意力，只能緊盯眼前的那個存在。

「喀咔咔咔咔，歡迎汝等，各位入侵者！」

這傢伙是何方神聖？壓倒性的魔力，壓倒性的存在感，並且壓倒性地令人作嘔。

可以比喻為恐懼，也可以比喻為厭惡。我不知道該如何形容的異常畏懼支配著我。

要不是身體是劍，我可能已經嘔吐或失禁了。

『啊……』

好想盡早逃離這個地方。

嘰。

芙蘭面帶求助的表情，握緊了我的劍柄。她在發抖嗎？連惡魔都敢挺身對抗的芙蘭會發抖？

仔細一看，她面無血色，鐵青著臉。

『芙蘭……沒事的。』

芙蘭渾身哆哆嗦嗦的顫抖傳達給我的瞬間，我感覺自己一口氣冷靜下來了。我怎麼可以害怕？我必須保護芙蘭，這是我的職責。

既然這樣，就來想想如何逃跑吧。現在還來得及使用傳送之羽。

『我們逃吧，芙蘭。』

（知道了。）

『讓恩，準備逃走吧。』

「唔，慢著——」

確定芙蘭已經抓住讓恩的手臂後，我即刻使用了傳送之羽。誰要跟這種連怪物都不足以形容的對手正面起衝突啊，留得青山在不怕沒柴燒。

豈料——

『為什麼！』

傳送之羽沒起作用，一點反應都沒有。我明明有注入魔力啊！

「喀咔咔！這個房間施加了傳送封印的機關，汝等插翅難逃喔。還是死了這條心，與本尊殺個你死我活吧！喀咔咔咔！喀咔咔咔咔——」

佇立眼前的最惡劣存在——巫妖逼我們認清殘酷的事實，發出了暗藏愉悅的笑聲。

沒錯，是巫妖。

惡靈之王，是最惡劣也是最強大的死靈。

名稱：巫妖

種族：死靈．魔獸
狀態：怨靈
Lv：23
生命：863　魔力：2467　臂力：134　敏捷：366
技能：詠唱縮短7、恐慌4、恐懼4、再生6、死靈支配10、死靈魔術10、冥府魔術4、魔力操作
稱號：地下城主
裝備：襤褸長袍

講到巫妖，那可是最有名的不死者，以最強實力而聞名。

然而看到對手的能力值，我內心不禁感到疑惑。真的就只有這點程度的能力值嗎？散發而來的威嚇感，以及感覺到的恐懼，即使說是威脅度A也能令人信服。雖說不死者個體之間差異很大，但真的就這點能耐嗎？這樣的話，至多只在威脅度B的範圍。

「超載．不死者召喚術……」

不顧我們還沒從傳送遭到封印的衝擊中恢復過來，巫妖開始召喚不死者。

「首先由這些傢伙做你們的對手，可別這麼簡單就死了喔。喀咔咔咔咔！」

「喔喔喔喔喔噢噢……」

「嗚啊啊……」

「咕嚕喔喔！」

「────」

「──」

「──」

多達十隻不死者同時被召喚出來，而且每隻威脅度都超過C，有一半達到了威脅度B，都是跟我們苦戰過的骸骨騎士水準相當的不死者。

『芙蘭！』

「嗯，從一開始就拿出真本事。」

我們抱著必死覺悟精煉魔力。現在的我們能採用的選項很少，頂多只能先發制人減少數量，然後抓住破綻打倒巫妖。

然而讓恩迅速走上前去，阻止了我們的行動。

「這裡就交給吾吧！」

『……你行嗎？』

「唔嗯，只要有這根法杖的力量就沒問題。」

讓恩還是一樣面露目中無人的笑容。但似乎帶有一種悲壯感，或者該說給人做好覺悟的印象。我想對手是巫妖所以算正常反應，但總覺得不只是這樣。

「呼哈哈哈哈，接下吾之絕招吧！」

「喔喔喔喔噢……」

「嗚喔……」

讓恩獨自擋在移動過來的不死者們面前。

我看看讓恩想做什麼，只見他高高舉起手中法杖，中氣十足地叫著：

「——冥王祝福，啟動吧！」

隨著讓恩這一句話，法杖上的骷髏頭詭異地閃爍了起來。看到那散發彩虹色光輝的法杖，我不禁覺得好美。

接著，裝飾在法杖前端的骷髏頭啪卡一聲張開了嘴。

喔喔喔噢噢喔喔喔喔噢噢噢喔噢噢喔噢——

『哇啊！』

「嗚？」

「嗷……」

有聲音……不對，是歌聲？聽起來兩者皆是。

從法杖傳出的，是簡直有如歌聲的呻吟。

聽起來既神祕，又令人毛骨悚然，既像是讚美歌，又像是嗟怨的叫聲。

只是不知怎地，這種不可思議的音色讓人聽得出神。

喔喔喔噢噢——

「願受囚於嗟怨與恩仇的無助靈魂得以安詳長眠。冥王啊，請賜與祝福。」

伴隨著讓恩細訴的言詞，藍白色的光自法杖溢滿而出。

「嗚嘎啊……」

「啊喔喔噢……」

「唔！僕役們，快逃！」

藍光填滿了房間，不死者們想聽從巫妖的命令逃跑，但無處可逃。

當光芒消退時，不死者們已經不見蹤影了。

『咦？』

「好厲害！」

簡直好像從一開始就不存在似的，牠們消滅得不留一點痕跡。

「竟然一瞬間就把本尊的僕役都……！喀咔咔咔咔咔，那根法杖究竟是什麼法寶！」

「吾……才想……問呢。」

「哦？想問什麼？」

「呼哈哈哈……哈哈。這是……能讓任何死靈……確實升天的……神具。為何……身為巫妖的你……還好端端的——喀啊！」

『讓恩！』

讓恩嘔出了大量鮮血，單膝跪倒在地。喂喂，讓恩一張臉面如土色，好像自己快變殭屍了！

「我扶你。」

「謝……了。」

「喀咔咔咔，看來是施放廣範圍高等升天咒文的道具啊！淨化了那麼多不死者，諒你無法全身而退！哦哦哦，生命力都快枯竭了不是嗎！」

原來是這麼回事啊！光是用升天術將安迪送往天界就已經消耗夠多體力了，現在同時淨化那樣高等級的複數不死者，讓恩被迫消耗的體力恐怕危及性命，搞不好都折壽了吧？

『我馬上用治療術──』

「沒用的，因為不是受傷。」

「那用這個。」

「嗯，謝了。」

芙蘭拿出可恢復疲勞的精力藥水，餵讓恩喝下。雖然大概只有安慰效果，但似乎多少起了點作用，原本粗重的呼吸漸趨平順。

「那麼，你們打算怎麼辦？看來絕招似乎對本尊無用喔。」

對啊，他中了能無條件淨化不死者的能力，為什麼會沒事？難道他不是不死者？不對，名稱都顯示為巫妖了，種族也寫著死靈。

「雖然似乎是件頗為強力的道具，但對本尊這種層次的存在似乎不具意義啊！」

或許如此。畢竟對手是人稱死靈之王的巫妖，就算是再強力的魔道具，可能也達不到效果。

「喀哈哈哈哈，絕望了嗎？」

巫妖隱含陰暗愉悅的言詞落在我們頭上，大概是想讓我們一蹶不振吧。

但我們才不會為這點小事絕望！

芙蘭舉起了我，往巫妖衝了過去。

「那就用砍的。」
『沒錯！說的對！』
趁他還沒召喚不死者之前，靠近過去砍了再說！
「喝啊啊！」
「喀咔咔咔！沒用的！」
啊？劍穿透過去了？他又沒有那種技能！
「喝啊啊！」
『——火箭術！』
芙蘭以屬性劍攻擊，我試著使用魔術，但還是一樣，所有攻擊都穿透過去了。我也想過對手或許就像一個幻影，但他剛才用了魔術……而且最重要的是，穿透過去的瞬間他攻擊了我們！
「喀啊！」
『——中量恢復術！』
雖然只是以交叉反擊使出的單純拳擊，卻一瞬間就讓芙蘭的生命力減半。
果然不是幻影！
可是攻擊力會不會太異常了？那傢伙的臂力值是134，老實講根本很弱。也沒看他使用魔術或技能，可是芙蘭的生命力卻減了一半？怎麼計算都不對。
『他隱藏了某種祕密。』
「嗯，很強。」

他隱藏著超出能力值的某種祕密。

不，說不定能力值是假的？假如他擁有跟我們的鑑定偽裝同系統的技能，一切就說得通了。

『真棘手。』

（怎麼辦？）

『如果能知道那傢伙是用什麼手段躲掉我們的攻擊，或許能用技能掠奪搶過來，可是……』

鑑定無效的話，連要搶什麼都不知道。

『讓恩？』

（沒辦法……魂魄眼……不能用在……不死者身上。）

我抱著一線希望問問看讓恩能不能查出巫妖的祕密，但卻得到殘酷的一句話。

『你好像莫名地鎮定，是有什麼計策嗎？』

（稱不上是計策，但能請你們爭取時間嗎？）

『這樣就有辦法解決嗎？』

（還不……知道。但是，希望你們相信吾。）

讓恩似乎有什麼辦法。雖然他顯得自信缺缺，但現在顧不得那麼多了。好，我們跟了。

（……知道了。）

『反正只要打下去，我看本來就會拖很久。』

（謝謝你們。）

一小時後。

我們在對抗不知是第幾批的不死者大軍。

「怎麼啦！身手似乎漸漸變遲鈍了啊！已經到極限了嗎？」

「還沒……還沒……！」

「嗷嗚！」

「很好很好，當這份希望反轉為絕望時，真想看看汝等會露出何種表情！以汝等的軀殼，想必能生產出優質的僕役！喀咔咔咔咔！」

我方的攻擊還是一樣打不中巫妖。我們一邊對抗巫妖召喚的不死者，一邊抓住破綻射出魔術，或是張開淨化結界，做了各種嘗試，但全都從那傢伙身上直接穿透。

即使如此我們還沒有輸，是因為那傢伙以凌虐我們為樂，甚至坐視芙蘭使用回復魔術。

他似乎是企圖擊垮芙蘭、讓恩與小漆的心，將他們收為部下。也是啦，如果是這三個人，想必能成為相當高階的不死者。讓恩這種層次的死靈術師如果不死化，搞不好還能當上巫妖。

不過多虧於此，我們才能照讓恩所說爭取到時間。真令人火大。

「喂，怎麼啦，動作停下來了喔。本尊的召喚術快要趕上了喔。」

「唔嗷嗚！」

小漆的闇屬性槍矛灑落在巫妖身上，但仍然無效。

「對了，就是這樣，不要停止攻擊比較好喔。來吧，接下來要讓本尊見識何種策略？」

「我一定要砍倒你。」

「喀咔咔咔！辦得到的話就試試看吧！」

我的魔力已經減到一半以下，芙蘭、讓恩與小漆也是一樣。

『讓恩，還沒好嗎？』

（還沒——不，來了！）

跟讓恩重複這種對話不知道幾次後。

最後，企盼已久的那一刻終於到來了。

咚嗡轟轟轟轟轟轟嗡嗡嗡嗡嗡嗡——！

傳來一陣響徹腹腔的驚人爆炸聲，以及恐怕能與震度五的地震匹敵的晃動。

怎麼回事？地下城內有炸彈爆炸嗎？腳下搖動不定，灰塵從天花板紛紛落下。

我以為是巫妖做了什麼，但看來不是巫妖的所作所為。

他完全失去至今游刃有餘的態度，用怒不可遏的聲音吼著：

「嘎啊……！你們這些傢伙！究竟做了什麼好事！」

豈止如此，還在痛苦地呻吟。

「看樣子是成功了啊。」

讓恩拖著受到冥王祝福的影響，尚未完全恢復的身體，腳步蹣跚地站起來。

「這是讓恩做的？」

「是吾的……部下……」

什麼時候做的？

看來讓恩一直在讓不死者部下進行破壞工作，他在等的大概就是這個吧。

「怨念爐的魔力……！本尊的夙願！消失……漸漸消失了……！唔啊啊啊啊啊啊啊啊啊啊啊啊啊！」

巫妖悲痛的聲音四處迴盪。讓恩想必是破壞了相當重要的設施。

『那傢伙現在怎麼了？你做了什麼？』

「應該已經弱化了。那傢伙的一個強項，就是來自地下城的魔力供給。我破壞了它的根本來源。」

『既然這樣，幹嘛不早講啊！』

「……抱歉，為了破壞目標設施，巫妖無論如何都會礙事。我需要有人當誘餌，否則想必無法破壞成功。」

「也就是說？」

「正所謂欲欺敵，先欺己。最重要的是，不能保證那傢伙沒有讀取記憶或心思的手段。」

「你們這些傢伙——！本尊不會饒過你們！本尊不需要你們這些手下了！本尊要將你們的手腳搗成爛泥，讓不死者們侵犯你們到嚥下最後一口氣，一邊讓你們後悔不該出生，一邊將你們凌虐至死！別以為死後就能解脫！」

巫妖用含藏殺氣的聲音，對我們惡言相向。

臉孔明明是骷髏卻看得出在生氣，真不可思議。

『既然弱化了，也許有機可乘！』

「嗯！」

好不容易才看見一線光明，芙蘭重新把我拿好，以銳利眼光瞪視著巫妖。

「妳這是什麼表情？該不會是懷抱著天真的希望，妄想能打倒本尊吧！好，就讓妳看個清楚，作為踏上黃泉路的餞行，況且看妳似乎擁有鑑定技能！」

巫妖似乎解除了妨礙鑑定的技能。

看見的能力值起了變化。

名稱：巫妖

種族：死靈・魔獸

狀態：大怨靈

Lv：71

生命：4863　魔力：7467　臂力：934　敏捷：666

技能：詠唱縮短10、風魔術7、鑑定妨害5、恐慌8、恐懼7、再生10、時空魔術7、咒言6、瞬間再生4、死靈支配10、死靈魔術10、精神異常抗性9、生命感知6、生命吸收7、大海魔術3、體術7、大地魔術3、土魔術10、讀心4、毒素魔術8、火魔術6、魔力感知7、魔力吸收7、水魔術10、冥府魔術8、闇魔術5、詠唱捨棄、異常狀態無效、死靈強化、封印無效、魔力操作

獨有技能：怨念吸收、怨念變換、鑑定偽裝

特別技能：不淨真理8
稱號：大罪人、地下城主、復仇者
裝備：怨恨長袍

『……太可怕了。芙蘭！絕對不可以鬆懈！』

「嗯！」

我太天真了！沒想到竟然強成這樣！這傢伙要是認真起來，幾秒就能殺死我們。不過，多虧技能全部揭曉，我知道是哪個技能讓我方的攻擊穿透了！不，正確來說是讓恩識破了。

（師父小弟，我知道了，是時空魔術。是時空魔術中一種叫次元轉移的法術。）

他說次元轉移是能在原處短時間傳送到異次元，藉此閃躲敵人攻擊的法術。由於魔力消耗太大，本來應該是不能連續使用的……但憑著巫妖的魔力與詠唱捨棄技能，恐怕想用多少次都行。

「超載．不死者召喚術！」

巫妖召喚出部下。不是至今那種小試身手的不死者。不，至今的不死者也已經夠強了，但這次出現的是身穿強力魔道具的十隻傳說級骷髏，跟之前我們經歷過一場苦戰的骸骨騎士是同等的怪物。雖然不至於具有潛在能力解放技能，但擁有劍聖術或矛聖術，防禦力也很高。

「慢慢玩死他們！」

巫妖一聲令下，骸骨們一齊來襲。雖然比至今的數量少，但個體本領全都高強得無與匹敵，而且還懂得聯手行動。

「高等．不死者召喚術。」

不僅如此，巫妖隨即又呼喚出無數的蟲型不死者。無數蟲子聚集到與骸骨交戰的芙蘭身邊。

蟲群一邊發出尖銳的嘰嗤嘰嗤聲一邊簇擁而上，對有些人來講恐怕噁心到能造成心理創傷。

『該死！別過來！』

我用風魔術吹跑牠們，但數量完全不見減少。

芙蘭的動作開始一點一滴受到阻礙。

「嗚！」

即使每一隻的攻擊力微乎其微，讓尖銳牙齒咬到全身上下，疼痛仍然會打亂專注力。

「地獄爆破！」

「猛毒子彈！」

「重力高壓！」

豈止如此，巫妖開始用詠唱捨棄連發高級咒文了！

「呃嗚！」

無法全部躲掉！我將最大魔力注入魔力障壁擋下咒文，但無法完全抵禦傷害。

我看到有更多魔術連續來襲。

『芙蘭，快躲！』

「嗯。」

「咖咖咖咖！」

我指示芙蘭躲開咒文，但遭到不死者們阻擋，逃都逃不掉。轉眼間芙蘭的生命力已經減少了一半！恢復術來不及回復！

「——高等．不死者召喚術！」

為了幫助無路可逃的芙蘭，讓恩召喚了部下。

「出來吧，史提芬！」

哦哦！好強的魔力，不輸給敵方的傳說級骷髏們！可能是擁有鑑定遮蔽而無法進行鑑定，但魔力的強大程度肯定在威脅度B。

骸骨們似乎也對他懷抱戒心，動作變遲鈍了點。

只是史提芬的外觀看起來不怎麼強呢。

因為他就像個人類小孩。要不是眼睛一片黑沒有眼珠，而且是讓恩用死靈召喚叫出來的，我也許不會知道他是不死者。

「那個個體是……！本尊也想知道，汝究竟變了何種把戲？」

巫妖也發出不同於怒氣，混雜了驚訝的聲音。甚至都驚訝到停止攻擊了。

「這就是說吾的死靈術也不只是做做樣子了。」

「喀咔咔咔，想不到竟能奪走本尊手下的死靈吞食魔！」

意想不到的是，讓恩召喚的似乎就是他提過的死靈吞食魔。咦？已經弄到手了？不只巫妖，連我們都大吃一驚。

而且這隻死靈吞食魔好像是巫妖的部下，但現在卻聽命於讓恩。

要支配不死者，只要使用死靈魔術或死靈支配技能即可。但對方可是擁有強大魔力，而且受到實力懸殊的巫妖支配的死靈吞食魔。讓恩再怎麼優秀，我也不認為他能支配這種對象……

「別看吾這樣，好歹也是個死靈術師，早就為了對付死靈吞食魔準備了許多策略。」

讓恩簡單地解釋給我們聽。巫妖或許也對箇中祕密感興趣，沒攻擊我們。

他說史提芬原本是準備用來對付死靈吞食魔的幽靈之名。史提芬擁有的技能，只有死靈抗性、吸收抗性與侵蝕融合這三項。其戰術再單純不過。

首先讓史提芬故意被死靈吞食魔吃掉。一般狀況下，幽靈會就此遭到死靈吞食魔吸收同化，但史提芬擁有死靈抗性與吸收抗性，可用這兩項技能防止遭到吸收，並反過來以侵蝕技能侵蝕，並支配對方。

不過以前來到這座地下城時，史提芬一下就被死靈吞食魔吃掉，而且死靈吞食魔並沒有受到史提芬侵蝕的樣子，因此讓恩說他以為計畫失敗了。

然而史提芬並沒有落敗，而是花上數年時間慢慢侵蝕死靈吞食魔，終於支配成功。

然後當讓恩再次來到地下城，他就用心靈感應與讓恩取得了聯繫。

「喀咔咔！有意思！好，待本尊殺了你之後，就將你當成手下使喚！就將你的發想力活用來助本尊達成夙願吧！」

「吾拒絕。」

「你無權拒絕！」

趁著讓恩用對話爭取時間，我們與死靈吞食魔聯手出擊，將骷髏們殺到剩下一半。

死靈吞食魔的力量強到爆錶。不，我看在對付死靈時根本無敵吧？只消稍碰一下，死靈的魔力就被削掉一大塊，死靈吞食魔的魔力則是大幅增加。對手也不敢隨意攻擊。

巫妖因為注意力放在讓恩身上而停止了動作，骷髏造成的壓力也減半了。

我用產生的些許餘力一面用鑑定觀察巫妖，一面思考打倒他的方法。

隨後，我想到了一項作戰。用這種方法保證可以殺他個措手不及。雖然不確定能不能打贏，但肯定能給予沉重打擊。

『讓恩，我來封住那傢伙的時空魔術。你能用法杖嗎？如果使用法杖會有危險的話──』

（吾沒問題。）

『那就拜託你啟動法杖，我這邊會配合你。』

（知道了。）

我專心注意巫妖的動作，而讓恩再次將法杖高舉至頭上。

「冥王祝福，啟動。」

「哦，又是那根法杖啊。那對本尊無效喔。還是說，你想打倒骷髏們？無妨，假若這樣能讓你耗盡生命，本尊也能獲得狀態良好的屍體！」

「願受囚於嗟怨與恩仇的無助靈魂──」

巫妖一副從容不迫的表情，想必是因為能用時空魔術「次元轉移」加以閃避吧。

而且冥王祝福是需要時間啟動的道具，在巫妖看來，一定很容易掌握使用法術的時機。給人的感覺就是絲毫不認為自己會遭到冥王祝福所淨化。

不過，這次他失算了。

『技能掠奪！』

我對著巫妖發動了技能掠奪。

時空魔術不是特別技能，應該可以奪取——

〈已經以技能掠奪奪取了時空魔術7。〉

成功了！我搶到那傢伙的時空魔術7了！

「——得以安詳長眠。冥王啊，請賜與祝福。」

「沒用沒用……！」

蠢蛋！沒用的是你！

「什麼！怎會這樣！」

巫妖那傢伙發動不了時空魔術，看他急成什麼樣子。

於是冥王祝福發出的光芒，包覆了如此丟人現眼的巫妖。

「嘎啊啊啊啊！」

巫妖忍不住發出了哀號。生效了！

「怎麼可能！本尊怎可能在這裡敗北！」

從光芒的另一頭，只傳來巫妖的臨死慘叫。

魔力明顯地在減少，但怎麼還不消滅？

「咕啊啊啊啊，要遭到淨化了！本尊的怨念！要消失了！唔嘎嘎嘎嘎啊啊啊啊——！」

不愧是巫妖，還在忍受最高級的升天魔術。大概他的怨念就有這麼強大，要花上一段時間才能升天吧。

不會跟我說沒辦法徹底淨化吧？

然而，我的不祥預感成真了。

當光芒消失時，巫妖還好端端地在那裡。

看得出來他身上冒出的黑色瘴氣有所減弱，明顯地消耗了大量體力。但離灰飛煙滅恐怕還早得很。

『混帳，竟給我撐住了！』

然而，巫妖的樣子不太對勁。

「啊啊啊啊啊啊啊啊啊啊——」

大量的魔力流入巫妖身上。不知湧自何方的魔力，有如瀑布般沖向巫妖。

是身為地下城主的能力嗎？

「好像不太對勁？」

「他在從周圍吸收怨念。」

「什麼意思？」

回答芙蘭疑問的不是讓恩。讓恩奄奄一息地倒在地上，芙蘭雖然用精力藥水幫他做回復，但恐怕性命垂危。

代替他回答的，是死靈吞食魔史提芬。講話很流暢，真的就跟人類沒兩樣。

「這是那傢伙擁有的技能的效果。不淨真理技能可以從其他不死者身上吸收怨念，轉變為自己的力量。他就是用這種技能，在收集從怨念爐釋放出來的怨念渣滓。我是因為有抵抗力，所以幾乎不受影響。」

所謂的怨念爐，好像是史提芬破壞的地下城設施。正如其名，是以不死者散發的怨念為動力生產魔力的裝置。怨念爐雖已遭到破壞而變成碎塊，但蓄積其中的怨念並未消失，而是在這座地下城裡四處飄盪。

巫妖使用稱為不淨真理的技能，持續吸收著這些怨念，藉以對抗淨化怨念使其升天的冥王祝福。

巫妖具有稱為怨念吸收的獨有技能，這項技能可將怨念轉變為自身力量，我能感覺到他越是吸收，力量就提升得越高。

「咕嘎嘎嘎嘎嘎嘎嘎嘎啊啊啊啊啊啊啊啊啊啊啊啊啊啊啊啊啊啊啊啊啊啊啊啊啊啊啊啊啊啊啊啊啊啊啊啊啊啊啊啊啊啊啊啊啊啊啊啊啊啊啊啊啊啊啊啊啊啊啊啊啊啊——」

只是，實在不覺得他那是在回復體力。

反倒像是受到劇痛而掙扎，尖聲發出慘叫。

『吶，那樣是不是不太對勁？』

「想必是一次吸收太龐大的怨念了。數以萬計的怨念集合於一身，我得說他現在已經沒有正常意識，恐怕巫妖本身的思維已經不復存在……」

那豈不是很不妙嗎？也就是說陷入了失控狀態吧？

『再用一次冥王祝福！』

「辦不到，主人的性命會不保。」

『不能由你來用嗎？』

「命名道具只有獲得認可者才能使用，主人以外恐怕……」

所以那是讓恩專用道具就對了嗎！該死，我試著用魔術射去，但遭到黑色瘴氣般的靈氣彈開，完全沒效。

「啊啊啊啊啊啊啊啊啊啊啊啊啊啊啊啊啊啊啊啊啊啊啊啊啊啊啊啊啊啊啊啊啊啊啊啊啊啊啊啊啊啊啊啊啊啊啊啊啊啊啊——」

巫妖發出的野獸般咆哮在四下迴盪。

不妙！怨念開始從巫妖身上溢滿而出，黑色靈氣一邊以驚人速度吞沒周圍事物一邊膨脹。

不用使用危機感知也知道那很危險。

「怨念濃密到具體成形了，活人一旦遭到吞沒，想必會在轉眼間喪命。」

不用你說我也知道啦！傳送之羽——不行！剛搶到的時空魔術7……這個也不行！大概是因為巫妖那傢伙擁有封印無效技能，所以在時空魔術遭到封印的房間裡才照樣能施法吧。

不管怎麼做都發動不了。

「嘔嘎嘎嘎嘎嘎嘎啊啊啊啊啊啊啊啊啊啊啊啊啊啊啊啊啊啊啊啊啊啊啊啊啊——」

如同某種擋牆潰堤般，從巫妖身上漏出的怨念數量一口氣增加，簡直就像海嘯般襲向我們。

史提芬抱起了倒地不起的讓恩。

「主人由我來想辦法！只是，我無法連各位都保護到……」

『沒有辦法可想嗎！』

「抱歉——」

位置比我們前面一點的讓恩他們被怨念奔流吞沒了！

『芙蘭！全力張開魔力障壁！然後用淨化魔術張開結界！』

「嗯！」

『小漆躲進影子裡！』

「嗷！」

『形狀變化！』

我將自己的形狀變成大盾。雖然厚度較薄，但現在能把芙蘭覆蓋住比較要緊。然後我全力張開魔力障壁，以我與芙蘭的雙重障壁抵擋怨念！當然，已經用魔法師技能做了狂飆化。

『咕嗚嗚嗚嗚！』

障壁發出擠壓聲，這樣下去障壁會被沖破的！我自己的耐久值也開始高速減少！大盾表面如同受到打磨般被刮削得嘎嘎作響。

「師……父……」

『芙蘭！』

怨念的氣勢太強了！芙蘭的障壁也承受到驚人壓力，為了維持住障壁，芙蘭也受到了異常大的負擔。

這樣下去障壁遲早會被破壞，我們會被怨念吞沒。

沒有什麼辦法嗎？沒有能突破現況的技能嗎？自我進化點數還有剩。物理障壁？淨化魔術？

不，有一項技能還沒用到！

只能賭在這個上面了！

『唔喔喔喔噢噢噢！潛在能力解放——！』

就是從骸骨騎士吸收得來的特別技能，潛在能力解放。

霎時間，我的刀身變得光輝燦爛，龐大魔力從中溢出。

我自己也理解到，我本身的力量劇烈地增加了。

憑著這份力量——

不，不妙！耐久值減少的速度加倍了！再這樣下去，用不到三分鐘我就會遭到破壞，天曉得在那之前怨念巨浪能不能停息。

怎麼辦？繼續專心防禦嗎？或者是將自我進化點數用在魔力障壁或淨化魔術上，試著對抗看看？

〈判斷目前處於危險狀況，必須採取應對措施。〉

咦？是誰？

〈我的個體名稱是■■■・■■■■——確認製作者進行刪除，沒有個體名稱相關資訊。〉

呃不，我不是在問這個。是說這個聲音，難道是播報員？

〈是，個體名稱．師父稱呼為播報員的存在，是我能力領域的一部分。目前受到潛在能力解放技能的影響，凍結的權限暫時恢復功能。〉

我有很多問題想問，但現在沒那多餘精神！得想辦法解決這個狀況才行！

〈一百三十九秒後，個體名稱．師父將遭到破壞。在此之前敵性思念波停止噴出的可能性為百分之十三。個體名稱．芙蘭的生命停止機率為百分之九十一。〉

真的假的！我得將點數用在魔力障壁或淨化魔術上，保護芙蘭才行！要選哪一個？該死，我該怎麼辦？播、播報員覺得哪個比較好？

〈建議兩種提案皆不採用。〉

意思是兩者都行不通嗎？

〈是，個體名稱．芙蘭的生命停止機率，兩者皆在百分之八十以上。〉

那你該不會有更好的方法吧？

〈是，是否要開始應對？〉

拜託了！只要能保護到芙蘭就好！

〈了解，請暫時將能力使用權限轉讓於我。〉

知、知道了！我轉讓！你想怎樣都行！

〈確認權限已暫時轉讓。開始應對。〉

比起我的膚淺見識，播報員應該了解更多，這裡就交給他吧！應該說不知道為什麼，我很自然地認為交給他比較好。

〈發動時空魔術「極速領域」。〉

這是能加快體感時間的法術，周圍的動作看起來變慢了。原來如此，這樣可以獲得一點點思考的時間。不愧是播報員，才剛得到的魔術就能用得這麼上手。

〈開始保護首要保護對象芙蘭。使用自我進化點數5點。形狀變化進化為形態變形。〉

喂喂喂！怎麼忽然就用起自我進化點數來了？呃不，我是說過你想怎樣都行啦，可是……！

原本的25點減到20點了。

受到播報員操縱的我的身體，一口氣改變了形狀。身體維持著目前的大盾模式，有一部分膨脹起來，開始纏繞在芙蘭身上。不同於形狀變化，形態變形似乎連質量都能改變。

我完全成了一件鎧甲。不是整面覆蓋，而是採用以精細框架填滿黑貓系列縫隙的形狀。看來目的不是鎧甲本身的防禦力，而是讓魔力障壁能在全身上下展開得密不透風，強韌程度想必值得期待。

〈維持鎧甲化與展開魔力障壁帶來的負荷造成演算能力降低。使用自我進化點數5點。分割思考進化為並列思考。以此彌補演算能力。〉

隨便你看著辦吧！

〈——自我進化點數不足。〉

都這樣大肆揮霍點數了，哪有這種的啦！

〈使用自我進化點數6點，使鑑定7成長為鑑定10。尚未滿足新技能「天眼」的取得條件。暫停取得新技能——〉

看來鑑定技能屬於升到等級10時可以取得新技能的類型，不過好像沒能滿足某些條件。可是為什麼要在這種狀況下提升鑑定等級？

〈——嘗試進入神域——成功。參照Library。〉

神域？那是啥啊？是神明居住的地方嗎？還有Library……圖書館？不懂。晚點再請他解釋好了，現在最好別打擾他。

〈以喪失存取能力作為代價，獲得天眼的相關資料。建構天眼技能——失敗。消耗自我進化點數建構天眼——自我進化點數不足。〉

他好像在做各種嘗試。加油啊播報員，只要能得救，想怎樣都行！

〈掃描持有技能——進行技能的消除與整合，嘗試確保資源並獲得自我進化點數。〉

技能的消除與整合？

〈消除與整合成功。進行技能的效率化與統合。統合曲劍術1、劍聖術5、劍術10、雙劍術2、大劍術1、短劍術1、刀術1，取得劍王術·地7。統合拳鬥術3、踢腿術1、體術3，取得拳王術·地1。統合腳底感覺1、危機察知1、警戒4、氣息察知3、採集2、狩獵1，取得全方位察知3。統合振動感知1、熱源探知1、電磁感知1、魔力感知3、陷阱感知5——〉

太長了太長了太長了！沒完沒了。

〈省略一部分資訊通知。消除不需要的技能，取得自我進化點數10點。〉

嗯嗯，這樣就可以了，晚點我再確認有什麼改變就好！

〈使用自我進化點數10點。已取得天眼。發動天眼。成功掌握傳說級骷髏的位置。發動形

態變形。〉

搞了半天不知道他在幹嘛，原來是藉由這項技能放眼觀察怨念大浪，而變得能夠理解周圍的狀況。

受到播報員操縱的我的身體，射出了某種物體。絲線？看來好像是把部分刀身變成了鋼絲，射向了還沒消失的骷髏。

鋼絲在怨念風暴中迅速伸長。多虧覆蓋著魔力障壁，即使鋼絲很細也不至於斷裂。

然後鋼絲準確地刺穿了骷髏們的魔石。這應該是因為用了潛在能力解放，使得攻擊力上升了吧。說不定那個什麼技能統合的動作也有影響。

而且鋼絲是從我刀身延伸出去的，就這樣一口氣吸收了五隻骷髏的魔石。

播報員太強了！

〈魔石值已達5521點。開始進行升級。取得自我進化點數55點。自我進化點數尚餘64點。使用自我進化點數18點，使創造分身1成長至等級10。取得新技能「高速思考」。〉

她讓創造分身升等了，目的也是為了取得可在等級10獲得的高速思考嗎？

〈使用自我進化點數10點，使創造分身10超越化。介入進化——成功。取得創造複數分身SP。〉

還沒確認創造分身10的能力就超越化了！呃不，有必要的話是沒關係啦。可是好想知道原本是什麼樣的能力喔～

〈使用創造複數分身ＳＰ。〉

於是多達五名人類模樣的我出現了。不知是不是播報員比較有技巧，他們穿著這個世界風格的乾淨衣服。我以為播報員是要拿他們當肉盾，結果反而讓他們躲到後面去？

〈藉由並列思考、高速思考開始高速演算——成功。使用自我進化點數8點，使火焰魔術１成長到火焰魔術５。〉

他讓火焰魔術升等了。這次不是升到最高的１０級，是否表示他需要5級可以取得的魔術？

〈——使用火焰魔術「煉獄爆烈」。使魔力運用異常化，嘗試提升威力。〉

我與五名分身同時開始吟唱咒文，同時施放了魔術。

金色帶狀烈焰互相交纏，集中於一點上。這種法術原本似乎就是範圍狹窄但威力較高，現在經過播報員的運算，按照計算結果更進一步提升威力。集中於一點的火焰咒文引發了驚人的爆炸——只在一瞬間就吹散了怨念。

看見失控中的巫妖了！然而怨念還在持續噴出，想必很快就會覆蓋掉好不容易製造出的空白地帶。

得快點攻擊才行！快啊！趁現在搞不好打得贏！

〈否，擊破巫妖時，怨念完全失去控制，引發大爆炸的機率為百分之八十九。〉

咦，真的假的？那就算了。

〈使用自我進化點數，使技能掠奪１０超越化。取得技能掠奪ＳＰ。藉此，再度使用條件得到重置。可再度使用技能掠奪。使用技能掠奪ＳＰ——成功。取得封印無效。〉

竟然有這種密技？技能掠奪ＳＰ該不會是變得連特別技能都搶得到吧？

〈使用時空魔術「次元跳躍」。〉

原來如此！由於獲得了封印無效，所以即使在傳送封印空間中也能進行傳送了！

播報員的詠唱聲在我腦中響起。

不妙，又要被怨念吞沒了。

就在我準備放出念動力勉強抵抗迫近的怨念浪潮時，下個瞬間，我們的身影已從大廳消失。

咻喔喔喔喔──

『這、這裡是……浮游島的外面嗎？』

強烈風壓襲向傳送出來的我們。

我們現在正從高過雲層的位置進行自由落體運動。

看來是平安脫身了。

芙蘭的情況怎麼樣了？我確認自己刀身仍然纏著的芙蘭情況如何。

還好，只是昏了過去，沒什麼特別異常的地方。雖然生命力減了一半，但也就這樣了。臉色還算紅潤，也沒有明顯外傷。總之我先對她用了恢復術與淨化法術。

雖然沒有恢復意識，但我想已經脫離險境了。

『小漆？』

「嗷。」

小漆也沒事，待在芙蘭的影子裡。不過話說回來，是新取得的天眼帶來的效果嗎？我能清楚看見影子裡的小漆，也能進行鑑定。

牠的生命力也減了不少，但似乎沒有太大的異狀。

我也幫小漆施加了恢復術。

〈個體名稱．師父的耐久值將在三十五秒後到達極限。〉

喔喔，是播報員！你救了我們！

〈阻斷潛在解放。同時，暫稱．播報員的能力領域再度受到剝奪。〉

啊，一中斷潛在能力解放的瞬間，播報員的聲音就變得有點遙遠。感覺就像聽收音機時，不小心一口氣把音量轉太小。

是說這是什麼意思？是表示播報員要變回平常那樣了嗎？

〈是，權限剝奪將使暫稱．播報員的能力恢復常態。今後可以使用的能力，僅限語言翻譯、資訊通知。〉

我有很多問題想問，有很多事情想知道耶！我如果再次使用潛在能力解放，你會變回這種狀態嗎？

〈否，由於行使了超出極限的能力，發現能力領域有一部分破損。今後潛在能力解放時，暫稱．播報員的權限復元的可能性為百分之二。〉

咦？你是說這種狀態的播報員已經不會再出現了？

〈是，能力領域破損區復元的可能性為百分之〇。活動將在十五秒後到達極限。〉

等、等一下！我有很多問題想問！

〈感謝個體名稱．師父。不受神明允許留存，存在受到製作者抹煞，只允許作為器皿存在的我，最後雖然只有短暫時間，但總算有機會為主人行使力量。願智慧神庇佑各位的旅途——〉

播報員！播報員？

〈——〉

播報員？有人在嗎——？

不行，得不到半點回應。

『沒用啦，已經消失了。』

『這樣啊……我有好多問題想問的說。』

『那是早已消逝的存在的渣滓，只是因為潛在能力解放而奇蹟地浮上表面罷了。行使了超出極限的力量付出代價，使得連渣滓也消失了。』

『所以真的已經見不到面了？再用潛在能力也沒用？』

『沒用。』

『那也就是說，有困難時不能再依靠播報A夢了？』

『就是這麼回事。真要說的話，你看看自己的魔石值吧。』

『這樣啊——咦？你是誰啊？』

呃，我怎麼就正常地跟他講起話來了？這人是誰啊？心靈感應？

『我好像有聽過你的聲音耶？』

對，在轉生的那天。更進一步地說，是在我剛轉生後，用心靈感應跟我講話的謎樣男聲。

『我說啊，你是什麼人？』

『嗯——其實應該再晚一點才要公開我的真面目……實際上預定不用一個月之後，我們就會見面了喔。不過只有精神體就是了。』

『哎喲——不要吊胃口，告訴我嘛——現在告訴我又不會怎樣。』

『你很不莊重耶……』

『不是啦，總覺得你好像不是外人～～』

真的就是這樣，這名男性的聲音，不知為何給我一種親近感。就像朋友或家人那樣，使我講話變得放肆了點。

『好吧，也罷。就告訴你吧，我的名字是——』

「師父先生！」

咦？喔，是史提芬。他橫抱著昏倒的讓恩，正在往下墜落。可能是擁有浮游技能，墜落速度很慢。不過話說回來，真高興他們沒事。

只是，也太會挑時機了吧……

『喂——你還在嗎？』

『——』

好的，他消失了——又來不及知道真面目了。

他到底是誰？這表示我的體內除了我以外還有別人嗎？多重人格？我以外的靈魂？

好吧，這把劍裡就算裝了我以外的靈魂，或許也沒啥好奇怪的。畢竟實際上來說，這把劍是誰用什麼方式，為了什麼目的而打造的都不知道。

雖然播報員跟剛才那個男的似乎知道些什麼……

對了，播報員又是什麼人？那聲音與其說是靈魂，不如說像極了機械。給人的印象就像科幻小說裡登場的人型機器人，或者是輔助用的人工智慧。他中途還講了些令人在意的事，像是名稱受到製作者刪除，還有神明不允許他存在什麼的。

啊啊，一堆事情讓我好在意！可是全都弄不懂！所以不要再想了！

不是啦，因為再怎麼想也不會知道啊。既然如此，我認為不要放在心上比較有助於心靈平靜。反正聽起來不像敵人，而且他說還會再見面，到時候再問吧。

「各位都平安嗎？」

史提芬靠近到我們旁邊來了，讓恩看起來沒有大礙。總之晚點再想其他事吧。不過一個大人讓小孩公主抱的模樣，真是有點無厘頭。

『還過得去。』

「芙蘭小姐沒事嗎？」

『嗯，只是昏過去而——』

咚轟轟轟轟隆隆隆隆隆隆！

『哇啊！』

震耳欲聾的驚人爆炸聲，使我急忙仰望頭頂上方。

我看到了剛剛待過的浮游島裂成兩半的光景，黑色光芒從岩盤裂縫中向外洩漏。大概不只那個樓層，溢出的怨念已經遍及整座地下城了吧。

剛才要是繼續待在地下城裡，早就一命嗚呼了。就算能打倒巫妖，想必也會落個無處可逃的下場。得感謝選擇脫逃的播報員才行。

轟轟轟轟隆隆隆隆——！

巨大岩石從崩壞的地下城掉下來了！浮游島的岩盤本體在爆炸中碎裂，逐步崩塌。那片光景讓我再次想起天空之〇的結局，就是巴魯斯之後那段。

「想必是那些怨念的暴發，造成地下城魔核本身遭到破壞了吧。不久後地下城就會消滅。」

『消滅？你是說會消失嗎？那浮游島往下墜落，並不會造成災害嘍？』

「不，地下城本身會消失，但我想那個岩塊是不會消失的。因為那不是作為地下城產生的物質，而是原本就有的東西。」

這樣豈不是很糟糕嗎？那麼大一塊巨岩要是掉下去，誰知道下面會產生多大災害……要是下面有個村莊什麼的，後果不堪設想啊。

『小漆，拜託你了。』

「嗷嗷！」

小漆從影子中出來，我輕輕將芙蘭放在牠的背上。這是天然的毛皮，躺起來應該很舒服。小漆也變回原本大小，完全就像一張床。只要交給擁有空中跳躍的小漆照顧，芙蘭應該不會有事。

我降落到雲層底下，然後環顧視野下方。還好，沒有村莊或城鎮。看來這裡似乎是個山麓地帶，翻越這座山之後應該就是雷鐸斯王國了。

話雖如此，假如浮游島就這樣墜落在山上或森林裡，想必會是一場巨大災害。不，等等喔，災情可能會滿嚴重的。仔細一瞧，下面有一條河川流過。這樣看來下流應該是滿大的河川吧？假如岩塊攔截了水流……

該怎麼辦呢？

目前特別大的岩塊有兩個，一個看來會墜落在半山腰的森林地帶，另一個則是沿著直接撞擊禿山地表上河川的路線墜落。

『嗯——不守住那條河可能會很慘。』

話是這樣說，但那麼巨大的岩塊，用念動力實在擋不下來。就算打壞，質量也不會減少，搞不好還會擴大災害範圍。

『不，等等喔。先破壞掉，然後——那樣之後再這樣……好，應該可行吧？』

我想到個好辦法了。假如進行得順利，說不定能將災情壓抑為零。

『看我的！——煉獄爆烈！』

我直衝飛向岩塊，施放了魔術。我用剛學會的煉獄爆烈開出幾處深洞，用土魔術進一步把洞挖大。然後再用風魔術對岩石內部施加壓力——巨大岩塊就這樣分割成了四塊。

『喝呀喝呀！』

我又再次使用魔術，製造出大約二十塊中等尺寸的岩塊。

不過最小的直徑也有二十公尺左右就是了。

『好，這個大小的話可行。』

接著我發動次元收納，把弄碎的岩石一塊塊收進空間。

『收納收納。』

呵呵呵，還可以裝下很多喔！可能是習得了時空魔術帶來的效果，我變得能夠掌握自己次元收納空間的大小。即使把這些岩塊全部收納起來，大概也還能留下一座體育館的空間。

麻煩的是岩塊該如何處理……管他的，總會有辦法吧。

反正之後會出海，扔在海裡也行。

『好，這樣河川就沒事了。』

另一塊巨岩在遠方墜落到原野上，發出轟然巨響。大量砂土與沙塵漫天飛舞，小型森林遭到壓爛。

嗯——真的幸好沒有掉進河裡。

「嗷嗷嗷！」

「師父先生，您沒事吧？」

小漆與史提芬降落下來了，總之我也先降到地面上吧。總算能鬆一口氣了。

『你們才是，有沒有被墜落物打到？』

「我們沒事……哎呀？」

「嗷？」

『喂，史提芬，你好像在發光耶，沒事吧？』

史提芬的身體包著一層淡藍光芒。

「看來我的生命走到盡頭了。」
『咦?為什麼啊?』
「因為我是地下城怪物,註定要與地下城一同消失。」
這提醒了我,之前說過當地下城核心遭到破壞或地下城主被擊敗時,地下城裡的怪物會消失。可是史提芬算是地下城怪物嗎?
『呃不,你應該算讓恩的部下吧?』
「可以說是,也可以說不是。因為這具身軀的確是由地下城主生產出來的。」
史提芬的指尖開始變得透明。這種現象逐漸傳播到全身,同時史提芬的身體也開始冒出升向天際的光芒。這幅光景看起來,就跟讓恩用升天術讓安迪上升至天界時一模一樣。他一定是要消失了。
但你怎麼還笑得出來啊!都要消失了耶!
你明明擁有跟人類一樣的思維,難道都不害怕嗎?
「這個給您。」
『這是……日記嗎?』
「是的,只要讀過這個,應該能對一些事情有所了解。」
『這是誰的日記?』
「讀過就知道了。啊啊,這下我終於能解脫了……」
『史提芬,喂!』

「師父先生，我的另一位主人就拜託您了……謝謝您解放了我們。」

史提芬滿懷關愛地輕輕摸了摸讓恩。

「晚安。」

然後，就這樣靜靜地消逝了。

留下心滿意足的笑容。

『史提芬，直到最後一刻都是笑著的呢。』

「嗷……」

對怨靈而言，升天是一種救贖。既然如此，這對史提芬而言大概是最棒的結果吧，能幫上主人的忙，保護主人的安全而升天。我們為他難過反而是錯的。

『好啦，一直待在這裡也不是辦法，把讓恩他們叫醒吧。』

「嗷。」

小漆為了叫醒讓恩，在他臉上舔來舔去。

讓恩整張臉都被小漆的口水弄得黏答答的，只差沒被口水淹死。別做得太過火喔。

趁著這段時間，我確認一件令我在意的事。

就是神祕男聲所說的魔石值那件事。

『……嗄？這是怎樣啊——！』

自我進化〈階級11・魔石值2061／6600・記憶體100・點數18〉

『魔石值減少超多的耶！咦？真的假的？』

階級或能力都沒下降，但魔石值狠狠地減了一堆。為什麼？難道是潛在能力解放的代價嗎？記得解說寫著代價會依使用者而不同，所以我的代價大概就是魔石值吧。

好吧，反正撿回了一條命，我是不會有怨言啦。是不敢有怨言啦，可是……！啊啊，下次不知道要等到何時才能升級……

「嗚噗！這、這些黏答答的東西是什麼！」

讓恩好像被小漆叫醒了，醒來的感覺一定超糟。

好了，來叫醒芙蘭吧。要是放著不管，就換芙蘭遭受口水攻擊了。

從地下城死裡逃生後，我們回到了讓恩的研究所。

讓恩使用冥王祝福似乎消耗了相當大的力量，三兩語之後，就躺到床上了。後來他應該睡了一晚，卻好像還沒完全康復，連起床都顯得懶洋洋的。

我正在教貝納多怎麼煮咖哩，因為讓恩叫我，於是來到了寢室。

『身體狀況還好嗎？』

「呼哈哈哈，稍微講點話不礙事的。別說這個了，吾想問你一點事情。」

讓恩說想知道昨天發生了什麼事，於是我把史提芬升天前的狀況講給他聽。

「那麼，史提芬升天了是吧？」

『是啊。』

讓恩聽完我說的話後，露出稍稍鬆了口氣的模樣大大點了個頭。

「這樣啊……吾這糟糕的主人長年將他扔在那裡，他還這樣盡忠……再怎麼感謝也不夠。」

『他最後看起來挺心滿意足的喔。』

「那就好，因為那對不死者而言，是最好的一件事。」

讓恩在床上躺下，我跟他聊了一下。

我跟他也討論了委託還有道具如何分配，結果我們拿到魔劍．死亡凝視者，並且比原本說好的多拿了五十萬戈德的酬勞。

這是因為其實大家還從寶箱當中得到了幾件道具，但我們幾乎都用不到。我說我們不需要那些道具，於是讓恩就多付了一筆戈德作為替代。而且魔劍．死亡凝視者的能力非常之強。

名稱：魔劍．死亡凝視者

攻擊力：880　保有魔力：600　耐久值：400

魔力傳導率：B+

技能：即死（斬傷對手時以百分之三的機率令其立即死亡）

本身的攻擊力比我還高。

我、我才沒有不甘心呢！其他都是我比較高啊！所以我真的沒有不甘心！拜託就當成是這樣！

「師父小弟。」

『幹嘛？』

「唔嗯，關於史提芬託給你的日記，已經讀過了嗎？」

『不，還沒。』

雖然史提芬是交給我，但我覺得應該由讓恩第一個閱讀。所以我還沒看。

「這樣啊，那麼，可以借吾一下嗎？」

『應該說由讓恩拿著比較好吧？我等你看完再看就好。』

「謝了。」

『不用急喔。我想請你讓我們在這裡待個幾天。』

「知道了。」

『嗯。』

於是讓恩小心翼翼地拿起我交給他的日記，慢慢翻開了封面。

今天內應該是看不完。

接下來幾天要怎麼過呢？對了，我得檢驗一下技能才行。

我徵求過貝納多的許可後，決定在研究所後面的空地檢驗新獲得的技能。

首先整理一下產生變化的能力值。魔石值的變化……現在就先忘了吧。

名稱：師父

裝備登錄者：芙蘭

種族：智能武器

攻擊力：572　保有魔力：3550／3550　耐久值：3350／3350

魔力傳導率：A+

自我進化〈階級11．魔石值2061／6600．記憶體100．點數18〉

技能：鑑定10、鑑定遮蔽、形態變形、高速自我修復、念動、念動上升【小】、心靈感應、攻擊力上升【小】、時空魔術7、裝備者能力值上升【中】、裝備者回復上升【小】、天眼、封印無效、保有魔力上升【小】、記憶體增加【中】、魔獸知識、技能共享、魔法師

獨有技能：謊言真理5

超越技能：技能掠奪SP、創造複數分身SP

芙蘭他們等級上升，能力值也有了很大的變化。在沒有裝備我時，技能如左：

名稱：芙蘭　年齡：12歲

種族：獸人．黑貓族

職業：魔導戰士

狀態：結契（使劍者）
能力值 Lv：33／45
生命：406 魔力：327 臂力：215 敏捷：209
技能：隱密3、宮廷禮儀4、氣息察覺3、劍技4、劍術6、瞬發4、料理1、昆蟲殺手、氣力操作、哥布林殺手、精神安定、惡魔殺手、剝取高手、不退、方向感、夜眼
〈NEW〉不死者殺手
固有技能：魔力聚集
特殊技能：黑貓加護
稱號：一騎當千、昆蟲殺手、解體王、回復術師、哥布林殺手、殺戮者、技能收藏家、地下城攻略者、超強敵吞食者、惡魔殺手、火術師、風術師、料理王
〈NEW〉不死者殺手、技能收集狂
裝備：黑貓系列（名稱：黑貓鬥衣、黑貓手套、黑貓輕鞋、黑貓天耳環、黑貓外套、黑貓皮帶）、力量手環＋1、替身手環

最終來說等級上升了多達8級，因此能力值有了大幅成長。芙蘭本身的技能雖然只多了一個，但劍術等技能大有提升。不過話說回來，成長得還真快。想必是因為與強敵連續交戰，藉此以驚人速度累積了經驗吧。

最令我在意的還是結契，上面寫著「使劍者」。

這裡的劍指的應該是我，但為何會有這種變化？是結契狀態產生了某種變化嗎？可是我跟芙蘭都沒做什麼耶。

契約本身也是莫名其妙就締結了，真是謎團重重。我問過讓恩，他說我們在對抗巫妖的後半戰也有發出藍光。我還是不明白怎麼會變成那種狀態。

我與芙蘭一起做了各種嘗試，像是同時散發同量魔力，或是試著集中精神。

「契約，發動！」

還試著這樣喊過。

但從沒有藍光散發出來。

沒辦法，只能今後繼續多注意，靜觀其變了。

還有，等級也讓我很在意。可能因為得到了天眼，我能看到的芙蘭情報內容起了變化。33／45是表示45級就是極限嗎？這樣的話，只要升上45級應該就能進化了。感覺好像不遠了耶，這真是個好消息。眼下大概就是以45級為目標吧。

接著是小漆。由於原本只有1級，因此這次足足上升了10級。只看能力值的話，已經比芙蘭還高了。

只是想到芙蘭升了多達8級，就覺得小漆升等似乎慢了點。大概是升等需要的經驗值比芙蘭多吧。

名稱：小漆（黑暗野狼）

種族：魔狼・魔獸
能力值　Lv：11／50
生命：600　魔力：731　臂力：301　敏捷：369
技能：暗黑抗性8、暗黑魔術2、敏銳嗅覺10、隱密7、牙鬥技5、牙鬥術6、潛影10、影渡5、
空中跳躍8、恐懼4、警戒6、氣息遮蔽6、再生5、屍毒魔術1、瞬發5、消音行動6、
死靈魔術5、生命感知7、精神抗性6、毒素魔術10、回聲定位7、咆哮8、趁夜潛行10、
闇魔術10、夜視、王毒牙、自動生命回復、自動魔力回復、毒素無效、身體變化、魔力操作
獨有技能：捕食吸收
稱號：劍之從屬、神狼從屬

還有，鑑定等級上升使我能將稱號內容看得更仔細了。

劍之從屬：受到特別寶劍召喚成為從屬者，可獲得此稱號。
效果：與劍產生聯繫，與裝備者的相互溝通獲得加成。

神狼從屬：成為宿有神狼之力者的從屬之人，可獲得此稱號。
效果：對其他狼族發揮威嚇效果。與身為主人的神狼之間擁有聯繫，相互溝通獲得加成。

劍之從屬是還好，但神狼從屬我真的看不懂。對啦，我的劍柄上刻有狼形雕飾，又是刺在魔

狼平原嘛。傳聞中的芬里厄與我之間，說不定是有著某種聯繫。

只是我完全無從想像是何種聯繫……

我還是想回魔狼平原調查一下。只是聽說那裡現在有威脅度B的魔獸四處徘徊，得再增強一點實力才能成行。

接著輪到技能的驗證了。

看起來特別有用的，應該是高速思考與並列思考吧。

高速思考正如其名，是加快思考速度的技能，在戰鬥中想必派得上用場。

並列思考是比高速思考誇張更多的技能。它是分割思考的高級技能，但竟然可以同時進行四到五種思考。若是能把這個練到上手，搞不好可以來個五種魔術同時詠唱。不過現在只比分割思考好一點就是了。視今後的鍛鍊方式而定，想必可以發揮恐怖的威力。

只是要讓芙蘭運用上手似乎相當困難。她連分割思考都很難做到了，這項技能需要更複雜的思考，她一用就頭痛得蹲了下去。

「頭好痛。」

『看來讓活人用可能有困難喔。』

接著我試用了形態變形，播報員有示範過幾次給我看。

只是不管怎麼試，就是無法隨心所欲地使用。我試著像播報員靈活運用那樣，將刀身變成鋼絲狀射出去，或是轉化為鎧甲看看，但都遠遜於那時候的效能。看來要維持變化形態或是變成複雜的形狀，還需要修練才行。現在頂多只能變成大劍形或刀形等劍的衍生形態。

我重新打起精神，接著試用時空魔術。各方嘗試之下，發現效果實在卓越。

除了已經知道效果的次元轉移、極速領域與次元跳躍之外，還有可用來攻擊的「次元劍」以及防禦用的「遲緩之盾」等強力又有趣的咒文。最棒的是效果不容易以視覺辨識，如果對手沒有時空魔術的相關知識，恐怕連發生了什麼事都無法判斷。

另外還有一件問題，就是播報員做過的技能統合與消除。老實講，我自己都無法掌握什麼消失，什麼留了下來。首先從清楚易懂的統合部分確認起吧。

統合之下產生了兩項武術技能，分別是劍王術・地7與拳王術・地1。

曲劍術1、劍聖術5、劍術10、雙劍術2、大劍術1、短劍術1、刀術1統合為劍王術・地7；拳鬥術3、踢腿術1、體術3統合為拳王術・地1。

劍技與拳技技能也經過統合，整合為劍王技・地6與拳王技・地1。我向讓恩問了一下，好像各有稱為劍王術或劍王技的技能。

那些似乎是最高階的技能，而讓恩說以我的情況來講，可能是藉由播報員的力量，學得了它們的劣化版。

經過我略為驗證的結果，劍王術・地7與劍聖術5幾乎具有同等的性能。本來擔心技能等級是不是降低了，看來並非如此，這才稍微放了心。

其他統合技能也試著驗證了一下。

肉體操作法２。這是消耗魔力提升肉體機能的技能。不只是單純提高能力值，還能提升柔軟性與再生能力等等。是剛力跟再生等等統合產生的技能。

全方位察知３。這是統合察知系技能產生的技能，不但名符其實地能夠顧及全方位，精確度也非常高。

全存在感知３。這是感知系技能統合出的技能，而且能夠感應到看不見的存在，或是溫度以及紅外線等等。

隱密隱蔽法３。這是統合隱密與氣息遮蔽等等而成的技能，不只氣息，還能隱蔽魔力或體溫等等，使用起來比以前方便多了。

王威３。這是最難驗證的技能，看來似乎是威懾１、威嚇２、指揮１、士氣昂揚１、霸氣１、恐慌１、咆哮１、聯手５等等統合出的技能。這項技能可以對敵人造成壓迫感，並給予己方安心感。

狀態異常抗性６、精神異常抗性４、魔術抗性４。這些就是字面上的意思，是將毒素抗性、恐懼抗性或火焰抗性等個別技能統整為三項技能。剩下的抗性技能只有暗黑無效、支配無效與物理攻擊抗性1。大概表示這些技能不包括在上述三項技能內吧。

操水4。這是操縱周圍水分的技能，不只水彈發射或水流操作，游泳或水中呼吸似乎也統合在這裡了。

操風2。操水的風屬性版。除了類似空氣彈發射或空氣壓縮的操風能力之外，振動衝或超音波激等操縱振動的技能也統合於此。而且空中跳躍跟天候預測好像也包含在這種技能之內。

操毒2。就是將毒中呼吸、毒素吸收或毒素生成統合為一的技能。

操水、操風與操毒泛用性都非常高，也很有下工夫的價值，但控制起來異常困難。能做到的事情很多，但相對地魔力消耗也大。例如操毒，還不如使用魔術運用的毒素強力多了。因此，關於以往以個別技能進行的行為，目前來說都變得有點難度。像空中跳躍就是最好的例子，消耗魔力比以往更多，跳躍步數卻減少了一半。這個不盡快習慣會很不妙。

殺戮大師。似乎是半獸人殺手與哥布林殺手等等統合成的結果，看樣子應該是能提升對抗魔獸攻擊力的特強力量。只是比起個別的殺手系技能，對單一種族造成的傷害似乎較低。

全身強化。這是將夜視或消化強化等強化系技能，加上能力值上升系的技能揉合而成的技能。一拆掉這個的瞬間，芙蘭的能力值驟然下降，把我嚇了一跳。

統合技能大概就這樣吧？很多技能的能力是提升了，但變得很難控制。而且今後獲得的技能會怎樣處理也不知道，例如假設得到了劍術，不知道是會重新得到劍術技能，還是跟劍王術・地做統合。

而關於消失的技能……老實講我完全記不得。因為播報員認為不需要而刪掉的技能，都是些我也認為不需要的技能。最好懂的就是各種武術、武技技能。除了弓術或矛術等等，剛剛獲得的矛聖術、矛聖技也全都刪掉了。

好吧，反正我是劍，沒有預定使用這些技能所以沒差，而且今後也不知道用不用得到。只是我的收藏心大大受傷了就是！但我明白那時要將技能轉換為自我進化點數，非得連這些也刪掉才行。這是迫不得已的犧牲，就用這種想法安慰自己吧。

除此之外，說是能讓生下的蛋表面變得與周圍同色的蛋殼擬態，或讓鱗片硬度上升的鱗片強化等芙蘭一輩子用不到的技能，還有歌唱或繪畫等當時絕對派不上用場的技能都消失了。好吧，這些都是失之不足惜的技能，是無所謂啦。況且多虧於此，我們才能度過那場難關。

搞不好還有一些連擁有過都不記得的技能，這些就再也無從得知了。

好了，再來只剩超越技能了。

技能掠奪SP：從對象持有的所有技能中選擇一項，以百分之百的機率奪取。再次使用技能需要對象技能稀有度×技能等級的天數。特別技能換算為稀有度二十。射程為十公尺。

現在連特別技能都能搶了！夢想無限遼闊啊！只是再次使用所需的天數大幅暴增了。如果要搶最高等級的特別技能，計算起來要花上兩百天才能再次使用，更難決定使用的時機。還有，現在好像可以從同一對象身上重複奪取了。不過我是覺得沒什麼機會在同一個傢伙身上使用好幾次就是。

最後是創造複數分身SP。

創造複數分身SP：可使用魔力創造出多個自己的分身。運轉時間限度設定越短，分身能力值越高。此外，每增加一個分身，能力隨之減半。再次使用需要「運轉時間限度×二十四×創造分身數」的時間。

現在變得能夠創造出複數分身，但相對地似乎犧牲了分身的能力。即使只創造出一個分身並將運轉時間設定為最短的五分鐘，也只能創造出全能力值兩百、最高技能等級3這種能力不高不低的分身。以冒險者來說大概D級吧？而且每次增加分身，這個數值還要減半……播報員使用的時候，大概是藉由潛在能力解放技能大幅提升了分身的能力吧。

總歸一句話，平常大概派不上什麼用場，特別是在戰鬥中實在不好用。不過或許可以用在偵察之類的用途上，再來就是誘餌或是肉盾，或者是假扮成芙蘭的監護人。

大概就這樣吧？結果搞了半天，每項技能可能都需要修練，或是必須重視使用時機。

我們暫且回到屋子裡，這時貝納多來叫我，好像是讓恩在找我。

到了寢室，讓恩在床上撐起上半身，正在等我。

他的腿上放著史提芬託給我的日記。

「嗨，你來啦，師父小弟。」

『看完了嗎？』

「嗯，你最好也看一下。」

讓恩神情略顯肅穆，將日記交給我。

『哇——還真長。』

厚厚的一本日記幾乎寫滿到最後一頁，可能有橫亙數年的內容。

我用念動試著翻開封面。

字跡雖然不漂亮，但強而有力地填滿了紙頁。

「請你務必一讀。不，希望你可以讀過一遍。」

要把這看完恐怕會相當花時間。

不過，看到讓恩不苟言笑的表情，讓我很好奇內容寫了什麼。

四小時後。

我心無旁騖地閱讀日記，一次都沒休息就看完了。

內容絕對稱不上有趣，但能感受到寫作者的心情。

我正是受到這種心情引導，而忍不住一口氣看完。

最後，我呆住了。如果寫在這本日記裡的內容全是事實——

「看完了嗎？」

『嗯。』

「希望你可以把內容告訴芙蘭小妹，拜託了。」

『當然了。』

這本日記必須看過。有一讀的必要性。

◇

從我變成這個身體以來，就快滿三年了。

我決定從今天開始寫日記。沒什麼特別理由，只是忽然覺得寫寫日記也不錯。雖然沒辦法每天記錄，但我打算每週寫個一次。

說不定會有人看到這本日記，為了那位讀者，我想稍微寫一下自己的事情。

首先，關於我身處的地點。話是這麼說，其實我不知道正確地點在哪裡。但我知道這是什麼樣的地方。

這裡是徘徊於青天的浮游島，並曾經是雷鐸斯王國的祕密實驗設施。我是受囚於這座設施的實驗對象之一。

我不清楚這裡是做什麼實驗的場所，他們只要是對戰爭有助益的事似乎都做盡了。

我是死靈法術相關的實驗體。就不寫得太詳細了，總之我不只五次或十次希望能一死了之。

那些研究者看我們的眼光，不是同樣看人的眼光。那是看小白鼠的眼神，至少這座設施沒有所謂人道兩個字。

然後就在那一天，種種悲劇——不，應該說奇蹟嗎？總之發生了很多事，我不再當人類了。

那天，我差點遭到殺害。在至今實驗中失去了雙腿與右臂的我，決定將遭到廢棄。於是最後我被拿來當成一項大型實驗的小白鼠。

實驗內容是對活著的死靈術師——哎，就是我。雖然只會使用在這座設施被迫學會的1級法術——注入怨念，然後直接轉化為不死者觀察結果。太不像話了，是不是？

不管結果怎樣，我都會死。

我被人用鏈條綁住，橫放在地板畫出的巨大魔法陣中心。超乎常理的大量怨念被灌入其中。結界與特殊術式導致我無法拒絕怨念，怨念們找到願意接納自己的肉體，接踵而至地撲向了我。

我感覺到超越極限的怨念流進體內，（啊啊，這下死定了），我暗暗想道。魔法陣在視野邊緣大放光輝，即將發動將我轉化為不死者的術式。

但就在這時。

也許是神的慈悲。不，或許是惡作劇？

我所在的房間，突如其來出現了一顆地下城魔核。

你一定在懷疑我在寫什麼吧？我那時也搞不懂發生了什麼事。

地下城的魔核據說能夠忽視萬物法則，出現在世界上的任何場所。

為什麼在那時候，魔核會出現在那個地方？是偶然嗎？混沌神的惡作劇嗎？還是可憐我們的神明，為我們做了些什麼？

我不知道。

我只知道地下城魔核認我為主人，我成為了地下城主，以及我的基礎力量因此得到提升，能夠接納所有怨靈。並且知道我在活生生不死化的術式下，成為了不死者。

若是按照事前的計畫，我應該會變成稱為殭屍法師的低級不死者，雖然還是比生前強很多就是了。

但龐大怨念流進我的體內，加上我成為地下城主的事實，這兩點引發了異常狀況。

意想不到的是，我竟然成了巫妖。對，就是那個巫妖。起初我以為我變成了骷髏，但能夠使用的魔術還有技能竟然增加到二十種以上，把我嚇了一跳。

魔核出現後過了三天，我才以巫妖的身分甦醒過來。我沒有這段期間的記憶，只是那時浮游島裡已經沒了活人的蹤影，變得滿是不死者。而我又變成了巫妖，使我好一段時間茫然若失。

各人觀點不同，也許有人會覺得這叫進化。畢竟一般認為巫妖是死靈術師的一種終極形態。

但我不這麼認為。

自從放棄當人類，我的心靈乾渴難耐。為了療癒這種乾渴，我徹底打爛了那些變成不死者四處徬徨的研究者，但完全無法充飢止渴，憎惡之情源源不絕地湧出。

好痛苦，我恨透了人類。我想搗毀一切，想殺掉所有人。

復仇。這是我現在的存在理由。

可是，其實我不想這麼做。雖說我變成了巫妖，但畢竟奇蹟般脫離了實驗體的身分，我想就這樣與世無爭地過日子。

然而，我內心的怨念不允許我這麼做。它們喊著殺戮、破壞，催促我向全世界報復。我無法阻止我自己。

我不知道會是什麼樣的人看到這本日記，是敵是友？是善是惡？只希望您能將這座小島的事情公諸於世。然後希望您能夠讓世人知道雷鐸斯王國的惡行，讓我們得以瞑目。拜託您了。

**三六一九年四月七日**

今天開始寫日記。好吧，畢竟是隨興寫起的日記，今天沒特別發生什麼事，沒有特別需要記載的。

因此，我稍微寫一下今天做過的事。

按照慣例，我擴大了地下城的規模，然後生產了不死者。研究者以及過去曾為同伴的實驗體的屍體還多得是，我打算暫時先製造些低級不死者、填充魔力，並賺取GP。

不過話說回來，我都不知道GP原來是Goddess Point的簡稱。我想應該因為是要獻給混沌女神吧。

**三六一一九年九月二十九日**

GP終於如願以償超過一萬點了。這樣就能獲得量產中級不死者所需的設施。

還有，我想詳細記載一下關於地下城的事，但有個部分我寫不了。我想把地下城魔核的相關事項記錄下來，卻無法移動筆桿。

看來似乎有種不可思議的力量在作祟。竟然能束縛住身為巫妖的我，好驚人的強制力啊。不知道是不是神明所為呢？

**三六一一九年十一月四日**

我決定消耗GP製作強一點的部下。這是因為設施當中留下了不少物資，其中也有召喚不死者用的素材等等。我在這些物資當中，找到了名為英雄遺骨的素材。正如其名，好像就是古代英雄的遺骨，只是不知道是真是假。

不過實力似乎是真材實料，我用它叫出了傳說級骷髏・黑暗騎士。這個個體甚至擁有特別技能「潛在能力解放」。

我試著打了場模擬戰，發現他實力出奇地強。這下得到了一個好部下了。

**三六一九年十二月三十一日**

今天是今年的最後一天，自從成為巫妖以來是第四次跨年了。我準備了麵包與湯慶祝跨年。雖然不能吃，但至少可以過乾癮。

嗯——不死者過節好像怪怪的……

再過不久GP就能存到目標數字了。只要得到死靈製作工房，想必能生產出更多的不死者。真期待。

**三六二〇年二月二十七日**

終於得到死靈製作工房了。每次看都覺得地下城的功能真不可思議，工房一瞬間就出現在設定的位置上。

能夠用地下城功能製作的不死者清單有了大幅擴充，而且我能用死靈術召喚的不死者也增加了相當多種類。

可是，好難決定要做哪種。

以地下城功能生產的不死者體內有魔石對地下城的魔力回饋率很高。可是能力不怎麼強呢。

我以魔術生產的從屬是以模擬魂魄代替魔石，所以本身沒有魔石。由於是我這個巫妖造出的從屬，因此能力高強得沒話說。可是對地下城的魔力回饋率低得很，而且因為是以怨念為核心，總是比較好戰點。

也可以用地下城功能生產出不死者後，再用死靈支配加以控制，然後由我進行改良，但要處理幾百隻實在很麻煩。

嗯——各半好了。

**三六二〇年九月十八日**

最近浮游島的航線似乎安定下來了。航線可以操作，但非常耗魔力……

航線跨越了幾個國家，不過只要不離雷鐸斯太遠就好。因為我的存在理由就是向他們復仇。

**三六二一年四月十四日**

地下城規模變大，使得可用GP換取的東西也增加了很多。特別是大規模設施，每一項都很令人驚嘆。

例如有覆蓋住整座地下城的結界，或是將怨念變換為魔力的設施等等。每種都需要三十萬GP，所以短時間內大概弄不到手。

**三六二一年七月十一日**

地下城的擴大工作結束。內部總共十層樓，外部從浮游島表面到五十公尺外，都是地下城影響力的可及範圍。

只要再充實空中戰力，我想沒人能夠輕易登陸。

今後我打算致力於製作不死者以及設置陷阱。

**三六二二年五月二十日**

很久沒做了，今天我試著製作了特別的個體。砸下一萬GP製造出來的，是名為死靈吞食魔的不死者。

令我驚訝的是，牠明明是不死者，卻是以吞食不死者的方式變強。雖然現在看起來只是個普通的殭屍，不過很期待看牠今後如何成長。

我決定平常就讓牠隨意在迷宮裡閒晃。

**三六二二年十月十日**

好久沒像今天有這麼多事可寫了。

令我驚訝的是，自從我成為地下城主以來，第一次有了入侵者。起初我以為是雷鐸斯王國的爪牙，但好像猜錯了。

來者只有一人，而且似乎是冒險者。是個死靈術師，不過實力相當高端。而且還帶領著連我都不容易召喚的獅鷲骷髏。

我努力配置了些鳥類或蝙蝠的不死者，但被獅鷲靠蠻力突破了。

不過地表的森林有發揮功用。我配置了幻影陷阱讓人容易迷路，結果成功讓對方上鉤。

那人走到哪裡都碰到不死者，似乎消耗了很多力量。

我看他好像要撤退了，於是派出高等不死者追擊看看。死靈吞食魔也變強了不少，打是打贏了，但……最後還是讓他跑了。

真可惜，我很想把他抓起來問很多問題。視情況而定，也可以讓他成為我的部下。

不過話說回來，好久沒笑得這麼開懷了。搞不好是有生以來第一次笑得這麼開心。

那人竟然說：「吾名為讓恩．杜比！呼哈哈哈哈，不死者的巢穴是吧！沒有比這更適合吾的地下城了！」

我不是在取笑他喔。反而應該說是尊敬吧？又是骷髏頭的飾品，又是破破爛爛的長袍，還有那種言行舉止。那才是真正的死靈術師該有的派頭。

相較之下，我又是如何呢？明明是個巫妖還說什麼我不我的，會不會太遜了？

因此我心思一轉，打算從今天起稍微注意一下說話方式。

「本尊乃是惡靈之王巫妖！喀咔咔咔咔咔！」之類的怎麼樣？不對，這樣如何？

唔嗯，如此甚好！喀咔咔咔咔。

不過可能還要點時間才能習慣就是了。

**三六二三年十月二十八日**

GP終於累積到三十萬，這下就能設置怨念爐了。不枉費本尊積極狩獵偶爾來到浮游島周圍的魔獸等等。

魔石可用來製作魔道具，本想保留下來……但是讓地下城吸收魔石能夠賺到最多的ＧＰ。即使是低階飛龍這種小怪，也能賺到多達二十點的ＧＰ。最後本尊決定讓地下城吸收所有魔石。

這種設施能夠吸收周圍的怨念，為使用者變換為魔力。只要與本尊相聯繫，想必能無止盡地吸收魔力與怨念。

**三六二四年四月十二日**

多虧怨念爐的功效，本尊的力量與日俱增。繼續順利進行下去，獲得復仇所需力量的日子就不遠了。

然而，同時也發生了些許異狀。本尊體內的怨念不斷增強力量，到了連本尊自己都能理解的地步。對於擁有怨念變化能力的本尊而言，怨念增強也就等於力量增強，但是……

感覺得到憎惡與怨恨也在逐漸增強。

**三六二四年十一月三日**

最近，有時本尊會短暫失去記憶。是怨念爐的影響嗎？

**三六二五年八月七日**

今天本尊發現了一件有趣的事。那隻死靈吞食魔，不知不覺間變成了孩童的模樣。

前幾天應該還是個將近十公尺高的巨人才對……
大概是削除了多餘部分的結果吧，雖然變小了不少，魔力卻提高了一倍以上。
而且那副模樣與變成巫妖之前的本尊如出一轍。是因為本尊將魔力分給了他嗎？或者因為他是由本尊所製造？真令人感興趣。

**三六二六年二月二十四日**

一星期內有兩天沒有記憶。本尊看過地下城功能的影像紀錄，不敢相信那會是本尊。影像中映照出來的，完全就是個巫妖。
暴戾、冷酷、殘忍；那是一個適合以這些字眼形容的惡靈之王。
錯不了，本尊是在不知不覺間被那存在吞沒了。
但或許這樣也好。
為了達成復仇，不需要心軟。若是換成那個本尊，定能完成對雷鐸斯王國的復仇。而且會造成更淒慘、更凶殘的結果。

**三六二六年十月六日**

記憶空白日益惡化，每天有一半沒有記憶。
但計畫進行得很順遂，本尊自己等級有所提升，部下也日益充實。憑著這份戰力，必能攻陷雷鐸斯王國。

雖然要全面開戰仍然會是本尊屈居劣勢，但本尊可以利用浮游島對王都發動奇襲，並暗殺王族。然後將初戰殺死的那些人類變成不死者士兵納為己用。

應該可行，就在半年後執行吧。

就讓這世界親身體會我等的怨念之深吧。

**三六二二七年三月二十一日**

本尊有半年未恢復意識了，主要人格已完全交到那邊手上。

不過地下城的強化工作似乎一路順遂，也罷。

不過，這會是神明的指引嗎？

久未甦醒，今天醒來一看，又有人入侵了。而且與上回相同，是那名叫讓恩的死靈術師。這次好像還帶了幫手。

幫手是跟變成巫妖之前的本尊年紀相仿的可愛女生，但卻是個本領高強的劍士。

本尊看著送來的影像看得目不轉睛。

真羨慕，本尊要是也有那種朋友的話……本尊從出生以來就是奴隸，從來沒有交過朋友。或許因為這樣，那個少女看起來才會格外耀眼。

真不希望那個女孩死掉……這算是無理的要求嗎？

不過話說回來，他們攻略地下城的速度真快，一定是做好了萬全準備。這樣的話，也許會被他們攻略完畢吧？

這樣一想，就產生一種不可思議的心情。

一則是可能無法報仇雪恨的焦躁，一則卻是可能從這種五內如焚的怨念獲得解放的期待。

本尊是希望消失？還是不希望消失？

不知道。

只是，那名死靈術師與少女，想必就是吾等的天命了。就來看看事情如何發展吧……

很遺憾本尊自己看不到結局。下次甦醒時，不知道會變成什麼樣子。也可能本尊再也不用甦醒了。真期待。

難道說這本日記，會由讓恩．杜比與那獸人少女來讀嗎？

如果是這樣的話，本尊只有一句話想說。

很高興你們活了下來。

# 終章

翌日早晨，我們準備從讓恩的研究所啟程出發。

「那麼，我們走了。」

「唔嗯，路上小心。」

『不過這麼多事情都拜託你做，沒關係嗎？』

「無妨，這算是吾的責任。」

讓恩身體狀況恢復了不少，雖然還讓貝納多攙扶著，但已經能走動了。

我們將善後工作全交給了讓恩，包括向公會及國家報告，還有將日記帶到適當的場所，連墜落浮游島的淨化工作也是。

這些事情光聽就覺得麻煩，讓恩卻一手全攬了下來。他說不像我們正在旅行，自己有的是時間。

而且階級較低的芙蘭就算去申報地下城攻略完畢，八成也沒人會信。應該說根本就沒人會相信。何況還要提到什麼有巫妖出現，或是雷鐸斯王國的陰謀如何如何，想也知道會被當成騙子。

既然這樣倒不如拜託讓恩，以結果來說比較不花時間。絕不是嫌麻煩所以都扔給讓恩喔！

不過的確是幫了我們一個大忙，所以就都拜託他處理了。

我們最起碼能做的，就是由我們這邊來處理我收納的岩塊。據讓恩所說，只要扔在火山等其他屬性較強的地點就能抵銷死靈屬性，不會出問題。不然就是扔在海底或大峽谷也行。我們之後預定出海，這樣剛好。

「那麼別了。」

「嗯，再見。」

「嗷！」

『保重啊！』

「各位保重！」

在柔和的朝陽照亮下，讓骸骨送行踏上旅程……真是亂七八糟。

如果是幾天前的我，只會覺得不死者這種東西看到就該殲滅，現在卻甚至產生了點親近感。不過晚上看到還是會嚇到就是。

「掰掰。」

芙蘭跳上小漆的背坐好。我們還跟讓恩拿了幾種藥水，行裝都打點好了。

芙蘭輕拍一下小漆的脖子，牠叫了一聲就往前跑。

「改天再來！吾歡迎你們！」

轉眼間研究所已在遙遠的後方。從亞壘沙踏上旅程時我就覺得，能心情舒暢地啟程實在是種愉快的體驗，這會讓我覺得我們遇到了美好的人事物。

『真是一群好人。』

「嗯，還想再見到他們。」

芙蘭也大大點頭同意我說的話，神情稍顯寂寞。

『改天再來看看他們吧。』

「嗷嗷！」

小漆開心地吠叫，小跳步似的蹦跳一下。小漆不知不覺間也變得很黏讓恩了，不過也可能只是因為有好料可吃。

其實我也是，想到要跟那個個人特質強烈的傢伙分開，就覺得有點寂寞，或者該說好像少了什麼；不過這是祕密。

看來不知從何時起，我們都喜歡上那個死靈術師了。實在遺憾至極。

好吧，也許他是有某種深藏不露的吸引人之處吧。

畢竟就連那個巫妖都只看過他一眼，就開始崇拜他了。

即使人格變得邪惡，都沒改變那種說話方式，可見受到了多深的影響。

我在芙蘭的背上思考。

最後對付的那個巫妖，真的是巫妖嗎？呃不，巫妖確實就是巫妖。但最後與我們交戰之時，寫了日記的人格是否仍在沉睡呢？

稱為怨念爐的設施導致巫妖吸收過多怨念，內心逐漸受到殘忍的人格侵蝕。那麼，如果破壞了怨念爐呢？怨念爐遭到破壞而暴跳如雷的，應該是邪惡巫妖不會錯。那麼後來又是如何呢？

假如巫妖真的認真起來，我們根本無法平安脫身吧？他是不是有點手下留情？好吧，事到如

今再怎麼想，也得不到答案就是了。

「師父？」

發現我陷入沉默，芙蘭不解地注視著我。嗯，愣愣的表情也很可愛。畢竟就連巫妖都只看一眼，就被她的可愛迷倒了呢。

假如在最後的最後，他恢復了意識，得以維持著人性消滅的話……

『那個巫妖，臨死之前不知道是哪一邊呢……』

「？」

『沒有啦，那個巫妖還有史提芬都能得到超度，真是太好了。』

「嗯。」

如他所願，芙蘭與讓恩都沒死。一如他身為人類時的心願——

我無意間想到，當我即將消滅時，我會許下什麼心願？

那份心願會是作為人類的心願嗎？還是作為一把劍的心願？

不，不用想也知道。我是芙蘭的劍，既然如此，許下的心願就必須是作為一把劍的心願。芙蘭的幸福，就交由別人去祈求吧。

我許下的心願，一定是想永遠成為芙蘭的力量，作為芙蘭的劍戰鬥。

不過是否真能這樣祈求，就得等到那時候才知道了。

只希望我能夠這樣祈求。這就是我現在的心願。

# 後記

大家好，我是棚架ユウ。

無論是初次認識的各位，還是從網路連載時就有所交流的各位，感謝大家賞光買下本書。

總算在今年內為各位送上第二集了。（※註：此為日文版狀況）

這次比起第一集，潤飾修改跟系統層面做了更多變更，我想應該能讓大家享受到不同於網路版的氛圍。

最後按照慣例，容我致上謝詞。

第二集也繼續與我合作的Micro Magazine出版社與I編輯，感謝各位給了我許多好點子。

感謝るろお老師這次仍為本書繪製了精美插畫，第二集的封面還是一樣棒透了。

感謝家人與家鄉各位朋友，在我難熬的那段時期支持著我。

感謝職場同事們為這樣的我加油，也感謝所有跟出版本書相關的各位。

最後是所有捧場閱讀本書的讀者們。

我只能說感激不盡。

希望第三集還能與各位相見。

感謝大家一路讀到最後。

## 關於我轉生變成史萊姆這檔事 1~12 待續

Kadokawa Fantastic Novels

作者：伏瀨　插畫：みっつばー

**東方帝國的謀略終於伸向魔國聯邦——**
**超人氣魔物轉生記，情勢緊張的第十二集開幕！**

「東方帝國」終於開始有所動作！根據知曉未來的少女「勇者克蘿耶」所說，在某個時間軸的未來利姆路被帝國所征討，魔國聯邦面臨崩解！雖然現狀與之大不相同，但無法忽視可能性。對於加強警戒的利姆路，就在這時，帝國的密探潛入了魔國聯邦——

各 **NT$250~320/HK$75~105**

**29歲單身漢在異世界**
**想自由生活卻事與願違!?** 1~7 待續

Kadokawa Fantastic Novels

作者：リュート　插畫：桑島黎音

**失去力量的大志與沒用神**
**為了取回力量竟闖入禁地!?**

大志被眾神痛扁一頓後，和沒用神一起逃走了！慘敗後被扔到大森林裡的大志，一面在精靈村落裡受精靈照顧，同時為取回失去的力量而展開冒險。試圖從分散森林裡的遺跡中找到「擬神格」。而這個世界也即將現出真面目……

各 **NT$180~220/HK$50~68**

## 在大國開外掛，輕鬆征服異世界！ 1 待續

Kadokawa Fantastic Novels

作者：權末高彰　插畫：三上ミカ

**公主、獸人女孩、公主騎士等自願成為愛妾……？**
**悠然自得的皇帝生活從此開始！**

平凡高中生日和常信被召喚到異世界，成為格羅利亞帝國——全大陸第一大國的冒牌皇帝！國土面積佔了大陸的八成，人口與資源號稱是別國的一千倍，至今毀滅過的國家破萬，還有許多美少女自願成為愛妾，在大國開外掛的異世界生活從此展開！

**NT$220/HK$68**

## 怕痛的我，把防禦力點滿就對了 1~2 待續

Kadokawa Fantastic Novels

作者：夕蜜柑　插畫：狐印

**最強初學者這回成了「浮游要塞」？**
**七天造就最硬傳說，即刻開幕！**

新手梅普露在第一場活動中成為明星玩家之列，號稱「最硬新手」。這次她以稀有裝備為目標，要和夥伴莎莉參加第二場尋寶活動！打倒玩家殺手，輕鬆碾壓設定為打不死的首領級怪物，加上稀有技能惡魔合體後，梅普露終於成為「浮游要塞」？

各 **NT$200~220/HK$60~75**

# 異世界拷問姬 1~3 待續

Kadokawa Fantastic Novels

作者：綾里惠史　插畫：鵜飼沙樹

**櫂人與伊莉莎白前往王都，**
**在那裡目睹了宛如惡夢的慘況。**

打倒弗拉德的舊友「大王」菲歐蕾之後，小雛脫離戰線；櫂人與「皇帝」訂下契約；還有王都崩毀與哥多．德歐斯之死。櫂人與伊莉莎白前往王都，在那裡目睹了剩下的三具惡魔「君主」、「大君主」以及「王」的契約者互相融合、肆虐，宛如惡夢的慘況。

各 **NT$200/HK$60**

## 無職轉生～到了異世界就拿出真本事～ 1~13 待續

Kadokawa Fantastic Novels

作者：理不尽な孫の手　插畫：シロタカ

**展開幸福婚姻生活的魯迪烏斯與兩位妻子**
**即將要面臨另一波驚濤駭浪!?**

迎接第二名妻子和女兒後，魯迪烏斯展開了新生活。他和希露菲與洛琪希這兩名妻子一起去購物、學習魔術，還參加了友人的婚禮，每一天都非常充實。在這種狀況下，魯迪烏斯和兩名妻子一起承接工作。結果同行者中，卻出現過去和他難堪分手的少女……

各 **NT$250~270/HK$75~85**

熊熊勇闖異世界 7
くまなの
Illustrator029
Kadokawa Fantastic Novels

國家圖書館出版品預行編目資料

轉生就是劍 / 棚架ユウ作 ; 可倫譯. -- 初版. -- 臺北
市 : 臺灣角川, 2019.03-
　冊 ;　公分
譯自 : 転生したら剣でした
ISBN 978-957-564-828-2(第2冊 : 平裝)

861.57　　108000627

Kadokawa
Fantastic
Novels

# 轉生就是劍 2

(原著名：転生したら剣でした 2)

2019年3月13日　初版第1刷發行
2022年11月17日　初版第2刷發行

作　　者：棚架ユウ
插　　畫：るろお
譯　　者：可倫

發 行 人：岩崎剛人
總 編 輯：蔡佩芬
副總編輯：朱哲成
美術設計：莊捷寧
印　　務：李明修（主任）、張加恩（主任）、張凱棋

發 行 所：台灣角川股份有限公司
地　　址：104台北市中山區松江路223號3樓
電　　話：（02）2515-3000
傳　　真：（02）2515-0033
網　　址：www.kadokawa.com.tw
劃撥帳戶：台灣角川股份有限公司
劃撥帳號：19487412
法律顧問：有澤法律事務所
製　　版：巨茂科技印刷有限公司
ISBN：978-957-564-828-2